春润桃李

贵州苗寨教学帮困心理纪实文学

◎ 陶国富 著

上海大学出版社

图书在版编目(CIP)数据

春润桃李/陶国富编著.—上海：上海大学出版社，2018.6
ISBN 978-7-5671-3153-8

Ⅰ.①春… Ⅱ.①陶… Ⅲ.①电影文学剧本-中国-当代 Ⅳ.①I235.1

中国版本图书馆CIP数据核字（2018）第122474号

策　　划　焦贵萍
责任编辑　焦贵萍
特约编辑　林　青
封面设计　缪炎栩

春润桃李
陶国富　著

上海大学出版社出版发行
（上海市上大路99号　邮政编码200444）
（http://www.press.shu.edu.cn　发行热线021-66135112）
出版人　戴骏豪

*

南京展望文化发展有限公司排版
上海颛辉印刷厂印刷　各地新华书店经销
开本710mm×1000mm　1/16　印张13.25　字数171千
2018年7月第1版　2018年7月第1次印刷
ISBN 978-7-5671-3153-8/I・497　定价　48.00元

前　言

　　撰写贵州苗寨教学帮困纪实文学《春润桃李》，用心理素描师生用心打造学术圣殿的心路历程、情感纠葛，励志成才，是我的文学梦。我曾赴贵州山区为贫困学生开设心理讲座，深悟山区苗族孩童求学的艰难及对知识的渴望。更曾执着配合志同道合的同窗好友，筹集二十五万元，捐助了一所希望小学。贵州苗寨的山山水水，桩桩件件，风土人情，黔文贵韵……为我的文学创作提供了如泉的灵感。

　　这部《春润桃李》在写作过程中，得到了上海饶氏影视文化发展有限公司饶红雨总经理（著名编剧）和著名编剧、著名作家郑炳辉先生的悉心指点与无私帮助，他们是我的文学引路人，特别令我肃然起敬的是他俩直言不讳，真诚点拨，使我醍醐灌顶，获益匪浅，作为作家协会的作家，我的路还很长、很长。

　　感激国家二级心理咨询师、心缘心理研究院副院长、新锐心理小说书评名家张轶娜老师，她在人物塑造中，出谋献策，反复推敲，曾经给予不少宝贵的帮助。同时，在此向所有给予拙作帮助与支持的领导、老师一并致谢。

　　我会继续努力，以尊敬的饶红雨编剧、郑炳辉名导为楷模，直面人生，直述人心，生命不息，笔耕不止。春润桃李满山崖，花沐雨露别样红。子规夜半犹啼血，不信春风唤不归。"路曼曼其修远兮，吾将上下而求索。"我将始终坚持一步一个扎实的脚印，坚持文学创作、剧本创作的新长征。

陶国富（笔名：谷夫）
二零一七年五月八日于上海东方名城书香斋

题 记

智慧长河架心桥　嫩苗破土沐骄阳
花繁叶茂芳苗岭　春润桃李育栋梁

主要人物介绍

1. 宗实,杨浦大学城T大学青年教师,为了继承救命恩人的遗志,志愿到贵州大山教书育人,担任苗寨子弟中学校长,在大火中救出学生,自己烧伤。他艰辛笔耕,写出长篇小说《大山里的金凤凰》《大山里的苦孩子》《大山里的香女人》,组成"大山三部曲",成为黔州作协新锐作家,全国优秀心理帮困与教书育人团队领军人物,他呕心沥血,尽心尽力,无怨无悔地从事苗寨教育事业。

2. 春芬,宗实的妻子,善良淳朴,纯真可爱,肌若凝脂,洁白如玉,浑身散发着悠悠清香的苗寨"香香公主",为了救烧伤的宗实,拿出全家一生的积蓄,跪求医生无论如何要挽救宗实生命。深明大义,力挺东方大学毕业的女儿依依,回苗寨薪火相传,继承宗实心里帮困与教书育人事业,是宗实为之奋斗的教育事业贤内助。

3. 宗实妈,是个单亲家庭的妈妈,从小对儿子管教十分严厉,叫宗实在救命恩人墓前发誓,写血书,勉励儿子继承恩人遗志,发奋成才。当儿子回苗寨任教,与春芬走近,她却又感到儿子这样品行兼优的童男子,不应该娶春芬这样的小寡妇、一个"二婚头"当妻子。自己不幸中风,千钧一发之际被春芬救起,日夜伺候,渐渐感到自己的亲女儿也未必如此,终于颠覆了老观念,同意儿子与春芬喜结良缘。

4. 阿雄,自小与春芬青梅竹马,一直喜欢春芬,帮助她犁地、背柴、挑水，送米送肉，在他心目中，春芬的丈夫出工伤去世了，春芬就理应是自己的女人。当他发现当宗实与春芬越走越近，他多次搅局，企图赶宗实离开苗寨，计谋未成，他甚至暗中放火，烧了苗寨子弟中学的厨房，导致宗实在火中救出学生，自己身受重伤。阿雄的铤而走险，事与愿违，偏偏加速宗实与春芬的结合，他最后终于在宗实感召下，主动到警局自首。

5. 吴小蝶，亭亭玉立，能歌善舞，情路坎坷，用恋爱报复男性，人称"爱情空手道"。杨浦大学城T大学青年女教师，因丈夫马亮出轨，这个热辣川妹子拿起菜刀与"小三"湘妹子对峙，离异后毅然投奔苗寨，配合自己的救命恩人宗实，在苗寨子弟中学当教务主任，鼎力襄助宗实的教育事业。

6. 刘瑶，这个柳叶眉、丹凤眼、瓜子脸、龙骨鼻的山西姑娘，曾是宗实的心理咨询对象，由于丈夫李青见异思迁，移情别恋，她这个"白宝马"，被丈夫讥讽为"太平公主"，而丰盈雪肌的大连靓女"红宝马"鸠占雀巢。婚变后，刘瑶准备了此残生。为宗实所救，在宗实的心理咨询所半年治疗后，她终于告别离婚忧郁症，以全班第一的成绩，考取了国家二级心理咨询师，留在宗实心理咨询工作室，当心理帮困志愿者，为网瘾青年心理治疗，后来成为苗寨希望中学心理教师。

7. 冷洛，是被誉为"恋爱失意者"的大学语文青年教师，恋爱一路坎坷，遭遇失败，实在是屡战屡败，苦不堪言，患恋爱忧郁症了，由于追求美女"桃花脸"失败，准备投江自尽，被诸葛浔阳教授救起，得到宗实的真诚帮助。从此，冷洛跟随心理帮困团队赴苗寨任教，在艰苦的工作环境中，终于寻得真爱，逐步成为教书育人，心里帮困团队的优秀一员。

8. 依依，宗实的女儿，苗寨子弟中学的班长，是明眸秀发、灵动毓秀、白皙玉润、超凡脱俗的东方美女，天资聪明，发奋好学，考进全国名校东方大学，成为学霸，与东方大学孔子学院的美国青年汤姆邂逅，成为知己挚友，回到苗寨女承父业，薪火传递，无怨无悔将大山的深情抚育，回报故乡,为偏僻的苗寨培育人才。

9. 汤姆,美籍华人,依依的校友,幽默风趣,喜新猎异,淳朴坦诚,是个没长大的大男孩,属于O型RH阴性的他,在修路中受伤,宗依依母女为他输"熊猫血",曾经与依依的闺蜜白露有情感纠葛,最后,与依依有情人终成眷属,醉心于苗寨教育事业,成为外教苗寨教书育人先进团队成员。

10. 白露,依依的闺蜜,班级里的文娱委员"孔雀舞"。后来成为京华舞剧团的独舞演员,在贵阳国庆茶话会上,她以独舞《菊花台》似嫦娥奔月,如丝路花雨,技惊四座,赢得金发汤姆,热血奔涌,移情别恋,而向她跪地献花求爱。造成依依与汤姆爱情的"滑铁卢",白露因此受到了自己母亲的痛骂,最后白露自动退出情感纠葛,与依依冰释前嫌,言归于好。

11. 诸葛浔阳,杨浦大学城T大学心理学教授。与宗实一见如故,成为知己。他引领宗实在心理研究领域发展,协助宗实举办心理学讲座,著有《情商管理与EQ提升》等心理学著作,在沪江为心理患者排忧解难,利用暑寒假带领心理帮困团队,千里迢迢赴苗寨为苦孩子开设心理讲座,进行咨询,积极支持为苗寨希望中学的心理帮困。

影片片头主题曲：《春润》

告别浦江斑斓金黄，
扑向苗岭水墨青丹。
抱一腔热血，慰恩人遗愿，
邂逅中心与心相切，
患难中缘与缘相牵，
生死中血与火相淬，
命运中灵与肉相惜。
大山播撒希望，春润桃李，
苗岭心灵浇灌，桃李芬芳。
难忘浦江斑斓金黄，
醉心苗岭水墨青丹。
一腔真诚，不忘初心，
邂逅中心与心相切，
患难中缘与缘相牵，
生死中血与火相淬，
命运中灵与肉相惜。
春润桃李，山花烂漫，
桃李芬芳，大爱无疆。

目录

第一部

1. 苗寨水洼里　外景　白天 / 001
2. T大学　内景　晚上 / 002
3. T大学教室　内景　白天 / 003
4. 教学评估会　内景　白天 / 005
5. 校心理咨询室　内景　白天 / 006
6. 静安寺百乐门舞厅　内景　舞池内景　晚上 / 007
7. 静安波特曼酒店　内景　晚上 / 007
8. 吴小蝶家中　内景　白天 / 008
9. 尹总寓所　内景　白天 / 009
10. 五角场酒店外的小路　外景　晚上 / 009
11. T大学报告厅　内景　白天 / 011
12. 校心理咨询室　内景　白天 / 013
13. 五角场合生汇茶餐厅　内景　晚上 / 014
14. 冷洛登门拜访　内景　白天 / 018
15. 最后的晚餐　内景　晚上 / 019

第二部

1　贵州大山　外景　白天 / 024
2　苗岭的早晨　外景　白天 / 025
3　苗寨子弟中学　外景　白天 / 026
4　苗寨大雨　内景　晚上 / 027
5　苗寨子弟中学　内景　白天 / 028
6　依依家　内景　白天 / 028
7　苗寨子弟中学办公室　内景　白天 / 031
8　春芬家　内景　白天 / 033
9　苗族赶歌节　外景　白天 / 034
10　宗实办公室　内景　白天 / 036
11　苗寨子弟中学　内景　晚上 / 037
12　春芬家　内景　晚上 / 038
13　宗实办公室　内景　白天 / 040
14　春芬家　内景　晚上 / 041
15　山拐弯处　外景　白天 / 041
16　宗实卧室　内景　晚上 / 042
17　县城书店　内景　白天 / 044

18　回家山路　内景　傍晚 / 045
19　春芬家　内景　晚上 / 046
20　苗寨子弟中学　内景　白天 / 047
21　歌城KTV　内景　晚上 / 049
22　马亮画室　内景　白天 / 050
23　沪江展览中心画展　内景　晚上 / 052
24　星巴克咖啡厅　内景　白天 / 053
25　马亮画室　内景　白天 / 054
26　J大学　内景　晚上 / 055
27　丁香花园音乐会　内景　晚上 / 056
28　吴小蝶寝室　内景　晚上 / 057
29　吴小蝶新寓所　内景　晚上 / 059
30　沪江T大学报告厅　晚上 / 062
31　刘瑶家　白天 / 064
32　沪江KTV歌舞厅　内景　晚上 / 066
33　静安希尔顿酒店家　内景　白天 / 067
34　刘瑶寓所　内景　晚上 / 067
35　希尔顿大酒店　外景　晚上 / 069

37 长海医院 内景 白天 /070
38 刘瑶家 内景 晚上 /071
39 宗实心理咨询工作室 内景 白天 /073
40 春芬家 内景 晚上 /075
41 宗实母亲家 内景 白天 /078
42 镇上酒店 内景 白天 /081
43 宗实办公室 内景 白天 /085
44 教室里 内景 白天 /087
45 回家路上 外景 傍晚 /088
46 办公室里 内景 白天 /089
47 尤悠家 内景 白天 /089
48 办公室里 内景 白天 /091
49 白露家 内景 晚上 /092
50 贵阳医院附属医院 内景 白天 /093
51 教室外 外景 白天 /094
52 宗实办公室 外景 白天 /096
53 教室外 外景 白天 /098
54 医院 内景 白天 /099
55 医院 内景 晚上 /101

56 春芬家 内景 白天 /101
57 村口 外景 白天 /103
58 春芬家 内景 晚上 /104
59 春芬家 内景 白天 /106
60 春芬家院子 内景 白天 /108
61 苗寨广场 外景 白天 /110
62 宗实家 内景 晚上 /113
63 冷洛寝室 内景 晚上 /114
64 苗寨子弟中学 内景 白天 /115
65 冷洛寝室 内景 晚上 /116
66 冷洛家访 外景 白天 /117
67 医院 内景 傍晚 /118
68 冷洛寝室 内景 晚上 /119
69 医院 内景 傍晚 /120
70 冷洛寝室 内景 晚上 /121
71 苗寨子弟中学 内景 白天 /123
72 冷洛新婚 外景 白天 /124
73 苗寨子弟中学报告厅 内景 白天 /127
74 宗实办公室 内景 白天 /130

第三部

1　贵阳龙洞堡国际机　外景　白天 /142
2　苗寨的早晨　外景　白天 /143
3　教室里　内景　白天 /143
4　苗寨山路　外景　白天 /145
5　医院　内景　傍晚 /145
6　春芬家　内景　傍晚 /147
7　依依讲课　内景　白天 /148
8　依依家访　内景　白天 /150
9　依依笔耕　内景　晚上 /151
10　三月爬坡节　外景　白天 /152
11　依依书房　内景　晚上 /154
12　汤姆讲座　内景　白天 /155
13　贵州市国庆茶话会　内景　晚上 /157
14　白露家　内景　晚上 /159
15　宗实家　内景　晚上 /160
16　宗实书房　内景　晚上 /162
17　贵阳龙洞堡国际机场　外景　傍晚 /164
18　苗寨寝室　内景　晚上 /165
19　苗寨子弟中学　内景　白天 /165
20　[大学的报告厅　内景　白天 /166
21　新落成的苗寨希望中学　外景　白天 /169
22　苗岭清晨　外景　白天 /169
影片片尾曲：《追梦》/170

75　宗实办公室　内景　白天 /133
76　苗寨子弟中学礼堂　内景　白天 /134
77　人民大会堂　内景　白天 /135
78　宗实妈家　内景　白天 /136
79　医院　内景　白天 /138
80　东方大学　外景　白天 /139

附：《春润桃李》故事梗概

第一部

1 苗寨水洼里　外景　白天

（全景）苍翠巍峨贵州苗寨大山。（摇上，音乐起）

1990年，苍翠巍峨贵州大山苗寨，正值清明时节，按照村里老人的说法，这一天是不能下水瞎玩的。但是，顽童们哪里还顾得了这些，跳进水洼打起水仗来。（推成特写）

（特写）十岁的金小江正玩得兴起，不知咋的，突然大腿抽筋了，人一个劲往下沉，打水仗的孩子都吓坏了。拼命大叫："救命啊，快来人那，有小孩沉水里啦！"

一个路过的年轻人，听到呼喊，二话没说，摘下自己黑框眼镜，轻轻放在路边地上，迅速脱掉旧皮鞋，猛地跳下河，快捷地自由泳，猛地将金小江救起，他就是村里的乡村教师宗老师，没想到的是，宗老师拼命将金小江托出水面，小孩是被岸边的众人递过来的铁耙，耙上岸得救了，体力不支的宗老师却再也没自己上岸来。当人们将宗老师打捞上岸时，他已没一丝生命体征了。

（画外音）这件事在当地震动很大，金妈妈叫金小江一身重孝，双手托着宗老师唯一遗物——那副珍贵的黑框眼镜，为宗老师守灵三天三夜，感激宗老师的救命之恩。宗老师追悼会那天，金妈妈当着众乡亲的面，叫金小江咬破自己的右手食指，写下血书："不忘救命之恩，发誓学师做人。"金妈妈将金小江改姓宗老师的姓，取名叫宗实。并叫他跪在救命恩人墓前发誓：一定要继承恩人的遗志，长大后，做个像宗老师那样的好人。（推成特写）

2 T大学　内景　晚上

（全景）宗实在寝室，灯下沉思。（摇上，音乐起）

（画外音）宗实经过头悬梁，锥刺股，卧薪尝胆，咬紧牙关，发奋苦读。1998年，他终于考取了国际金融大都市的T大学，这在苗寨大山里可是破天荒第一遭，乡亲们都亲切叫他"头名状元"，姑娘们纷纷投来耐人寻味的目光。2005年宗实以优异的成绩，硕士生毕业，凭借他年年都是三好学生、优秀班干部、校团委副书记的出色表现，而留校任教。但是他始终没忘记，自己当年在宗老师墓前立下的誓言，自己学好知识后，也做一名大山教书育人的老师，以慰救命恩人的在天之灵，让大山里的苦孩子，掌握知识，改变命运，为祖国出力。（推成近景）

（近景）夜深人静，宗实又一次小心翼翼地拿出宗老师的唯一遗物——那副眼镜，轻轻用绒布擦拭着，眼泪怎么也止不住……宗实心里默默念叨，只为点燃希望，照亮梦想，与爱同行，梦驻贵州苗寨，坚守三尺讲台，为山区孩子打开一扇心灵之窗。他拿起笔，在自己的日记本上，写下了："孩儿立志出乡关，学不成名誓不还；埋骨何须桑梓地，人生无处不青山。"长期来，自己继承宗老师遗志，实现自己多年的夙愿，时时在心底激励着他。（音乐止）

3 T大学教室　内景　白天

（全景）讲台上，宗实神采奕奕。（摇上，音乐起）

（特写）宗实的注意力全身心投入教学之中，当他讲到"思想道德修养"中的"培养真挚友谊，正确对待爱情"这一课。

（画外音）年少时，懵懂的爱恋，是初春那嫩绿的新芽，绽放着清新与纯真，不曾启齿，慌乱心跳，脸颊红云，是枝头上不忍触碰的桃花，染红了青春的梦……学校教学督导组诸葛浔阳教授，被讲坛上的宗实的激情演讲所吸引。（推成特写）

（特写）宗实含着热泪，讲述自己与初恋的悲欢离合，分手而留恋，失恋而不失德，讲得荡气回肠，催人泪下。（拉摇成中景）

（中景）我的初恋，那脸上蕴含懵懂与娇羞，胆怯与憧憬，彼此用手臂拦住对方，体验异性拥抱带来的刺激。她的眼睛悄然闭合着，嘴唇却微微开启着，我仿佛嗅到她口腔里一股甜甜的气息，瞬间彼此品尝世间最不可思议的圣果，绵长的亲吻，使我决心，要与这个自己心仪的姑娘，走完人生之旅……（推成近景）

（闪回）宗实的初恋，还是刚刚留校任教，担任校团委副书记时的事。26岁的他风华正茂，常在大会上演讲，幽默诚恳，写得一笔好字，能吟一手好诗，屡有作品见诸报端，引起青年女教师的好感。但是，由于他既无房，又无钱，也无背景，"三无"的困境，使他眼睁睁看着许多机会擦肩而过。好不容易，有个中文系的女教师，向他曲意示好，委婉吐情，使两人逐步走近。对方出生于沪江"上只角"的茂名南路、国泰电影院对面花园洋楼的书香门第，眉清目秀，蕙心兰质，亭亭玉立，是家里的乖乖女。其父饱读诗书，对女儿找对象，坚持要看发展，他见宗实相貌堂堂，器宇轩昂，支持女儿，可以持续发展。无奈乖乖女有一体残弟弟，需要她照顾。她知道宗实有实现誓言、告慰恩人、知恩图报的心理情结，他早晚都神望着回归贵州大山。而体残弟弟又实在离不开自己，自己分身无术，真是两难选择。但是初恋终究是刻骨铭心、难以割舍的。两人"几度夕阳红，惜别两依依"，在珠泪纷飞中忍受煎熬，两难选择心碎徘徊。初恋乖乖女，成了宗实心里永远的痛……（推成特写）

（近景）不少女同学拿出了餐巾纸，轻轻抹泪，男同学纷纷叹息不已。

（特写）宗实声情并茂，抑扬顿挫："卜迦丘说过，真正的爱情能够鼓舞人，唤醒人内心沉睡的力量和潜在的才能。同学们，要使理想的宫殿变成现实的宫殿，须通过埋头苦干，不声不响的劳动，一砖一瓦的建造。爱情也是同样如此，真诚友谊，理性恋爱，成功事业，快乐人生，是当代大学生成长之路。"（拉摇成全景）

（全景）一股正能量在学生心中提升，下课铃响了，全班同学站起来，报以热烈的掌声。（推成近景）

（近景）督导组诸葛浔阳教授，走上讲台，紧紧握着宗实的手："宗实老师，你的课讲得好有激情啊，我祝贺你呀！你对讲这门课十分投入，声情并茂，能够说说原因吗？"（推成特写）

（特写）宗实："诸葛教授，我曾经遇到一件事，对我感触很大，我教过的一个男生是学霸，但为了替女朋友送生日礼物，偷了同学的索尼电脑卖掉，买了高档化妆品，讨女朋友欢心，结果进了公安局。可见学生的学习成绩再好，品行不好，最后还是会成为社会的处理品。"（推成近景）

（近景）诸葛浔阳："我校竟然还有这样的事啊？"（推成特写）

（特写）宗实："对，这件事就发生在我身边，我感到，国家这么重视这门课，坚持教书和育人相统一，坚持言传和身教相统一，坚持潜心问道和关注社会相统一，坚持学术自由和学术规范相统一，太重要了，作为任课教师,我要有社会担当,有使命责任,以理想信念指引教书育人,以道德情操践行言传身教,以扎实学识实现学术自由和学术规范统一,以仁爱之心不辍问道和反哺社会,直面人生,直至人心,真正用心将这门课上好。"(推成近景)

(近景)诸葛浔阳握着宗实的手:"宗实老师,你说得太好了!"(音乐止)

4 教学评估会 内景 白天

(全景)教学专家评估会上。(摇上,音乐起)

(特写)诸葛浔阳教授:"听了宗实老师的"思想道德修养"中的"培养真挚友谊,正确对待爱情"这一课,我很动容,这是我10年中所听到的最好的课,没想到,思想道德课能够讲到这样高的层次与这样深的意境,深深打动了学生,也深深打动了我,使人叹为观止。更难得的是,宗实老师有一种社会担当,有一种必须将这门课上好的高度责任感。"(拉摇成中景)

(中景)其他一起听课的四位教授,也纷纷点头和发言,表示同感。(化出)

(画外音)宗实敬业执教"大学生思想道德修养",又兼攻自己热衷心的大学生心理学。他的授课既有高屋建瓴,又有超低空飞行,十分接地气,深受学生欢迎,纷纷点赞。他开设的选修课"大学生心理障碍与调适",采取心理咨询,师生互动的方式,"大学生心理障碍与调适"每学期爆棚,迅速在网上窜红,点击率为全校所有课之冠,根据全校万名学生无记名投票,宗实被评为"学生心目中的好老师"。由于教学校督导组鼎力推荐,学院领导积极附议,宗实在这年的教师节,被评为校优秀教学工作者,他的帅照出现在校先进人物光荣榜上,他经过刻苦努力,还考取了国家二级心理咨询师。(音乐止)

5　校心理咨询室　内景　白天

（全景）周五下午,校心理咨询室内宗实接待咨询者。(摇上,音乐起)

（近景）宗实接待第一个前来心理咨询者,是被人们称为"爱情空手道"的吴小蝶,宗实播放起放松音乐。(推成特写)

（特写）宗实:给她泡了杯绿茶,微笑着说:"我有什么能够帮助你吗?"(推成近景)

（近景）吴小蝶:"人家叫我'爱情空手道',其实我并非天生的,而是严酷的生存环境,硬将我逼成'爱情空手道'的。青春是打开了就合不上的书,人生是踏上了就回不了头的路,爱情是扔出了就收不回的赌注。"

（闪回）当年,这个容貌靓丽的川妹子,在一次迎春汇演中,以一曲《山丹丹开花红艳艳》,唱响校园,成为青年教师追求的对象。其中有个浓眉大眼的青年副教授,吴小蝶和他两人一见钟情,步入婚礼殿堂。婚后两年,吴小蝶没怀孕,医院检查鉴定,原来她怀孕率极低。丈夫对她很不满意,逐渐与一名文工团女舞蹈演员走到了一起,个性刚烈的她,自杀未遂,被从死亡线上抢救过来后。住院期间,丈夫竟然连一天也不愿护理。离婚后的吴小蝶,看破红尘,她认为男性就是靠不住的,自己要以牙还牙,她玩起了爱情空手道来报复男性。(推成特写)

（特写）宗实用关注的眼神,望着她,静静倾听她含泪的倾诉:"小吴老师,你实施'爱情空手道'的报复计划,你想过没有?被报复者,他会遭受怎样的心理创伤?如果,他也是心理忧郁症患者,那岂不雪上加霜?"(摇移)

（近景）吴小蝶:"宗实老师,我心里其实也内疚,但内疚还是挡不住复仇之神的诱惑。"(推成特写)

（特写）宗实："小吴老师，伤人一千，自毁八百，你在伤害别人中，其实自己心理也在受伤，希望你早日从报复的仇恨心理中走出来，啥时候，你走出来了，你就回到宁静的心灵港湾了。"（化出）

宗实推心置腹的话，似锤子敲打在吴小蝶的心头。（音乐止）

6 静安寺百乐门舞厅　舞池内景　晚上

（全景）百乐门舞厅，灯红酒绿。（摇上，音乐起）

（近景）静安寺百乐门周末舞会上，吴小蝶一袭粉绿长裙，白色舞鞋，十分抢眼，她正与一位中年人翩翩起舞。随着《送你一支红玫瑰》伦巴舞曲，吴小蝶与中年人，配合得丝丝入扣。（拉摇成中景）

（中景）一曲已终，俩人回到椅子上，企业家尹总，中年离异，现在还是单身。（推成近景）

（近景）尹总："我平时工作忙，今夜周末舞会，难得跳跳舞，放松一下，没想到邂逅人靓舞美的名校女教师，跳得如此默契，咱俩正是缘分啊。（拉摇成全景）

（全景）舞曲《友谊地久天长》响起，尹总一个邀请礼，托着吴小蝶的玉手，进入舞池。（推成特写）

（特写）俩人仿佛参加华尔兹大奖赛一般，起步滑行，行云流水，旋转回龙，收姿造型，舞客纷纷鼓起掌来。（推成近景）

（近景）尹总牵着吴小蝶的手，登上了蓝色保时捷，绝尘而去。（音乐止）

7 静安波特曼酒店　内景　晚上

（全景）静安波特曼酒店的周末酒会，座无虚席。（摇上，音乐起）

（特写）尹总端起法国波尔红酒与吴小蝶轻轻一碰："小吴老师，今夜

咱俩幸会,我敬你。"(摇移)

(特写)吴小蝶:"认识尹总是我一生的荣幸,我也敬您。"(化出)

(画外音)尹总作为单身钻石王老五,他见过的出色女性不在少数,但吴小蝶的气质、风度、言谈、举止、形象、舞姿,还是使他怦然心动。(推成特写)

(特写)吴小蝶(内心独白):"这个尹总无论长相、气度、舞姿和交谈,超凡脱俗,虽然年龄比自己大了好几岁,自己反正就跟着感觉走吧,牵着梦的手吧。"(拉摇成远景)

(远景)一顿宵夜在愉快的气氛中落下帷幕,午夜的街头,蓝色保时捷飞驰,尹总送吴小蝶回W大学。(音乐止)

8 吴小蝶家中　内景　白天

(全景)吴小蝶家中,窗明几净,纤尘不染。(摇上,音乐起)

(画外音)尹总终于找到了一丝恋爱的感觉,吴小蝶三天两头会收到他让快递送来的鲜花、礼品。吴小蝶进入情感心理纠结期,这位尹总的处事待人颇有人情味,企业办得好,家境很优越,如两人能走上红地毯,确是一件好事。但她又想自己的初衷是用"爱情空手道"报复男性,怎能稀里糊涂进入热恋角色呢?到底咋办?真是两难选择啊。

(近景)吴小蝶在床上缠绵悱恻,想想自己年纪也不小了,干脆找钻石王老五尹总嫁了算了,又想想,自己心里这口复仇的恶气还没出,就是结了婚,还是要给活活憋死的,与其自己气死,还不如把对方气死。(摇移)

(画外音)吴小蝶表面上与尹总卿卿我我,心底里却心理暗示自己,我不过是在演戏,有幽会就去,有礼物就收,有宴请就吃。任凭你围困万千重,我自岿然不动。(摇成远景)

9　尹总寓所　内景　白天

（全景）数月后。（摇上，音乐起）

（中景）尹总陪同吴小蝶看新装修的别墅，预定豪华婚纱，预定静安希尔顿酒店高档婚宴。尹总征求吴小蝶意见："咱俩啥时去民政局办理结婚证？"（推成特写）

（特写）吴小蝶意味深长地笑笑说："我今晚做个甜梦，明天清晨，朝霞满天的时候，第一个就告诉你。"（摇移）

第二天清晨。

（近景）尹总刚刚吃完牛奶、三明治和水果，准备拎包开车上班，苹果手机来了微信。（推成特写）

（特写）吴小蝶："尹总，我的梦醒了，我俩的演出该谢幕了，我俩确有代沟，真的并不合适。"（摇移）

（特写）尹总看得目瞪口呆，马上回拨，手机语音提示：对方已关机。（摇移）

（特写）吴小蝶发完微信，含着眼泪，狠狠地咬着自己的手指，恶毒地享受着用爱情空手道报复恋爱中的男人的快意……（音乐止）

10　五角场酒店外的小路　外景　晚上

（全景）周末晚上，月影朦胧的五角场酒店外的小路上。（摇上，音乐起）

（中景）青年女教师刘瑶与闺蜜吴小蝶小酌后，彼此分手，她刚刚从银行取款机取了两万元现金，准备明天去买个电脑。红酒的后劲直冲脑门，两边的太阳穴微微在跳，咦，右眼怎也跳了起来，她心里直觉预感不妙，路边候车，竟然没有一辆出租车经过，于是准备抄近路到达车站，从一条小巷穿过，事情就发生在这千钧一发之间。（推出近景）

（近景）小巷的前面，两个男子双手抱胸，眼神来者不善地瞄着她，刘瑶刚想转身，身后响起急速的脚步声，又是两个对方的同伙快步跟进，她依稀记得，这是经常在杨浦大学城周边摆地摊的外地男子，自己现在是名副其实的四面楚歌了。(推成近景)

（近景）大个外地男子："跟了你很久了，口袋里钱可不少啊。此树是我栽，此路是我开，要从此路过，留下买路钱！"他话没说完，一记耳光呼啸而至，刘瑶只感到左脸火辣辣地疼。(推成特写)

（特写）刘瑶："你们是谁？我们无冤无仇，怎么动手就打人？"(推成近景)

（近景）大个外地男子："不打你，你会痛痛快快交钱吗？"她右脸又结结实实挨了一巴掌。后面两人也没闲着，42码的皮鞋脚，狠狠地踹了上来。(拉摇成中景)

（中景）正当刘瑶叫天天不应、呼地地不灵之际，一个双目炯炯有神的青年路人甲，看到四个大汉群殴一个秀气文弱的姑娘，实在看不下去了。(推成特写)

（特写）路人甲："你们四对一，欺负一个姑娘，算啥好汉，有本事的与我过过招，怎样？"(拉摇成中景)

（中景）四个大汉一听有人叫阵，朝路人甲围了上来。(推成特写)

（特写）路人甲不慌不忙地说声："俺就以武会友了"。一招"野马分鬃"，前后两掌结结实实，打在两个大汉的胃部，两人顿时疼得捂着胃部，连连倒退。(推成近景)

（近景）行家一出手，就知有没有。另两个大汉见状，知道今夜遇到劲敌，不敢怠慢，摆出拳击架势迎敌，四人中的大哥，猛地一记势大力沉的直拳猛击路人甲眉骨，路人甲左手拦击，右手同时发力，重重一掌，猛拍在大哥的气海穴上，他顿时疼得闷声蹲在地上。(摇移)

（近景）二哥见大哥受挫，突袭一记上勾拳，闪击路人甲下巴，仅在分

毫之间，路人甲仰天长啸，避过上勾拳，一个穿心腿，重重踹在二哥小腹上。（拉摇成中景）

（中景）"他是个练家子！哥们撒！"男一号大叫一声，在黑暗的夜色中四散逃去。（推成特写）

（特写）路人甲笑着拍了拍衣服上的灰尘："四个小混混也想在杨浦大学城称霸，哪知道这里藏龙卧虎。"路人甲走到刘瑶面前，轻轻扶起她，一看顿时惊喜："啊呀，怎么是小刘老师，你要紧不？"（推成近景）

（近景）刘瑶："啊呀，是心理咨询所的宗老师啊，你还给我做过心理咨询哪，真是人生何处不相逢，看来我俩还真是命中有缘，感谢你路见不平，拔刀相助，今夜如果没有你出手，后果简直不堪设想，谢谢你！"（推成特写）

（特写）宗实："今夜是国学进社区，学校委派我去五角场体育馆参加武术表演，回家路过此地，没想到遇见你了，小刘老师，他们伤到你吗？咱们到长海医院看看去，最好配点虎骨麝香膏和雪山罗汉果，那药治伤管用。"（音乐止）

11　T大学报告厅　内景　白天

（全景）T大学学术节的周末心理讲座。（摇上，音乐起）

（近景）周末下午，T大学报告厅心理学讲座，席无虚座。（推成特写）

（特写）诸葛浔阳教授讲授自己的新作《情商管理与EQ提升》，他指出：一个人的管理能力取决于他的情商，也就是自我我管理情绪的能力。美国情商协会的口号是："做EQ测验吧，让我们再进化一次，成为智慧的上帝。"可见EQ的重要性。情商是一种储量巨大的管理资源。激励情商可以：树立为愿景、直面困难、敢于竞争、提升目标、做好调整计划、享受过程、付诸行动、经常自省、树立危机意识、敢于否定自我、乐意做小事……他认为管理者,力戒愤怒的负面情绪,愤怒是架在心口的一把刀,管理者要用高情商智慧来管控愤怒,管理者应学会控制愤怒,减少工作摩擦。管理者需要学会意念松弛的'心灵体操',以运动释放工作压力,合理饮食,调适工作疲倦防止金属疲劳……(摇移)

(特写)宗实心理咨询师讲座是《忧郁化解与快乐人生》,他强调:人的本质是趋乐避苦。而人的寿命长短也与是否快乐,直接有关。通常看歌唱家、艺术家、画家、书法家的寿命,一般都比较长。家庭幸福的老人一般寿命也比较长,百岁老人都是金婚,而家里大吵三六九、小吵天天有的家庭,整天骂骂咧咧、吵吵闹闹、忧郁忧郁、缺乏快乐的人,严重影响他们的寿命。今天的社会,竞争加剧,人际复杂,房价不菲,雾霾沙尘,都容易产生忧郁心理。他建议:用微笑化解自我的忧郁情绪,经常进行有氧运动,在优美的旋律中放松心情,选择怡人的色彩中宣泄情绪,利用香味优化自我的情绪……(拉摇成远景)

(远景)两位心理专家的讲座,收到了意想不到的欢迎,长时间的掌声,折射了高节奏时代,人们呼唤心理学。(推成特写)

(特写)报告厅外,长桌上放着诸葛浔阳教授的新作《情商管理与EQ提升》、心理咨询师宗实的新作《管理者的忧郁化解与快乐人生》两本书,购书请作者签名者排起了长队。诸葛浔阳与宗实坐在椅子上,龙飞凤舞,忙着为购书者签名。(推成近景)

(近景)突然,有两个亭亭玉立的靓丽女性快步走出了购书长队,走到宗实面前。(推成特写)

(特写)吴小蝶:"宗实老师,我的命是你救的,我的爱情也是你救的。在你身上,我看到了心理帮困的力量,刚才听了你的心理讲座,更感到心理健康的重要,我请求加入你们的心理帮困团队,请收下我这个女弟子吧。"(摇移)

(特写)刘瑶见状也接着说:"宗老师,让我也跟着你做个心理帮困志愿者。"(摇移)

（特写）宗实一看，面前竟然是曾经的"爱情空手道"吴小蝶，旁边还有青年女教师刘瑶，马上他站起身说："小吴老师，小刘老师，你俩愿意当心理帮困志愿者，我很高兴，这说明你俩现在是真正从心理迷茫中走出来了。看到你们今天这样的良好心态，我很欣慰，欢迎你们，咱们肯定会成为很好的心理帮困合作伙伴。"（拉成近景）

（近景）吴小蝶与刘瑶，擦拭着喜悦的泪水，幸福地笑了……（音乐止）

12 　校心理咨询室　内景　白天

（全景）周五下午，校心理咨询室内宗实接待咨询者。（摇上，音乐起）

（近景）宗实接待前来心理咨询者，是被人们称为"恋爱失意者"的大学语文教师冷洛，宗实播放起了放松音乐，（推成特写）

（特写）宗实给他泡了杯绿茶，微笑着说："我有什么能够帮助你吗？"（推成近景）

（近景）冷洛："宗老师，可能是父母没有把我的名字起好，名字谐音叫冷落，结果，我的恋爱一路坎坷，遭遇冷落，实在是屡战屡败，苦不堪言，都得了恋爱忧郁症了。"（推成特写）

（特写）宗实看了眼其貌不扬的他："小冷老师，男女恋爱，还是讲个缘分的，也是有个机缘巧合的问题，可能你的姻缘还在路上，你的爱情鸟还没有飞到吧，这种事急不得，还要平心静气，随遇而安呐。"（推成近景）

（近景）冷洛："宗老师，前几天友人给我介绍了个女友，一接触，才发现是'三瘾家庭'，他爸爸是'虫瘾'，专门收集各种各样蟋蟀，迷醉于自己旗下的青头骁将、黄翅大王、咬死不放、迂回冠军，他不惜抛妻离女，转战大江南北，屡战屡胜，乐此不疲，每年到全国巡斗，一会业内众高手，彼此亮剑，一一过招，被圈内誉为'江南虫王'。

"他妈妈是'麻瘾'，早饭吃过，浑身难过，中饭吃过，半天混过，晚饭吃过,生龙活虎。是远近闻名的麻坛高手,平时病恹恹的,晚上,灯光下,只要手摸麻将,顿时双眼目光如电,通宵达旦,精神抖擞,曾经创造过72小时不下火线的骄人战绩,附近的麻将搭子送她外号'通吃'。

"她自己是'网瘾',只要一上网,顿时变成荒江女侠,在网络世界里,笑傲江湖,醉生梦死。特别是打游戏机,人就如梦似幻,甚至忘记了上班,忘记了吃饭,忘记了睡觉,如痴如醉,废寝忘食,越战越勇,所向披靡,同事戏称'网侠'。我与她见面时,只见她一对熊猫黑眼圈,眼睛半开半闭,似睁非睁,神情恍惚,俩人交流不了几句话,满口都是什么:菜鸟、河马、漂漂、286、斑竹、板斧的,初次幽会,她第一句话就是,你喜欢什么网络游戏?你经常上什么网?咱俩也不要谈啥朋友了,干脆直接网恋算了,可真是奇了怪了,这个女友怎么如此不靠谱,我急得都失眠了。"(推成特写)

(特写)宗实:"小冷老师,你试试能不能将心理注意力转移到大学语文教学与文学创作上来,这样心理会豁然开朗。再等等机会吧。"说完,他从抽斗里拿出一本书《青年恋爱中的心理调适》:"这是我的老师,诸葛浔阳教授的心理学新作,十分落地,引人入胜,我已认认真真读了两遍,送给你随便看看。可能有点启示。"(推成近景)

(近景)冷洛:"诸葛教授可是心理学名家,他的书,我要看的,宗老师,谢谢你,这么慷慨,还送新书给我。"他说完,与宗实握了握手,拿着书如获至宝地走了。(音乐止)

13 五角场合生汇茶餐厅 内景 晚上

(全景)合生汇稻城茶餐厅,灯火通明。(摇上。音乐起)

(闪回)周末,恋爱屡遭惨败的青年教师冷洛,到合生汇稻城茶餐厅宵夜,酒喝到恰到好处时,突然旁边一桌,清脆的声音直冲耳鼓:"钱财多的回家少,想法多的成事少,读书多的心眼少,成功多的长命少,心眼多的安宁少,情人多的睡眠少,劳累多的收入少,朋友多的困难少,段子多的郁闷少,笑声多的疾病少!咱姐当然是段子多的郁闷少啰!"(推成近景)

(近景)冷洛回头一看,大吃一惊:只见一个年轻姑娘,人面桃花,脸色酡红,眼神涟漪,自饮自吟,娓娓道来。他暗暗想到:"没想到在这里还巧遇洪荒之力的女段子手了?"(推成特写)

(特写)冷洛拿起酒,又狠狠灌了一口:"舔屏时代不是只看脸?在这个鲜肉当道的社会,不是光颜值重要,主要还是看气质。男神有多款,小鲜肉众星云集,又是凭什么俘获众多少女真心,我撩妹之外,更以高情商、高智商在媒体圈内闻名,妙语连珠的问答连起来可绕地球一周。"

(近景)"桃花脸"听了,竟然热烈鼓起掌来。(推成特写)

(特写)冷洛顿时来了灵感,他朗声感叹:"人最悲哀的,并非昨天失去得太多,而是沉浸于昨天的悲哀之中。人最愚蠢的,并非没发现眼前的陷阱,而是第二次又掉了进去。人最寂寞的,并非想等的人还没来,而是这个人已从心里走了。如果时光可轮回,就没那么多后悔;多少次又多少次,回忆把生活画成一个圈,而我们在原地转了无数次,无法解脱。总是希望回到最初相识的地点,如果能够再一次选择的话,可以爱得更单纯……"(推成近景)

(近景)其貌不扬的冷洛,以他富有磁性的男中音,引来了女段子手欣赏的目光。女段子手"桃花脸"借着酒劲,移动位子,干脆移步坐到了冷洛的身边:"今夜,咱俩棋逢对手,相见恨晚了:我出生一张纸,开始一辈子;毕业一张纸,奋斗一辈子;婚姻一张纸,折磨一辈子;做官一张纸,斗争一辈子;金钱一张纸,辛苦一辈子;荣誉一张纸,虚名一辈子;看病一张纸,痛苦一辈子;悼词一张纸,了结一辈子;淡化这些纸,明白一辈子;忘了这些纸,快乐一辈子!"(推成特写)

(特写)冷洛见状,不敢怠慢,张口就来:"我小时候,希望自己快点长大,长大了,却发现遗失了童年;单身时,羡慕恋人的甜蜜,恋爱时,怀念

单身时的自由。其实很多事物,没有得到时总觉得美好,得到之后才开始明白,我得到的同时也在失去太多!"(推成近景)

(近景)女段子手"桃花脸"举起杯与冷洛碰了一下,两人一饮而尽:"你的颜值实在不咋的,而声音倒是像个播音员,口舌伶俐,玩段子有一套,你应该拜著名配音演员童自荣为师,给电影《泰坦尼克》配音啥的。"(摇移)

(近景)冷洛一看有戏,迅速拿出名片,恭恭敬敬双手捧上:"幸遇公主,敬如天人。高山仰止,肃然起敬。"女段子手"桃花脸"的虚荣心似乎初步有了一丝满足。两指夹过名片,扫了一眼:"你T大学教师,不会是假冒伪劣的吧?"

(近景)冷洛:"小生不敢,如假包换,初次邂逅,请多多关照,在下唯公主马首是瞻,唯命是从,听从调遣。"

(画外音)在冷洛甜言蜜语的狂轰滥炸下,酒劲催化中的女段子手"桃花脸"心里好有成就感,目光自然而然亲近起来。冷洛一看心领神会,"桃花脸"怦然心动吧,本人今晚可是少有的大丰收了。

(近景)冷洛对"桃花脸"说:"Tonight I met you is my greatest pleasure."(今夜遇到您是我最大的荣幸)。

(近景)大众出租车上,三分醉的冷洛送七分醉的"桃花脸"回家。两人互加了微信,留了电话。

(近景)出租车司机问:"到底往哪开?""桃花脸":"新江湾城,复旦科技园小学旁边的首府别墅。播音男你的英语是哪里学的?""我是工作需要,自己到新东方学的,我爸是大学教授,我妈是中学语文教师,我教大学语文,刚刚起步,很不成熟。"

(近景)"桃花脸":"我爸是证券公司老总,妈是财务总监,我是大专生,房地产专业大三在读。播音男你是不是感到我很好骗啊?我老实告诉你,我刚刚跟前男友分手,实在心里空空的,很孤独,好无聊,才出来借酒浇愁,没想到遇到你,这个其貌不扬的播音男。否则单凭你的低颜值,根本没这机会。"

（近景）冷洛："How did I dare to cheat you, respect it."（我哪里敢骗您,尊敬还来不及。）（摇移）

（近景）"桃花脸"："看你还算懂规矩,本公主今夜就收了你。"

（近景）冷洛："Only bow down in front of a beautiful white swan, my ugly duckling, kowtow, orders.（在美丽的白天鹅面前,我丑小鸭只有跪拜,磕头,听命的份。）"（摇移）

（画外音）酒后吐真言的"桃花脸",在冷洛的甜言蜜语炸弹下,凭着七分醉的心态,在大众出租车上,被冷洛吻得浑身冒汗,她只感到他那厉害的吻技,犹如一条灵动的小蛇,在自己口腔里,上下翻腾,前后掘捣,拼命吸涌。最后,竟然浑身无力,软作一团。（摇移）

"你们已经到了。"司机在别墅前稳稳停车。

（近景）冷洛立即拿出乘车卡给司机刷卡。然后,他扶着头轻脚重、如梦似幻的"桃花脸"下车。俩人来到林荫处,冷洛数年恋爱,还是第一次碰到这样与靓女香吻的难得机遇,他仿佛意犹未尽,搂着"桃花脸"重新又吻了个够,这次一直吻得"桃花脸"浑身颤抖,双手紧紧抓住他的头发,冷洛的第六感觉告诉自己,与这个骄傲的小公主邂逅,首战告捷。（摇移）

（特写）冷洛看着"桃花脸"开门进别墅,当即转身,心满意足,得意地吹着俄罗斯民歌《莫斯科郊外的晚上》的口哨,顿时感到浑身轻飘飘的,踏上了归途。

（画外音）冷洛自从结识"桃花脸",仿佛打了鸡血,浑身来劲了。他每天早晨、中午、晚上分别要给她发送幽默风趣的最新段子。每天晚上,他驾驶着燃气车,在职业学院门口接"桃花脸",然后,不是肯德基,就是麦当劳,不是汉堡王,就是茶餐厅。自从与前男友掰了的"桃花脸",正好处于心理空仓期,心灵深处特别空虚,孤独,无聊。其实她根本不在乎吃什么,每天有这样一个能说会道、阿谀奉承的段子手在她鞍前马后,围着她团团转,满耳朵都是甜言蜜语,满眼睛都是点头哈腰,她那骄傲的小公主的虚荣心得到充分满足,感到人不可貌相,冷洛其实也不坏。(音乐止)

14　冷洛登门拜访　内景　白天

（全景）新江湾城,复旦科技园小学旁边的首府别墅。(摇上,音乐起)

（画外音）冷洛与"桃花脸"一来二去,多次幽会,花前月下,卿卿我我,仿佛两人都进入了角色。"桃花脸"告知冷洛:"周末我爸妈要见见你。

（近景）冷洛经过一波三折,好不容易卖掉了虹口公园旁边的小居室,他驾驶着百万元的全新奔驰轿车,西装革履,提着礼包,信心满满,来到了"桃花脸"家——新江湾城复旦科技园小学旁边的首府别墅,一走进大厅,放下手中沉甸甸的礼物。(推成特写)

（特写）"桃花脸"的爸爸,一看就是个金融成功人士,浓眉高扬,鼻梁笔直,器宇轩昂,不怒而威。她的妈妈,则是弯眉细目,机敏过人,一看就是个工于心计的管钱高手。(推成近景)

（近景）冷洛深深鞠了一个躬,叫了声"伯父好,伯母好"。四人在大厅里边喝茶,边聊着。(摇移)

（近景）"桃花脸"的爸爸问:"小冷,你是做什么工作的?"

（近景）冷洛双手递上名片。她的爸爸随便扫了一眼,又问:"你主要教什么课?"

（近景）冷洛:"大学语文,也经常写点文学作品。"

（近景）"桃花脸"的爸爸微微皱了皱眉头,将名片递给了妻子,财务总监自从冷洛一进门,就没有正眼看过他,对名片仅仅瞄了一眼,就不屑一顾地把名片放在桌子上。

（画外音）一段长时间的沉默与尴尬,整个大厅寂静无声。善于察言观色的冷洛感到一种不受欢迎的气息扑面而来。

（近景）冷洛眼珠子一转，站起来谦恭地说："我今天是专程来拜望两位老人家的，现在彼此已经见过面了，就此告辞，我学校还有点事要处理，敬请见谅。"他站起身，双手作揖，走了出来。

（近景）"桃花脸"的爸爸、妈妈："慢走啊，不送了。"（推成特写）

（特写）"桃花脸"更是一脸不高兴，将冷洛送出首府别墅，头也不回地走了。

（近景）冷洛想，自己究竟这算咋回事？送了1万多元的礼品，还碰了一鼻子灰，真是自讨没趣，咎由自取。（音乐止）

15　最后的晚餐　内景　晚上

（全景）五角场金米罗酒家。（摇上，音乐起）

（画外音）整整一个月，"桃花脸"动静杳然。一个月后，"桃花脸"终于约谈冷洛。他一见"桃花脸"吓了一跳，短短一个月时间，"桃花脸"竟然变成了"人比黄花瘦"的"黄花脸"。两人几乎没有语言交流，彼此蒙着头，闷声不响，往嘴里灌青岛啤酒，一打青岛啤酒，全部成了空罐。

（近景）"黄花脸"含着眼泪终于开口了："那天，你走后，爸妈狠狠骂了我一顿，这是我二十多年来，第一次享受这种'高级待遇'，他们骂我怎么这样没有眼光，堂堂白富美，竟然找个低颜值。堂堂富二代，竟然找个穷光蛋，堂堂别墅女，竟然找个无房户。问我大脑是不是进水了？神经是不是错乱了？究竟想干什么？气得我彻底大病一场。你也看到，我漂亮'桃花脸'会气成丑陋'黄花脸'了，这可是全拜你所赐啊！"

（近景）冷洛："您千万消消气，太生气会伤身体的。"

（近景）"桃花脸"咬咬牙，恨恨地说："我现在几乎就想一死了之，但是这口气没处出。心有不甘哪，我反复思量，把我害成这样的罪魁祸首是谁？那就是你！如果没你，当时狂吻我，吻得我神魂颠倒，我能够为你颜值那么低的家伙动心吗?每次幽会,如不是你的兰花拂穴手,从上到下乱摸我,我会神经错乱地喜欢上你吗?现在我爸妈坚持要叫我,到零陵路600号,沪江心理卫生中心,看看心理咨询专家门诊,还拍桌子说,我不和你断,他们就和我断,要与我断绝父女、母女关系。冤有头债有主,今夜我就是来向你讨个说法。"

(近景)冷洛:"都是我不好,我向你赔礼道歉。"(推成特写)

(特写)"桃花脸":"你赔礼道歉有用么?现在放在咱面前的,只有两条路。一条是咱俩一起喝毒酒,今天晚上一起死。另一条,你必须拿出10万元,赔偿我的青春损失和精神损失,否则你哪天开奔驰车,百分之百肯定会撞上土方车!我说话算数,我的性格,你最清楚,我的哥们,是绝对让你吃不了兜着走的!""桃花脸"斩钉截铁,说完后,拿出两包毒药说:"这是鹤顶红与孔雀胆,世界上最毒的毒药,剧毒无比,入口封喉。我请道上哥们高价买来的,你准备是吃毒药毒死,还是开车时被土方车压死,二选一!"说完,将两包毒药,推到冷洛面前。(推成近景)

(近景)冷洛看着"桃花脸"那张泪流满面的脸,仿佛就是《白毛女》中喜儿怒视黄世仁那张脸,他浑身一哆嗦,冷汗从额角不断渗出来。他心里清楚,自己根本玩不过"桃花脸"。想到自己最后归宿,不是今夜死,就是撞死,浑身颤抖不止。他咬咬牙说:"既然,你已说到这个份上,我也没啥话好讲了,就赔偿你青春和精神损失费十万,从今往后,一刀两断,各奔东西!"冷洛说完,从包里拿出一张VIP卡,推到"桃花脸"面前:"这张卡里面十万元,密码就是我的生日,这你知道的,现在咱俩情断义绝,彻底两清了!"(摇移)

(近景)"桃花脸"毫不犹豫,迅速拿起VIP卡,塞进了自己裤袋里,还拉上了拉链,轻轻拍了一拍。突然,出人意外,快速抓起冷洛的左手,恨恨地咬了一口,血从伤口渗了出来,她大声说:"这是咱俩留个恩断义绝的纪念,你癞蛤蟆就别吃天鹅肉了,今后咱们,分道扬镳,形同陌路!"说罢,喝

了六罐青岛啤酒的"桃花脸",一脚踢开门,扬长而去。(推成特写)

(特写)冷洛受到心灵重创,六罐青岛啤酒在肚子里,开始作天作地。酒驾是肯定不行的,他沿着黄浦江,失魂落魄地游荡着,垂头丧气地抽着烟,想想自己,为了这个"桃花脸",连住房都卖了,现在自己已身无居所,"桃花脸"最后又拿走十万,奔驰车花费一百多万,大衣西服,送礼招待,现在几乎已身无分文。感到自己咋会这样失败,这样不顺利,这样被人家看不起,"桃花脸"父母鄙视的冷漠目光,就像利剑一般,刺破了自己的自尊心,"桃花脸"恶狠狠咬自己左手,留下深深带血的齿印,在自己心里永恒地定格。

(画外音)冷洛想到这里,死的念头仿佛一条眼镜蛇,昂起了脖颈,从他心底里窜了出来,他头脑里一片空白,一只脚,猛地跨上了黄浦江的堤岸,刚刚准备跳下去,不知怎么的,随风飘起的大衣的后摆,竟然被身后的人紧紧抓住。冷洛惊讶地回头一看:"诸葛教授,您咋会在这里?"(推成特写)

(特写)诸葛浔阳:"我刚才碰巧也在金米罗与学友一吃共进晚餐,你跟那女孩的争吵声音有点大,我基本听了个大概。看到你失魂落魄的样子,凭我十多年心理咨询的直觉,你有解不开的心结,所以,我告别学友就一路跟了过来。"(推成近景)

(近景)诸葛浔阳顺手拦了一辆世博出租车,快速朝学校自己心理咨询室驰去。心理咨询室里,诸葛浔阳打开了放松音乐,他给冷洛泡了杯茶:"小冷,这里没外人,咱俩是同事,你心里有啥不快,尽管对我彻底倾诉。"

(近景)冷洛:"自己到了谈恋爱年龄了,可惜屡战屡败,一直不顺。好不容易与在校大三学生'桃花脸'相遇,一来二去,彼此似乎有了点感觉,原本想,自己卖了房,买了车,堂堂正正与富二代'桃花脸'谈婚论嫁,没想到,对方的父母目光如电,犀利无比,根本看不起自己,将我视同草芥,这样对我的自尊心是致命的打击。现在,房款折腾已尽,身无居所,一无长处,无人欣赏,生不如死,愧对父母,干脆结束生命,以死谢罪。"他把心

里话倒出来了,心里感到轻松了不少。(推成特写)

(特写)诸葛教授在冷洛的茶杯里添了点水,将放松音乐的音量调节得低一点,自己喝了口茶:"小冷,能够听我说几句吗?"

(近景)冷洛:"诸葛教授,今晚要不是您救了我,现在我可能已在黄浦江底里摸鱼了,您就是我的救命恩人,你的话我洗耳恭听"(推成特写)

(特写)诸葛教授:"小冷,今天晚上这件事,粗看是坏事,但是,它又在慢慢变成好事。你看,我俩,也曾有过心理咨询谈话,但是,远没今天这样坦然,你刚才把心里话对我说了,我很感动,感激你对我的信任。"

(近景)冷洛站起来,摸出手绢,擦了把汗,喝了口茶,深深吐了口气,眼光逐渐变得平和、专注起来。(推成特写)

(特写)诸葛教授亲切地说:"小冷,我知道,你心气较高,希望受到别人的尊重,期盼干一番事业,这都不是坏事。问题是你与'桃花脸'并不合适,她们家里的水,还是较深的。至少,她父母基本上是不可能接纳你这样一个收入不高、颜值不高、个头不高的青年教师,只有合适的才是最好的,找女朋友是这样,找工作平台也是这样,你说呢?"

(近景)冷洛听了诸葛教授的话,醍醐灌顶,如梦初醒,整个人就像被雷打了一样:"这是我一生听到的最深刻也是最中肯的批评,诸葛教授,我真心拜您为师,请您给我指点指点迷津。"(推成特写)

(特写)诸葛教授:"你知道我的学生宗实的故事吧。"

(近景)冷洛:"我知道,宗老师人相当不错,是个心理咨询师,专门给我做过心理咨询,还送了一本您写的恋爱心理调节的书,后来听说到苗寨照顾老妈,教书育人去了。"

(特写)诸葛教授:"这是他为了报答当年救命恩人所立下的誓言,实现自己多年的夙愿。他不辞辛劳,尽心尽力地为大山里的苦孩子,授业解惑,他将自己在苗寨的经历写成了小说,他登上了黔州电视台,成为黔州作家协会的最年轻的新锐作家,他还与我的心理帮困团队联手,决心将自己的文学创作之根深深扎在西南大山里,他还与我的心理帮困团队联手,决心用一生来践行自己在恩人墓前的泣血誓言……"(推成近景)

(近景)冷洛惊讶地睁大了双眼:"这是我一生所听到的最感人的真实故事,我彻底被震撼了,我已恨透了原来的我,决心开始重新的我。只有到西南大山这种苦地方,吃尽苦中苦,才能够彻底脱胎换骨,完全重新做人。请您恩师牵牵线,我也要到西南大山去,老老实实跟着宗实老师,我要用自己的实际行动做一名育才的老师,也要成为青年作家。"

(特写)诸葛教授:"贫穷的苗寨,是常人难以想象、难以忍受的那种艰难困苦,我曾经利用假期,赴苗寨为苦孩子心理咨询过,这种苦你受得了吗?你真的下定决心,义无反顾了?"

(近景)冷洛拍着自己的胸脯,信誓旦旦,激动不已,他眼眶里含着热泪,一字一句地说:"诸葛教授,我一生中还从来没有这样激动过,我想父母望子成龙,他们肯定会理解我、支持我。我准备卖了奔驰车,带着钱,赴苗寨,跟着宗老师一步一步学,扎扎实实学,如果条件许可,我准备配合宗实老师捐助一所希望中学。我是教大学语文的,口才还可以,平时也写写随笔什么的,还发表过几块豆腐干文章,我想跟着宗老师,从零开始,学习文学创作。我想告别沪江大都市这个伤心地,换个环境,到贵州苗寨,彻底脱胎换骨,凤凰涅槃!"

(特写)诸葛教授站起身,拍了拍冷洛的肩膀:"小冷,你是好样的,我相信你,我们寒假有次苗寨心理帮困行,你也算一个,去看一看,如果能够留下来,宗实就多了个得力助手。"

(近景)冷洛:"好,诸葛教授,咱一言为定!"两人的手紧紧握在一起……(音乐止)

第二部

1 贵州大山 外景 白天

(全景)赴贵州大山飞驰的火车上。(摇上,音乐起)

(画外音)山色空濛,水光潋滟,青荇软泥,低柳映堤。2010年,宗实接到老母亲的电报,医院诊断,老妈得了严重的老年心理忧郁症,发展下去,很可能有自杀倾向,希望儿子能够调到苗寨工作,更好地照顾风烛残年的自己养老尽孝,同时,也是兑现儿子当年在恩人墓前的誓言。宗实的脑际顿时闪现了在自己大学期间,母亲悄悄背着自己,多次将卖血的钱,汇给自己支付学习费用、购买学习用品的场景,当年自己在恩人墓前写血书、立誓言的情景,不由心潮澎湃,当晚,他立即写了请调报告。经过教育部门的多方协调,他将到苗寨子弟中学任教,宗实心情十分激动,这样不仅可以回到母亲的身边,弥补多年照顾母亲的缺憾,而且,还能够兑现自己对恩人的誓言,实现自己苗寨教书育人多年的夙愿。(推成近景)

(近景)宗实刚上车就遇到了一个去遵义的女青年,通过交流,宗实才知道到她是西南大学的大三女生,人长得挺靓,有一种天然去雕饰、清水

出芙蓉的自然美,彼此相对而坐,相谈甚欢。(摇移)

(近景)当她听说宗实是放弃了大都市名牌高校执教、全身心赴西南大山教书育人时,感到这实在不可想象:"黄浦江畔的国际金融中心大都市,那可是比美国曼哈顿还要曼哈顿,比英国伦敦更伦敦,比法国巴黎更巴黎的世界名城啊,是天之骄子梦开始的地方,那是多么令我向往啊……"(拉摇成远景)

(远景)火车在崇山峻岭中穿梭,偶尔闪过几栋房子,孤零零地散落在山脚,苍凉又不失美感,似一幅浓墨重彩的水墨画。(推成近景)

(近景)宗实向外看去,一幢幢高楼林立,新建筑拔地而起,鳞次栉比,显得格外紧凑,是一个大山环绕之下的城市,因遵义会议而名扬天下。宗实内心为贵州人的勤劳乐观和勇敢开拓的精神而感叹,是他们创造了历史,创造了伟大的名城。(推成特写)

(特写)宗实对着重重叠叠的大山,想到了红军长征时期,共产党人在这大山之中做的艰苦卓绝的斗争,不禁开始感叹那个战火纷飞的年代,为什么长征精神,直到70年后的今天,还家喻户晓,深入人心,代代相传,这就是文化的力量,精神的力量。现在自己的教书育人也是长征路,无论前程多么艰辛,自己只有义无反顾,一往无前。(音乐止)

2　苗岭的早晨　外景　白天

(全景)苗岭的早晨,蓝天白云,巍峨大山。

(画外音)宗实终于回到了母亲身边,望着白发苍苍、风烛残年的老母亲,宗实一下子跪在母亲面前:"妈,儿子回来了,再也不离开您了,就为您老人家养老送终,我已正式调到苗寨来教书,在下总算可以兑现恩人的誓言,实现我多年的夙愿了。""好啊,儿子,你做得对呀,老妈都盼了多少年啦,就等着这一天那。"(推成特写)

（特写）宗实从包里拿出给母亲购买的营养品："妈，这些营养品，您每天坚持吃，身体会慢慢好起来的。"（推成近景）

（近景）老母亲颤抖地握着宗实的双手："儿子，今天妈心里高兴啊，这是多少年，没有过的感觉啰。"（推成中景）

（中景）母子俩说着，只见一个靓丽的少妇端着饭菜走了进来："大妈，我今天给您炖了只鸡仔，还有黑木耳蔬菜菌菇汤，咱吃饭吧。"（推成特写）

（特写）宗实一见，这不是自己青梅竹马的同伴春芬，还有谁？"春芬，你好么？"（推成近景）

（近景）"哎呦，是宗实哥啊，多年不见了，你还是那么年轻精神呀。"（摇移）

（近景）宗实妈："儿子，这些年，一直都是春芬在照顾我，真比亲闺女还亲呢，你可要好好感谢她啊。"（推成特写）

（特写）宗实恭恭敬敬向春芬鞠了三个躬："春芬妹子，我谢谢你。你是替我在尽孝啊，这份情义实在太重了。"说着，从拉杆箱里拿出一个10寸的小电脑："我也没有给你带什么礼物，这个电脑，你随便用用。"（推成近景）

（近景）"电脑，这可是好东西，我还不会用呢。""春芬，我负责教你，保证一教就会。""我喜欢你教我，宗实哥，你就是我的老师了。"三人有说有笑，边吃边聊，其乐融融……（音乐止）

3　苗寨子弟中学　外景　白天

（全景）大课间举行了首次升旗仪式。（摇上，音乐起）

（近景）当宗实把国旗朝右后方用力甩出去的时候，当他看见国旗从自己的手中飞出、在这海拔一千四百多米的深山里升起的时候，他感受到了一种自信和骄傲在心中沸腾，他看见学生们头顶的蓝天白云，五星红旗在微风中飘扬,学生们沐浴在阳光下敬礼,这个画面真棒。

(画外音)宗实克服身体上不适应的困难,全身心投入到苗寨子弟中学的教学中去。他白天神采奕奕地授课,晚上批改作业后,坚持文学创作,笔耕不已。他还创造性地设计了降低教学难度、放慢教学进度的接地气的有效教学方法。他对学生坚持个别辅导,让许多学困生走进了子弟中学大门,学生们纷纷喜欢上了这个将心全部扑在苦孩子身上平易近人、和蔼可亲的新老师。(音乐止)

4 苗寨大雨 内景 晚上

(全景)依依在家中写作文,心潮难平。(摇上,音乐起)

(画外音)班长依依不仅长得眉清目秀,而且聪明伶俐,心地善良,经常帮助同学,人缘相当不错。她回到家里,快速干完了所有家务,专心致志,在台灯下,认认真真地写宗实老师新布置的作文《母爱》。依依沉思一番,忍不住两行热泪淌了下来,她用手抹了一把脸,犹如开足的马达,风卷残云地写开了:

"妈妈是我世界上最亲的亲人。她生我,养我,关心我,教育我。记得我刚刚懂事的时候,有次我得了肝炎住院,医生说最好给孩子输点血,妈妈毫不犹豫,捋起袖子,就给我输血。当看到我痊愈出院,妈妈简直笑成了一朵花。要问我世界上最伟大的人是谁?是妈!要问我世界上待我最好的人是谁?是妈!要问我世界上最美的人是谁?是妈……

爸爸在大山里干活出工伤,离开了人世。家里的重担全部压在妈妈一个人肩上,再苦再累,妈妈从来不吭一声,大山里的女人,骨子里有那么一股韧劲,她反而勉励我一定要学好知识,做一个对国家有用的人。苗寨人都说我妈是全寨最漂亮也是最坚强的女人……妈,多么亲切的称呼,自牙牙学语开始,我第一个喊的就是妈!被我叫了十几年,喊了千万遍。在我心里,妈伟大,妈善良,妈和蔼,妈漂亮。母爱,终生难忘!妈似腊梅,严冬岁月,仍开得绚丽耀眼。妈似菊花,多彩春秋,高傲品质。妈似荷花,出水芙蓉,雍容华贵。母爱如花,恩重如山,伴我成长!"作文终于写好了,依依擦拭着满脸的泪花。(推成特写)

(特写)月光似水,照得宗实办公室如同白昼。宗实批改着依依《母爱》这篇作文,看着看着,眼睛觉得酸酸的,他用餐巾纸抹了抹双眼,最后在作业本上,重重地打上个"优"字。宗实深深吐了口气,走出办公室,仰望星空,他拿出手绢,抹了一把满脸的泪水,继续回房批改作文,头感到有点沉重,洗了一把冷水脸,顿时清醒不少,沉思良久、良久……(音乐止)

5 苗寨子弟中学 内景 白天

(全景)依依在作文讲评课上,抑扬顿挫,含着眼泪读着《母爱》这篇文章。(摇上,音乐起)

(近景)不少女孩子都流下了感动的泪水。依依的作文也被贴上了学习园地。宗实庄严宣布,本年度的三好学生是:班长依依,她的先进事迹,将张贴在《学习园地》上,希望全班同学都要向她学习。(推成特写)

(特写)晚上,宗实在床上久久难以入眠,依依的《母爱》的文字,在脑际连绵不断,连续呈现。春芬照顾自己老妈的形象,也浮现眼前,他决定对学生的家访,就从依依家开始……(音乐止)

6 依依家 内景 白天

(全景)周六下午,宗实家访到班长依依的家。(摇上,音乐起)

(近景)宗实只见依依家里,要比其他同学家干净得多,家具、物品都整理得井井有条。依依看到班主任宗老师来了,擦着一双沾满泥巴的小

手。(摇移)

(近景)"宗老师,您坐,您快请坐。阿妈,咱宗老师家访来啦,你快出来呀,你快点出来招待他呀。"(推成特写)

(特写)春芬:"妈来啰!"一声脆响,应声而出的,是个聪灵毓秀的白皙的少妇,一双灵动的大眼睛,似乎会说话,身材苗条而不失高挑,步履轻盈而不失稳重,手里端着苗家香茶。春芬:"宗实哥,你终于到我家来了,我老是听依依讲,宗老师长,宗老师短,宗老师知识如何如何渊博,宗老师上课怎样怎样厉害,宗老师待她恩同再造,恩重如山,宗老师是中国最好的老师,宗实哥你是大学者,请喝苗寨妹子煮的久违的香茶吧。"(推成特写)

(特写)宗实看着这个当年青梅竹马的儿伴,儿时的记忆,又在脑际闪现,感到特别亲切。(推成近景)

(近景)依依看着阿妈说话时脸如桃花的神态,与她看宗老师那神秘的眼神,意味深长地,用漂亮的上翘的杏眼角,深情地瞟了宗实老师一眼。

依依悄悄地在宗实耳边说:"宗老师,我阿妈她喜欢您呢。"(推成特写)

(特写)"依依,你可莫要瞎说咧。宗实哥,您可是大人物,可千万不要听她胡咧咧啊。"春芬说完,上挑的眼角又害羞地瞟了宗实一眼,一阵风似地逃了进去。(推成近景)

(近景)宗实拿起茶喝了一口:"依依,你在学习上还有什么困难吗?你可不能松劲啊,现在同学们都瞄准你,你追我赶,你一不小心就落后了。我是很看好你,今后你不仅要考到贵州城里去,还要能考到黄浦江畔的国际大都市的名牌大学去,如果你不肯付出一时的努力去搏取成功,那么你可能就要用一生的耐心去忍受失败。你究竟有没有信心呢?"(摇移)

(近景)依依:"宗老师,我绝对一点都不会松劲的,我心里清楚,这就像划船,谁用劲,谁就向前,谁松劲,谁就落后。我现在还仅仅是开了个头,万里长征刚刚走了第一步,今后新长征的路还长着呢,这也像爬山,不能刚刚爬了几步,就停了,没有到山顶的勇气,就不是好汉,就是您宗老师常说的,不到长城非好汉!"(推成特写)

(特写)宗实:"依依,你这个比喻很好,你就是要攀登知识的高山。你阿妈现在是做啥工作的?"(推成近景)

(近景)依依:"宗老师,我妈是专门做编织与刺绣的,她绣的衣服,人见人爱,现在是苗家编织刺绣社的负责人。苗寨人都叫她苗寨百灵,她的山歌唱得可好听了,方圆百里,几乎没对手,还参加过比赛呢!"(推成特写)

(特写)宗实:"依依,你的介绍工作做得挺不错呀。""宗老师,我讲的句句都是实打实的。"宗实:"依依,我相信你,你是个诚实的孩子,这样你的进步会更快。"宗实站起身,准备离开依依家。(拉摇成远景)

(远景)里屋传来了春芬悦耳的歌声:"那里哟,那那喂。我在红色的土地上,等着您。我在绿色的山川里,等着你。我用纯洁的心里,深情呼唤您。想您和我一起,品尝苗乡的甜蜜。……"宗实的感觉,这仿佛不是在依依家,而是在欣赏花腔女高音的民歌独唱,这个苗寨百灵看来倒是名不虚传。(推成近景)

(近景)依依机灵地在宗实耳边轻轻地说:"宗老师,阿妈都唱迎客歌了,说明她是对您真的动心了。咱苗寨,哪个汉子都入不了她的法眼,唯独对您,我妈可是情有独钟啊,我看您,整天那么忙,那么累,也该有个人照料您,您就约她哪天喝个茶呗。"(推成特写)

(特写)宗实想,依依这个小机灵,这话倒是挺实在的。"春芬,你的歌唱得很动听,我喜欢,明天周日,如果你下午有空,欢迎到咱苗寨子弟中学教师办公室喝茶行吗?"(推成远景)

(远景)春芬:"谢谢你啰,宗实哥,那我们就明天下午见,不见不散啦。"(音乐止)

7　苗寨子弟中学办公室　内景　白天

（全景）宗实办公室，整理得井井有条。（摇上，音乐起）

（画外音）宗实还是第一次请漂亮女性单独喝茶，心里就像有头小鹿在活蹦乱跳，自己也感到奇怪，这是咋了？他一早起来，将办公室整理得有条不紊，换了套干净的衣服，对着镜子一照，才发现自己的头发，又干，又硬，像钢丝一样，全体起立。他干脆倒了盆温水，认认真真洗了个头，用干毛巾擦干，再用梳子整整齐齐梳了起来，再用镜子一照，嗨，还是个帅哥么。春芬来了，她换了身浅色的衣裙，文静中透着俊俏，矜持里蕴含风情。微微上翘的杏眼，显得特别亮。（推成特写）

（特写）宗实："春芬来了，来请里面坐。"（推成近景）

（近景）春芬走进办公室："宗实哥，你有那么多书啊，真是个读书人那。"她边说边走到书桌前，翻看起来：《乱世佳人》《母亲》《大学》《在人间》《钢铁是怎样炼成的》《基督山伯爵》《红与黑》《战争与和平》《安娜·卡列尼娜》《长恨歌》《作女》《人面桃花》《山河入梦》《春尽江南》《繁花》《东方华尔街》《第三次浪潮》《果壳中的宇宙》《时间简史》《霍金》《奥秘》《从一到无穷大》《钱学森传》《哈佛读不到的励志故事》《最精彩的成长故事》《布鲁克林有棵树》《汤姆·韦尔奇》《普希金诗集》《泰戈尔诗集》《徐志摩诗集》《舒婷诗集》《北岛诗集》……（推成近景）

（近景）春芬："你竟然有那么多好书，难怪依依讲你，一肚子的学问，天上地下，无所不知，古往今来，无所不晓，百宝全书，货真价实的头名状元郎，今天，我是怀着好奇心，来会会你这个状元郎的。"（推成特写）

（特写）"春芬，你可不要听依依海阔天空、添油加醋，如果照她说的那样，我简直可以拿诺贝尔文学奖了，我只是个普普通通的苗寨教师。"（推

成近景）

　　（近景）春芬听了微微点头，心里暗暗道，他倒是个实在人，没有依依讲得那样神叨叨的。宗实与春芬，聊了一会，俩人一交流，彼此都放松起来。（推成特写）

　　（特写）"宗实哥，你有那么多好书，能不能借我看看，让我这个孤陋寡闻的山野村姑，也长点知识？"（摇移）

　　（特写）"与书相伴，一路书香。将心放逐在书海中，让文字如水漫过心灵。春芬你喜欢读书，我很高兴，咱就有共同语言，不管你要借哪本都行。"（摇移）

　　（特写）"宗实哥，你放心，我知道这些书都是你的宝贝，我看的时候，会先用纸包起来，绝不会弄脏你的书咯。"（推成近景）

　　（近景）宗实想，她还是挺细心的，怪不得家里收拾得这样干净。（推成特写）

　　（特写）春芬认真挑了《乱世佳人》、《钢铁是怎样炼成的》两本书，说："我现在才知道你为什么这么厉害，原来你是读了钢铁是怎样炼成的书的，所以，我也要读，我不仅要做钢铁女汉子，还要做你的红粉佳人。"（摇移）

　　（特写）宗实心里暗暗想："春芬这个苗寨百灵，不仅人靓歌美，刺绣了得，心气也很高，绝对不是个等闲之辈。"他忙说："春芬，你喝喝我的西湖龙井茶，看看与你的苗寨香茶，有啥不一样？"（推成近景）

　　（近景）春芬拿起杯子，闻了闻："呦。好香啊。"她狠狠地饮了一大口，咂咂嘴："荡气回肠，香沁肺腑，口中余芳，江南的西湖龙井确实是好茶，这种香味久久定格在我的心里。"说完，跷起大拇指。（推成特写）

　　（特写）宗实："煎茶闻香，养性怡心，回归淡然宁静，在花下饮茶，心是含香的，在檐下品茶，心是诗意的，虽春回大地，哪及我心海柳暗花明。"说罢拿出一个一斤装的一盒龙井："春芬，这盒茶，你留着喝。"（推成近景）

（近景）春芬拿起盒子："宗实哥,听你讲话,才知道啥叫'腹有诗书气自华',上有天堂,下有苏杭,杭州西子湖那么美,你的内心世界更美。现在我才明白,依依为什么这样佩服你。"（推成特写）

　　（特写）春芬小心翼翼地将两本书与这盒龙井茶放进了自己的背袋,又从背袋里取出一方头巾,一方汗巾,上面都有精美的刺绣。春芬："宗实哥,这方头巾,给你包头,可以防尘,这方汗巾,让你擦汗,解除疲劳,上面是我绣的咱苗寨的爱情故事,你看到了汗巾,就会想起来我春芬的。"（推成近景）

　　（近景）宗实双手接过,连声道谢。（摇移）

　　（近景）春芬："宗实哥,我今天龙井茶也喝了,炼钢铁与做佳人的书也借了,礼物也收了,苗寨百灵要告辞了,你今天让我看到了不仅仅是白白净净的国际金融大都市来的大帅哥,而且还看到了饱读诗书、学富五车的状元郎,依依一点没有瞎讲,女儿那么喜欢你,我更喜欢你,今天我真是不虚此行,咱们长长久久,常来常往噢。"（推成特写）

　　（特写）宗实送春芬到门口,看着她渐行渐远的身影,心头是一种说不清道不明的感觉。（音乐止）

8　春芬家　内景　白天

　　（全景）春芬在窗明几净的家里。（摇上,音乐起）

　　（近景）依依见阿妈春芬满面春风地回家了,她注视着妈妈红扑扑的桃花脸,杏眼水汪汪的,轻轻地抿着嘴,掩饰不住心中的一丝兴奋。她见阿妈放下了背袋,取出来两本书,还有一盒龙井茶,忍不住问：（推成特写）

　　（特写）"阿妈,这都是宗老师送你的？他人好不？"（摇移）

　　（特写）春芬："好,你的宗老师,可是个大好人。书是我问他借的,这盒龙井茶是他专门送给我的。"（推成近景）

（近景）依依："阿妈，刚才宗老师有没有搂着你，亲嘴啊？"（推成特写）

（特写）春芬："依依，你这个鬼丫头，胡言乱语些啥呀？你的宗老师是那样的人吗？"（推成近景）

（近景）"噢，阿妈对不起，我原想，你俩郎才女貌，必定是：俊俏秀才到苗寨，苗寨桃花动真情。一见钟情堕情网，后花园里定终身。干柴烈火热相拥，亲吻吻倒有情人。现在看来，我确实是想多了，你可千万千万不能告诉宗老师啊。"（推成特写）

（特写）"依依，我看你怎么满脑壳的才子佳人、男欢女爱、拥抱亲嘴的，你再敢这样胡咧咧，看我不告诉你的宗老师，好好教训你这个小丫头，哼！"（推成近景）

（近景）依依："阿妈，我再也不敢了，你大人大量，就饶了女儿这一回吧。"（推成特写）

（特写）春芬得意地望着依依那张惊恐的脸，心里暗想，妈还治不了你这姑娘，就是要你今后收敛点，没有规矩还不成方圆呢。（音乐止）

9　苗族赶歌节　外景　白天

（全景）六月六，苗族赶歌节。苗族青年男女身穿节日盛装，汇集在歌场。

（摇上，音乐起）

（画外音）青年人尽情唱歌跳舞，赛歌是赶歌节的主要内容，而对歌是苗家人表达爱情、选择情侣的主要方式，小伙子们吹奏芦笙、唢呐、笛子等乐器奔向歌场。苗寨百灵春芬，容光焕发，穿着绣满名花、彩蝶，镶着宽大花边的衣服，佩戴闪光耀眼的银饰，与一群姑娘相伴来到歌场。（推成特写）

（特写）春芬张口唱："木楼里溢出了酒一样甘甜的哈哈，小溪里跳动着歌一样优美的浪花,牛群里跑动着花一样可爱的娃娃,竹林里走来了蜜一样甜美的人家,蜜一样甜美的人家,蜜一样甜美的人家……"春芬的声音如莺语鸟鸣,委婉高亢,吸引了众人的眼球。她周边的姑娘们跳着摆手舞,摆动衣袖,左右摇摆,默契配合。(摇移)

(特写)宗实从心底里感叹,好一幅苗家女儿歌舞秀。(推成近景)

(近景)他还没有回过神来,春芬已信步来到他的面前,继续唱道:"苗家的姑娘模样呀长得俏,黑黑的眼珠像呀么像葡萄,长长的睫毛往呀么往上翘,红红的脸上带着甜甜的笑,苗家的姑娘歌儿呀唱得好,歌声呀清脆响彻么在云霄,羞得那百灵鸟儿不敢开口,迷得那小伙子走上吊脚楼,苗家的姑娘真呀么真手巧,一条条丝线织呀么织彩绸,彩绸呀艳得比花儿都妖娆,名声传出山外呀传遍神州。"(推成特写)

(特写)依依看到阿妈春芬来到了宗老师面前,唱起了《苗家姑娘》,而且不依不饶,完全是一副对歌的架势,她大叫:"宗老师,与我阿妈对一个,宗老师,与我阿妈对一个!"依依身边的几个都是宗实的学生,也纷纷随声附和:"宗老师,对一个,宗老师,对一个!"(摇移)

(特写)宗实看到已经是骑虎之势,不唱是不行了,于是大步走出人群,扬声唱了起来:"迁徙的白鹤飞到苗岭来,满山的鲜花四季开。苗乡侗寨请你来,苗家的山寨最迷人,苗家的野菜最迷人,苗家的山歌最动听,苗家的山歌最动听……"(摇移)

(特写)春芬没想到宗实的歌竟然唱得那么好,中学生们也出乎意料,没想到宗老师还是个歌手呢,大家的激情顿时给烘托起来。春芬顿时喜上眉梢,在音乐的伴奏下,跳起了苗族舞蹈。只见她,边唱边舞,优雅合拍,手眼身步,是那么灵动,充满诗意,热情似火,摄人魂魄。"有朋远方来耶米酒端起来,不喝我的迎宾酒寨门就不开,有情又有爱耶把手牵起来,不跳我的芦笙舞心情不痛快,太阳鼓敲起来耶,水鼓舞跳起来,苗家姑娘最多情小伙更可爱,金芦笙吹起来耶,银耳环戴起来,苗乡处处大舞台,飞

歌醉情怀……"（推成近景）

（近景）依依与同学们这下可来劲了，大声助威："宗老师，跳一个，宗老师，跳一个！"（推成特写）

（特写）宗实自己知道，唱歌还能应付，这个苗家舞蹈，自己还从来没跳过，但是通晓音律的他，跟着春芬的节拍，依葫芦画瓢，跟着跟着，竟然渐入佳境，俩人你来我往，眼神交流，手势脚步，渐渐融洽。（拉摇成中景）

（中景）"春芬好靓哇，宗老师好帅也，金童玉女，天仙配呀！"众人大声喝彩。（推成近景）

（近景）附近人群中，一个高大魁梧的苗寨汉子白阿雄被这边热闹歌声和喧闹声惊动，他走近好几步，钻进人群，朝中间一看，见原来是宗实和春芬在一起跳舞，他扬起粗大的浓眉，牛眼大的眼珠子狠狠地盯了宗实一眼："宗实呀宗实，你在国际大都市教书，不是挺好的，还回苗寨来搅啥局？我真心诚意帮了春芬那么多，她将来就是我的女人啰，你凭什么横刀夺爱呢？我阿雄也不是好欺负的！"想罢重重"哼"了一声，一脚踢飞一块石头，气呼呼地拂袖而去。（音乐止）

10　宗实办公室　内景　白天

（全景）六月六赶歌会后，春芬与宗实，在心里似乎两人的距离更近了。（摇上，音乐起）

（近景）春芬主动来到宗实的办公室，将看完的《乱世佳人》《钢铁是怎样炼成的》归还。（推成特写）

（特写）宗实根据依依的最新情报："阿妈，看书都入迷了，她房里，经常午夜的灯还没息呢。"就接过书问："春芬，你看了这两本书，又什么感觉？"（推成近景）

（近景）"书里的男人敢爱，书里的女人敢恨，外国人可厉害了。"（推成

特写）

（特写）宗实笑笑说："其实中国人也差不多，大同小异。"（摇移）

（特写）"宗实哥，我看你可不是敢爱的人噢。汉族帅哥与苗族汉子可有点不一样咯。"（摇移）

（特写）宗实知道她在使激将法，理解地点点头说："德国伟大的人文主义作家歌德说得好：'哪个少男不多情，哪个少女不怀春'，这是自然规律么。"（摇移）

（特写）春芬拍手笑道，"这句话讲得好，宗实哥，请你将它写给我吧。"

（特写）宗实拿出一张白纸，用水笔，工整地写了递给她。春芬高兴地双手接过："我要把它压在书桌玻璃下面。"她又借了《安娜·卡列尼娜》、《长恨歌》两本书，轻轻哼着歌，像百灵鸟一样满意地飞走了。（音乐止）

11　苗寨子弟中学　内景　白天

（全景）苗岭的早晨，空山鸟鸣。宗实在庄严地升起五星红旗后。（摇上，音乐起）

（特写）宗实神采奕奕站在讲台上，妙语连珠地给同学们讲时事政治课，科学家爱因斯坦的和牛顿的故事，讲中国唐宋八大家做学问的故事，讲医学家李时珍《本草纲目》的故事，讲著名数学家陈景润关于"哥德巴赫猜想"的故事，讲物理学家钱学森教授为了报效祖国，遭到软禁，多次婉拒优厚的海外待遇，冲破重重阻力，毅然回国，为新中国造出火箭与导弹的感人故事。（推成近景）

（近景）宗实豪情万丈地说："有位美国教师在课堂上问美国小学生：'世界上第一台计算机是谁发明的？'小学生异口同声说：'美国人。'这个教师说：'NO，计算机不是美国人发明的，而是中国人两千多年前发明的，它的名字叫做算盘。'而现在，世界上计算最快的计算机，是中国的'神

威·太湖之光'超级计算机,这是全球第一台运行速度超过10亿亿次/秒的超级计算机。"(推成特写)

(特写)"现在世界上最大的天文望远镜,位于咱贵州省平塘县的500米口径球面射电望远镜(FAST),(闪回)实现了毫米级的动态定位精度。现在世界运行速度最快的前六名,都是中国高铁,最快的是"韶关至耒阳西"的G6152,运行时速高达316.6km/h。"

(特写)宗实还兴致勃勃地讲到中国企业中4家上市公司:阿里巴巴、腾讯、百度、京东进入全球互联网公司十强。中国网民6.68亿,全球第一;固定宽带接入端口4.07亿,全球第一;网络零售规模全球第一。(闪回)我国网络科技,既惠及13亿中国人民,又推动世界经济发展,是中华民族创新发展的领头羊……"(化出)

(画外音)宗实开始运用知识,启蒙与激励着依依、关悠、白璐等对未来充满憧憬的中学生强烈的求知欲,大量信息与知识,正在使学生们的理念发生潜移默化的变化。他们听得睁大了眼睛,在他们脑海里展现了一幅幅奇妙的蓝图,展现了一个浩瀚而飞速发展的神秘世界。学生们听得津津有味,流连忘返。(推成近景)

(近景)下课后,同学们都纷纷走了,依依独自一人,仍然留在教室里,来来回回地走,见到宗实进来,快步走上前。(推成特写)

(特写)依依:"宗老师,今天听了您的课,我好激动啊!我一定要好好读书。宗老师,您的知识咋这样渊博,我太敬佩您了,我将来也要做一个像您这样有知识的、兢兢业业为国家做事的好人!"(摇移)

(特写)"依依你有这样的雄心壮志,宗老师为你点赞!"(音乐止)

12　春芬家　内景　晚上

(全景)皓月当空,投射在春芬家中,依依正在灯下写作文。(摇上。音

乐起)

（近景）依依正俯首写着宗老师新布置的作文《我眼中的苗寨教师》，她微微闭了闭双眼，略有所思，宗老师的形象顿时浮现在脑海里：

"一个白白净净的帅哥，扛着简单的行李，告别黄浦江，走进西南大山的苗寨，他就是我的宗老师，他说：同学们，我是大山的儿子。我这条命是当年咱村的乡村教授宗老师救的，他为了救我，自己却献出了年轻的生命，我为他守灵三天三夜，名字由原来的金小江，改成姓宗叫宗实。这是他留下唯一的遗物，珍爱的黑框眼镜，只要看到这副眼镜，我仿佛看到了当年的宗老师。我曾经在他墓前发誓，我一定要继承他的遗志，继续走他的道路，将自己的一生献给教育事业，将自己生命的根深深扎在这贵州的大山里，我一定要帮助同学们成为对国家有用的人。

"宗老师的话，使我受到震动。是他让我这个山里女娃知道了世界上最快的计算机'神威·太湖之光'超级计算机在中国。是他让我知道了世界上最大的天文望远景500米口径球面射电望远景(FAST)，在咱贵州。现在世界运行速度最快的是'韶关至耒阳西'的G6152。是他让我知道了，中国阿里巴巴等4家公司，我国网络科技，是创新发展的领头羊！

"由宗老师执教后，我班的成绩大幅度提高，在全乡考试中，由原来的倒数第二，成为全乡第三。同学们异口同声地说：'宗老师是中国最好的老师。'他勉励我一定要登高望远，考取大学，做个对国家有用的人。在宗老师言传身教里，润物无声，我树立了理想，看到了希望，懂得了责任。我的一切进步，都得力于兢兢业业、尽心尽力、无怨无悔、一心教书育人的苗寨好教师——宗老师"。

（画外音）事情的发展往往出人意料，而又在情理之中。依依这篇作文《我眼中的苗寨教师》，在全县苗寨中学生作文大赛中获得二等奖，并在《黔州日报》副刊刊出，这犹如一石激起千层浪。（音乐止）

13　宗实办公室　内景　白天

（全景）窗明几净的办公室里。（摇上，音乐起）

（画外音）《黔州日报》丰乳肥臀的女记者夏雨，经过长途跋涉，风尘仆仆地专门采访了宗实。一月后，女记者夏雨这篇《我是大山的儿子》的报告文学，在《黔州日报》刊出。此后，产生了一系列马太效应。黔州电视台邀请宗实做了教书育人专访节目，一时间，宗实成为新闻人物。女记者夏雨似乎来得格外起劲，她尽管丰乳肥臀，但总是神采奕奕，浑身仿佛有使不完的劲，仿佛她就是宗实的采访专业户。当她连续几次采访以后，夏雨的身后多了双窥视的眼睛，那就是依依。每当女记者夏雨来访，依依立即"进入一级战备"，一双眼睛如开启雷达，严密监视着她的一举一动。（推成特写）

（特写）女记者夏雨第三次来到了宗实办公室，她眉目传情地注视着宗实那张英气勃发的脸："宗校长，你在黔州，已是知名人物了，前几天，咱文广系统开会，黔州出版社社长问我，能否邀请你撰写教书育人的长篇小说，他要我把这个信息传递给你。"（摇移）

（特写）宗实听了，仿佛有人触动了他全身激情勃发的按钮，他顿时感到眼前金光一闪，自己渴望成为作家的大门，被夏雨突然打开了，多年的夙愿，终于可以实现了。他顿时两眼放光，情不自禁地站起来，轻轻握着夏雨肥硕细滑的手，激动地说："这个消息太好了，其实，我已开始写了，既然出版社社长亲自过问，那是再好没有了，不管怎么说，我都要感激你夏雨记者的这份真诚。"（推成近景）

（近景）夏雨第一次被宗实握住手，也第一次听到宗实讲这种感激的话，顿时心里仿佛被什么东西撞了一下，兴奋得满脸放光，她一接触宗实温暖的大手，仿佛一股电流迅速传遍了全身，激动得浑身颤抖，硕大的丰乳微微跳动，她错误解读了这一信息密码，误认为宗实也与自己一样，彼此一见钟情,堕落情网了。她忘我地闭着双眼,完全沉浸在幸福之中……而这一神秘的瞬间,给对面教室隔窗相望的依依尽收眼底……(音乐止)

14　春芬家　内景　晚上

(全景)万家灯火,春芬家窗明几净,依依在灯下做作业。(摇上,音乐起)

(近景)依依做完作业,对正在刺绣的阿妈春芬说:"阿妈,黔州文广那个丰乳肥臀的美女记者夏雨,已来采访宗老师三次啦,她说话时,那双胖乎乎的玉手,紧紧拽着宗老师的手不放,那嫩脸比桃花更桃花,那双勾魂眼,眼眶里全是水光潋滟的风景,此时无声胜有声啊。连我这样的傻女孩都看得明明白白,她肯定是死心塌地喜欢上宗老师了。阿妈,你如果再不出手,以后你与宗老师肯定没戏了,到时候,也肯定没你啥事了。"(拉摇成中景)

15　山拐弯处　外景　白天

(全景)夏雨第四次采访宗实,志得意满,兴致勃勃,踏上归程。(摇上,音乐起)

(近景)在山拐弯处,闪出脸色严峻的春芬:"你就是那个女记者吧,为什么要打宗实的主意?我是与他从小一起长大的邻居。"(推成特写)

(特写)夏雨:"你是谁呀?你凭什么说我打宗实的主意呀?我是记者,我是来采访的!"(摇移)

(特写)春芬:"你的采访很有特色,采访接二连三的?真还没个完了?准备打持久战?这算不算记者的职业病啊?要不要我写篇报道,让黔州电视台播一播,让你成为网红呀?"(推成近景)

(近景)夏雨:"你到底是宗实的什么人那?"(推成特写)

（特写）春芬："宗实与我的关系，可是青梅竹马；就是他的老妈，我俩不是母女，亲似母女，宗实不在她老人家身边，这些年，都是我一直在照顾老人。你这个堂堂女记者，凭啥横插一杠子？什么事情不都有个先来后到么？再怎么说，我也是宗实的未婚妻，你这个名记者，不会要与我'竞争上岗'吧？"（推成近景）

（近景）夏雨听了脸色微微发白，自知理亏："原来是这样啊，看来我还是真的不了解情况，宗实本来就是你的了，俺肯定不与你争了，妹子这就撤！"丰乳肥臀的夏雨说完，抖动着硕大的乳房，向山下走去。（音乐止）

16　宗实卧室　内景　晚上

（全景）宗实在柔和的灯光下笔耕。（摇上，音乐起）

（近景）晚风习习将发丝吹乱，宗实思路开阔，心随笔远行。宗实伴着朦胧的夜色，伴着清凉的夜风，轻轻地吸了一口气，似乎有淡淡的花香，悠远而又沁人心脾，这是一年中苗寨最瑰丽的日子。他多年的积累，厚积薄发，思如泉涌，在电脑键盘上，手指翻飞，大山三部曲中的第一部《大山里的金凤凰》，以救命恩人乡村教师宗老师为原型，构思完毕，由于自己有切身体验，书的脉络清晰异常，往事如烟，刻骨铭心，写起来十分得心应手，犹如行云流水。（推成特写）

（特写）写到情深处，宗实顿时满脸泪水，站起身来，抹一把冷水脸，挥舞几下手臂，喝口龙井茶，感到神清气爽，又写开了，这本处女作，就是在回忆、思索、创作中脱颖而出……（拉摇成中景）

（中景）电话铃声响了，是黔州出版社社长来了电话："宗校长，你的书稿，我是一口气读完的，平心而论，我已有十多年没读到这样荡气回肠、催人泪下的好书稿了。今天下午的社长办公会议决定，集中精兵强将，将你的作品作为我社重点书目，以最快速度，将《大山里的金凤凰》推出面

世。"(推成特写)

（特写）宗实听了黔州出版社社长的电话，思前虑后，心潮难平。他再次打开电脑，教书育人三部曲中的第二部《大山里的苦孩子》，以曾调皮捣蛋的山里娃为原型，怎样一波三折，逐步转变成为三好学生的心路历程，构思完毕，一股创作的潜流，在心底涌动着，撞击着，交织着。脑际创作的灵感，似钱塘江的潮水，滚滚而来。（推成近景）

（近景）依依轻轻敲了敲门，手里提着桂花糯米糍粑和香喷喷的米酒走了进来："宗老师，阿妈说您白天上课，晚上写书，太辛苦了，叫我送点东西来。"说着，将食物放在桌子上，呆呆地，看着宗实的电脑上的《大山里的苦孩子》书稿不由惊讶起来："宗老师，这些孩子真是够调皮的。"（推成特写）

（特写）"依依你坐，我这本书里的人物，都是来于生活，高于生活的，文学作品就是要接地气么。你回家，请替我谢谢你阿妈，她很有心，实在太客气了。"（推成近景）

（近景）"宗老师，其实还有一个同学很值得写，他就是尤悠，他爸叫'镇关西'，是苗寨的家暴'冠军'，尤悠经常被打得挂彩，其实，他心里挺忧郁的。"（推成特写）

（特写）"依依，你提供的这个信息很重要，我会想方设法尽力帮助尤悠的，他的心里焦虑如果不化解，学习成绩就上不去。"宗实马上随手在旁边的记事本上记下了：务必关注，尤悠的心理焦虑问题。（推成近景）

（近景）依依："那，我在这里替尤悠谢谢宗老师了，您忙吧，我先走了。"（化出）

（画外音）春芬在她与美女记者夏雨的遭遇战后，自己与宗实走得更勤了。她往往会今天带来一篮新鲜水果，一周后，又送来一块腊肉。上周还了两本书，又借走了格非获得茅盾文学奖的《人面桃花》《山河入梦》《春尽江南》三部曲。这周请宗实哥陪着老妈去家吃个晚饭，谢谢他辅导依依的作文获奖发表了。下周又说叫宗实哥陪她到城里书店买书，

说自己好好要向宗实哥学习。宗实在春芬真诚的爱情攻势面前,心里本能地感到十分温馨,暖暖的,挺享受。(音乐止)

17　县城书店　内景　白天

(全景)宗实与春芬,在车水马龙的县城书店买书回来。(摇上,音乐起)

(近景)中午俩人饮了点小酒的,突然,一个高大魁梧的苗寨汉子,扬着粗黑的浓眉,瞪着硕大的牛眼,猛地走上前来,举起满满一大碗酒,给宗实也倒了满满一大碗酒。(推成特写)

(特写)"宗实,你不是名人吗?那我今天就与你比试比试,看看你的酒量像不像名人?"(推成近景)

(近景)春芬看着已经微醉的苗寨汉子:"阿雄哥,你咋也在这里,你这是要干啥呀?"(推成特写)

(特写)"春芬,就准许你俩出双入对进城?俺白阿雄难道就不能进城逛逛?这可是咱们男人汉子之间的事,你女人家家的,就别管啰。"阿雄说罢,端起酒一饮而尽,将碗底朝天:"宗实,今天就看你像不像个苗寨的男人啦?"(摇移)

(特写)阿雄话音刚落,宗实也端起满满一大碗酒,一口闷了。(摇移)

(特写)"好,宗实真有你的,咱今天就喝个一醉方休!"阿雄又快速倒了满满两碗酒,迅速端起一碗,猛地一口闷了,他得意地抹了一把胡须上的酒滴,将空碗朝天一翻:"现在就看你的啰!"(推成近景)

(近景)没想到,阿雄话音刚落,春芬快速端起酒碗,一口也闷了。(拉摇成中景)

(中景)"好样的!好酒量!"旁边的酒客们,很少看到喝酒这样豪爽的女子,纷纷叫起好来。(推成特写)

(特写)春芬拿起酒坛,满满地倒了两碗,端起其中一碗:"阿雄哥,今天机会难得,妹子我感谢你这些年对我的照顾,妹子的心意都在酒里了,先干为敬。"阿雄已经没了刚才咄咄逼人的气势,应付地干了一碗。春芬又倒了满满两碗酒,端起酒碗:"我敬酒历来都是三大碗的,请阿雄哥给妹子赏个脸。"说罢,一饮而尽。(推成近景)

(近景)阿雄有点骑虎难下,尴尬地端起酒碗,勉强地干了一碗。三四斤白酒下肚,阿雄自己感觉额头上青筋扑扑直跳,脚有点发飘。(推成特写)

(特写)春芬则是面如桃花,笑容可掬:"阿雄哥,咱们见好就收吧,妹子今天领情了,告辞。"说罢,她拉着宗实的手,扬长而去。(推成近景)

(近景)阿雄看着俩人渐行渐远的背影,噗地跌坐在木凳上,头脑里一片空白……(音乐止)

18　回家山路　内景　傍晚

(全景)宗实与春芬走出酒店,出城上山。(摇上,音乐起)

(近景)酒后的春芬经山风一吹,感到头有点眩晕,整个人头轻脚重,腾云驾雾似的,她连忙用手扶住山石。(推成特写)

(特写)宗实一看心知肚明:"春芬你为了我,喝了那么多白酒,又喝得那么猛,很是难为你了。"说罢用手轻轻地扶着她。(摇移)

(特写)"宗实哥。为了你,就是再多的酒,我也必须喝,这个阿雄,我太了解他了,你不矫枉过正,他搅局,就会搅上瘾的,今天给他个迎头痛击,让他知难而退。"

(画外音)宗实明显感到春芬为了自己,已经喝高了,他利索地背起春芬就走。春芬被宗实背起,她还是第一次,被宗实背着,她明显感觉他结实的臂膀与隆起的肌肉,一股浓浓的男性的气息,渗入鼻息,不绝于怀。酒后的春芬感到浑身软绵绵的,没有一点力气。她幸福地闭着眼,甜甜地微笑着,静静地享受着这一难得的时光……随着山路的颠簸,酒后的宗实,明显感到春芬丰满的双乳在自己背上跳动着,摩擦着,撞击着,春芬身上浓郁女性的体香,阵阵袭来,春芬就是自己喜欢的那种,玉润珠圆的丰盈女子。宗实体内的荷尔蒙,苏醒着,起伏着,折腾着……他紧紧抓住春芬圆润的小腿,加快了行进的速度。(推成远景)

(远景)山里的天气,像雾像雨又像风,俩人走在山路上,天公不作美,突然下起雨来。宗实本来就不善于走山路,现在还驮着春芬,简直是一步一滑,他越是心里打颤,脚下越是吃不住劲,一不小心,俩人从山坡上滚了下去,浑身泥浆。(推成特写)

(特写)宗实一骨碌爬起来,只见春芬双目紧闭,仍然躺在地上。他心里清楚,她是人醉心也醉。宗实咬咬牙,他辛苦而又兴奋地,重新背起春芬艰难爬坡,吃尽了千辛万苦,经历了九九八十一难,好不容易,终于将春芬送到家里……(音乐止)

19 春芬家 内景 晚上

(全景)依依看到阿妈与宗老师满身泥浆的样子回到家里。(摇上,音乐起)

依依只见宗老师点了下头,默默地转身离去。她就问春芬:(推成近景)

(近景)"阿妈,你俩这是咋啦?"(推成特写)

(特写)春芬:"我俩还能怎啦?"(推成近景)

(近景)依依:"莫不是你俩吵架了?"(推成特写)

(特写)春芬:"女儿你看我俩会吵架么?"(推成近景)

(近景)依依:"难道是白娘娘遇到许仙郎,俩人邂逅,堕落情网,你主动投抱送怀,俩人是不是发生红高粱地里的战斗了?"(推成特写)

(特写)春芬:"女儿,你不会是《情深深雨蒙蒙》这类言情小说看多了

吧?"(推成近景)

(近景)依依:"阿妈,你俩肯定有故事,否则宗老师不会不吭一声就走的。"(推成特写)

(特写)春芬:"女儿,我是你学'故事田'在编故事了吧?"(推成近景)

(近景)依依:"阿妈,你看你的裙子也撕破了,你的上衣,又布满了泥浆手印,噢,我知道了,你靓丽娇羞,面目传情,是遇到坏人骚扰,肯定是宗老师路见不平,拔刀相助,英雄救美对不对,他的武艺可是杠杠的,学生们都知道,他可是武林高手!"(推成特写)

(特写)春芬:"对你个头啊,我看你就继续编吧,你不仅超得过'故事田',而且还超得过评书大师刘兰芳呢!"(推成近景)

(近景)依依见阿妈不高兴地走进自己房间换衣服。依依暗暗思忖道:"今天我这个聪明脑袋,咋不管用了。真是《梅花三弄》:问世间情为何物?直教人生死相许……"(音乐止)

20　苗寨子弟中学　内景　白天

(全景)暑期,诸葛浔阳教授带领心理咨询师吴小蝶、刘瑶和冷洛心理咨询四人行,来到苗寨,为学生心理咨询。(摇上,音乐起)

(近景)宗实激动地握着诸葛浔阳教授的手:"谢谢您啊,老师,你们这是旱中送雨、酷暑送凉啊,苗寨的苦孩子太需要了。"

(画外音)诸葛浔阳教授亲切地给学生们做了"中学生如何开发右脑功能"的心理学讲座,心理咨询师刘瑶热情地给学生们做了"中学生的情绪管理"讲座,心理咨询师吴小蝶做了"中学生心理减压"讲座。诸葛教授带领的暑期苗寨心理咨询团队,还为十多名患有忧郁症、焦虑症和孤独症的中学生,个别进行心理咨询,心理咨询团队受到了学生们的热烈欢迎。(推成近景)

（近景）宗实办公室灯火通明，他见到阔别已久的良师益友诸葛浔阳教授，格外亲切。诸葛浔阳教授在与宗实的师生深谈中，语重心长地讲到："你曾经在心理咨询中帮助过的青年教师吴小蝶和刘瑶，现在她俩经过自己的刻苦努力，成为国家二级心理咨询师了，她俩都愿意到苗寨来心理帮困，甚至留在苗寨任教。（推成特写）

（特写）宗实说："她俩能够到苗寨帮我，那我实在太高兴了，热烈欢迎啊！"（推成近景）

（近景）诸葛浔阳教授说到这里，朝外面叫了声："小吴老师，小刘老师，小冷老师，你们三位请进来吧。"（拉成中景）

（中景）吴小蝶和刘瑶两人快步走到宗实面前，宗实马上站起身来，紧紧握住她俩的双手："我真诚地欢迎你们俩，加入我们的教书育人，心里帮困团队啊！"（推成特写）

（特写）吴小蝶："宗校长，当年是你，真诚而无私地帮助了我，也解救了我，从今天开始，我正式跟着你，兢兢业业教学生，扎扎实实搞心理咨询，在你的带领与指点下，好好干一番事业。"（摇移）

（特写）刘瑶："宗校长，连我这条命都是你救的，现在我就全身心留在苗寨心理帮困和任教了。"（推成特写）

（特写）宗实："两位言重了，当年，咱彼此合作是有缘。今天再度合作，更是有缘。好，那咱就拧成一股绳，撸起袖子一起干。"（摇移）

（特写）吴小蝶、刘瑶："那真是太好了。"（推成近景）

（近景）宗实说完，转身从书橱里拿出《大山里的金凤凰》《大山里的苦孩子》，说："这是我到苗寨写的长篇小说姐妹篇，还有这两支英雄金笔，是省里奖励给我的，现送给你俩做个留念吧。"（摇移）

（近景）"谢谢宗校长，我俩一定不辜负你的期望，尽心尽力教书育人，认认真真心理帮困，你就看咱俩的行动吧。"（推成特写）

（近景）冷洛快步走到宗实面前，宗实马上站起身来，紧紧握住冷洛的

双手:"小冷老师,我真诚地欢迎你,欢迎你加入我们的团队啊!"(摇移)

(近景)"宗校长。从今天开始,我正式拜你为师,兢兢业业教学生,扎扎实实搞创作,在你的带领与指点下,争取早日写出苗寨支教的文学作品,在你的帮助与支持下,争取早日成为一名青年作家。"宗实转身从书橱里拿出《大山里的金凤凰》《大山里的苦孩子》,说:"这是我到苗寨写的姐妹篇,还有这本精装笔记本,是省里奖励给我的,也送给你做个留念。"

(近景)冷洛:"谢谢宗校长,我一定不辜负你的期望,尽心尽力教书育人,默默笔耕,在你的指点下,在深山老林里,写出点真情实感的作品来。"(音乐止)

(特写)宗实:"三位言重了,当年,咱们彼此合作是有缘。今天再度合作,更是有缘。好,那咱就拧成一股绳,听习主席的话撸起袖子一起干。"(摇移)

(特写)吴小蝶、刘瑶、冷洛:"那真是太好了!"(推成近景)

(近景)"谢谢宗校长!我们仨一定不辜负你的期望,尽心尽力教书育人,认认真真心理帮困。"(推成特写)

(特写)"三位老师,我相信你们,滴水穿石,绳锯木断,功到自成!"四人的手紧紧握在一起。(音乐止)

21　歌城KTV　内景　晚上

(全景)周末之夜的五角场歌城KTV。(摇上,音乐起)

(画外音)吴小蝶的相亲对象是马亮。马亮是个大学的美术教师尤其以油画见长,一米八零的个头,酷似王力宏。两人在周末夜晚的丝丝小雨中见面。吴小蝶已全面接受了尹总馈赠的世界名牌服饰,更加衬托她高雅的气质与风度。(推成近景)

(近景)马亮感到她不像大学教师,更像歌剧舞剧团的女演员。卡布

基诺的香气缭绕中交谈甚欢,两人唱起KTV。(拉摇成中景)

(中景)马亮点了首《悄悄地蒙上你的眼睛》。(推成特写)

(特写)吴小蝶自然地拿起话筒,倚在他身边,柔声唱了起来:"你悄悄地蒙上我的眼睛,要我猜猜你是谁……"(双人中景)

(近景)一曲唱罢,两人都意外地发现,对方的歌怎么唱得那么好。(推成特写)

(特写)马亮:"我还是首次遇到你这样准专业级的女歌手,如果咱俩好好配合,可能会唱到'星光大道'去,又会出一对'凤凰传奇'了。"(拉摇成中景)

(中景)吴小蝶:"我也颇有同感,还是第一次遇到这样默契的男歌手,我好幸运。"

(画外音)吴小蝶身不由己地爱上了英俊的马亮,她对爱情有了大胆而热烈的追求,可以打通宵电话,写十页情书,可以不远百里赴一场风花雪月,爱得义无反顾,惊涛骇浪,正如赤日炎炎,激情无时不在。眉清目秀、气质俊朗的神笔马亮,以吴小蝶为模特,画了油画《静思》。当油画《静思》在《沪江日报》公开发表之日,学校内师生议论纷纷,这不是吴小蝶老师吗?竟然画成油画上报了!顿时在校内茶余饭后传为美谈。(音乐止)

22　马亮画室　内景　白天

(全景)吴小蝶给马亮当起了模特,两人合作的《心灵港湾》在《美术世界》发表后,马亮创作新作《靓浴女》。(摇上,音乐起)

(近景)马亮刚刚画到一半,意外发生在顷刻之间,画室的门被猛地打开,小蝶爸举着拖把,面目狰狞地冲进来,指着神笔马亮的鼻子,大骂:"你

这个下流画家,竟敢要我女儿光着身子给你当模特,你准备创作什么流氓作品啊?我要拖你到派出所去!"(摇移)

(近景)小蝶妈举着扫帚,也对着吴小蝶大声训斥:"你怎么这样不入调啊?光着身子给人家画呀?他怎么不光着身子给你画呢?今天绝不能便宜了这个流氓画家!"(推成特写)

(特写)吴小蝶惊讶地看着全副武装的父母:"爸妈,你们这是干啥呀?马亮是在搞艺术创作,应邀参加青年画家大奖赛的。"(推成近景)

(近景)小蝶爸狠狠吐了口痰:"活了大半辈子,还没听说过,光着身子搞什么艺术的,咱可丢不起这张老脸呀,小子哎,你今天可是让我大开眼界了!"(摇移)

(近景)小蝶妈随声附和:"再怎么大的奖,你也不能不穿衣服呀,你还能光着身子上台领奖?咱沪江现在也流行脱衣舞表演了?女儿你让我们老两口多活两年吧,这种大奖,咱宁可不要!"(推成特写)

(特写)马亮苦笑地看着二老,暗忖:"今天真的是秀才碰到兵,有理讲不清了。"(拉摇成中景)

(中景)仿佛打了鸡血的老头老太看看威风抖得差不多了,老爸当场掷地有声地下了最后通牒:"女儿,此事就到此为止,否则咱们就一刀两断,上法庭,办手续,彻底断绝父女关系!"(推成特写)

(特写)神笔马亮叹息:"好不容易刚刚捕捉到一点灵感,给这对奇葩绝代父母一闹,顿时烟消云散,现在荡然无存了。小蝶啊,你怎会有如此天龙八部的老爸老妈,简直可以写《黄浦江传奇》了。"(推成近景)

(近景)"马亮,你今天仅仅与他们打了一个遭遇战,我可是与他们整整打了二十多年的持久战,被折腾得够呛,否则我怎么会这么苍老呢?"小蝶边穿衣服、边苦大仇深地控诉着。(推成特写)

(特写)神笔马亮收拾着画具,看着自己的半成品画作说:"这幅画看来命运多舛,前程莫测,只有尽人力、顺天意,画多少,算多少了。"(推成

近景)

　　(近景)"马亮,你不要泄气,我可是一直看好你的,我俩可不能半途而废哦,晚上我请你到五角场合生汇天辣餐厅,小酌一杯,为你压压惊吧。"(音乐止)

23　沪江展览中心画展　内景　白天

　　(全景)马亮在吴小蝶的规劝下,干脆转移阵地,在自己办公室,利用晚间,重新拿起画笔,开始再创作。

　　(画外音)万物俱寂,风轻轻敲击着纱窗,月光下的吴小蝶肤色白皙,面似桃花,心如鹿撞,尤其是她那一双漂亮的杏眼,如怨如慕,如泣如诉,水光涟漪,勾魂夺魄。任何硬汉,在这双含情深眸面前,在这对剪水双瞳直视下,都难免怦然心动,心猿意马,马亮抓住了这一神秘的瞬间,画出了出彩的点睛之笔。一连十几个昼夜的奋笔,马亮终于完成了自己一生最得意的油画杰作。

　　(近景)南京西路上,沪江展览中心,一年一度海派中青年画家经典作品画展上,马亮的《靓浴女》成为靓丽的名片,参观者纷纷拿起相机摄影留念:"您就是马亮老师吧,我们都是美校的学生,请画家马亮老师给我们签个名吧,我们能不能拜你为师呢?我们能不能举办个马亮作品研讨会,并且邀请'靓浴女'本人也见面。"(推成特写)

　　(特写)《靓浴女》一举轰动了申城美术界,马亮摘得青年画家创新大奖。一夜之间,新锐画家马亮成为一匹黑马,迅速蹿红。他成了《美术世界》的封面人物,几位圈内小有名气的年轻模特主动手机联系,愿意为马亮充当人体模特:"对不起,我最近画邀比较多,让我再仔细权衡一下,尽量考虑安排安排吧。"(推成近景)

　　(近景)其中有个一头浅金卷发的混血女模特"蓝眼睛"特别扎眼,马亮十分惊讶,自言自语:"她分明是'清清小河边,红梅花儿开'的俄罗斯女孩,是走在波尔巴特街的小布尔乔亚,是慕尼黑街头的时髦姑娘,是荷兰阿姆斯特丹的摩登女郎。好一个独特的模特啊。"(音乐止)

24　星巴克咖啡厅　内景　晚上

(全景)马亮首次月夜与"蓝眼睛"见面。(摇上,音乐起)

(画外音)马亮还是被"蓝眼睛"的魔鬼身材雷了一下。这种心灵震撼,他出自娘胎第一遭。卡布奇诺咖啡香气氤氲的缭绕中,一头浅金卷发的"蓝眼睛"玉润嫩滑的手轻轻搭在马亮的手上,蓝盈盈的双眸,直直地注视着他,勾魂夺魄。(推成特写)

(特写)"马亮今天与你初遇,是我一生最动心的时刻,你摸摸,我的心都要跳出来了。"说着将马亮那善于拿画笔的手,按在自己的丰胸上。(推成近景)

(近景)马亮此刻加深理解啥叫举手投足,风情万种,啥叫魔鬼身材万人迷。真是不碰不知道,一碰吓一跳。原来欧洲"蓝眼睛"的丰胸与中国黑眼睛的竟然有如此不同。(推成特写)

(特写)"马亮,我能够成为你的人体模特吗?我相信,你不仅能够画出《靓浴女》,而且,还能够画出《洋玉女》,可能会一鸣惊人,成为世界名画也说不定的,我俩中西合璧,可以创造神奇呀。"(推成近景)

(近景)马亮注视着"蓝眼睛"的双眸:"让我好好想一想,再告诉你吧"。(推成特写)

(特写)"啊呀,马亮,你男子汉大丈夫,又是海派新锐画家,该出手时就出手呀,咱们说干就干,有什么瞻前顾后的。"蓝眼睛"说完,拿出两张百元大钞,压在咖啡杯下,拖着马亮就走。(推成近景)

(特写)这时,马亮领略了欧洲妹子"蓝眼睛"的豪爽、执着和坚毅。

两人风风火火拦了辆大众出租车,后排的"蓝眼睛"滑爽的玉手,像条无骨的灵蛇,拨弄着马亮的手,在他一路指引下,出租车驰向马亮的画室。(音乐止)

25　马亮画室　内景　白天

(全景)灯光环视下,一头浅金卷发的"蓝眼睛",周身白得发亮,金发披肩,蓝宝石双眸放射着异彩,仿佛一块灵动的璞玉,分外妖娆。(摇上,音乐起)

(画外音)马亮目视笔,神守心,心似镜。富有艺术气质的脸庞,精气神合一,全神贯注作画。平心而论,马亮画黑发秀妍、温文尔雅、体态如玉的亚洲模特,与金发蓝眼、热情似火、凹凸有致的欧洲模特的心里感觉迥然不同,前者容易心如止水,后者则难免心猿意马。(推成特写)

(特写)画着画着,马亮:"我怎么被'蓝眼睛'挑逗的眼神撩拨得心跳如鼓,脸色潮红了?这可是从来没有过的奇妙感觉呀。"(推成近景)

(近景)"蓝眼睛"犀利的眼神即刻抓住了这神秘的瞬间,突然从模特的软垫上走了下来:"马亮,今天我让你看看洋妹子的绝活。"她的人体模特变成了人体舞蹈。(拉摇成中景)

(中景)"蓝眼睛"仿佛一条玉色的灵蛇,纤细的手臂舞动着,圆润的玉腿交叉着,一个倒踢紫金冠,接一个一字马,一个前高踢接一个大劈叉。动作越来越大胆,挑逗越来越性感。(推成特写)

(特写)马亮原来坚守的马奇诺心理防线,正在一点一点崩溃,他使劲地咽着口水:"我今天这是怎么啦?"(推成近景)

(近景)"蓝眼睛"看到时机成熟,干脆坐到马亮对面的椅子上,扇动两条玉腿,仿佛蝴蝶翅膀,一张一合,勾魂夺魄。马亮似乎朦胧看见神秘金三角湿润的草地,闻到神秘草地诱人的芬芳,他仿佛听到了花开吐蕊的声音。男性视网膜上性兴奋点的信息,迅速传递到大脑神经中枢,瞬间激活了荷尔蒙,他像饥肠辘辘的雄狮渴望觅食一样,猛地向"蓝眼睛"扑了过去……(化出)

(画外音)一夜情后,激情渐渐退潮,马亮的身心感觉并没有预期的那么好,有点自责,自己怎么就那么没心理定力呢?这点小小的考验都过不了,真是太没用了。他心里暗忖,自己难道能够与这样开放的洋模特天长地久、白头到老?别做梦了吧,这是靠不住的。俗话说,将美女哄上床不易,把美女哄下床更难。(拉摇成中景)

(中景)马亮反复声明:"我俩仅仅是逢场作戏,现在已时过境迁了。"(摇移)

(中景)"蓝眼睛"说:"没有爱情根本不可能上床。"(推成近景)

(近景)马亮左思右想,感到无论如何,与"蓝眼睛"相比,吴小蝶终究要靠谱得多。"时下。我的战略只有此消彼长,对'蓝眼睛'一点一点做减法,对吴小蝶一点一点做加法。让自己与吴小蝶尽快走上红地毯,造成既成事实,让'蓝眼睛'渐进冷却,知难而退。"(音乐止)

26　J大学　内景　晚上

(全景)徐家汇气度恢弘的浩然高科技大厦。(摇上,音乐起)

(中景)马亮应吴小蝶之邀,来到浩然高科技大厦,欣赏模特走秀,他对号入座后,随手拨动苹果手机,看了网友的几个搞笑段子,环视四周几乎席无虚座,吴小蝶咋还不来呀?(拉摇成全景)

(全景)此时,全场灯光渐渐调暗。(推成远景)

(画外音)一对模特悠悠猫步,翩翩走来。首先映入眼帘的是当头的一位,身材婀娜,双眸如怨如慕,如泣如诉。他的头脑里顿时出现,端雅清丽,典雅宁静,曼妙激滟的文字。这不是新女友吴小蝶,还能是谁?马亮顿时给雷了一下,他全神贯注,仿佛追光灯,盯着吴小蝶的身影逐渐移动,

像被遥控了一样。(推成近景)

(近景)马亮:"没想到这川妹子还是模特,一上台风情万种。她歌唱得好,猫步走得更好,真是个绝代佳丽啊,看来这个女友算是找对了。"(拉摇成中景)

(中景)剧场休息,马亮兴奋地走出大厅,悠闲地喝着椰奶。(摇移)

(中景)吴小蝶:"你倒是好的,自己有椰奶喝,我为你走得满头大汗,啥也没有喝。"(摇移)

(中景)马亮回头一看,头牌模特吴小蝶已卸了妆,站在自己面前:"蝶,你怎下台了?"(推成近景)

(近景)吴小蝶:"咱A队的秀场已走完了,下半场是B队走秀了。"

(近景)马亮:"你辛苦了,稍等,我给你拿橙汁。"

(全景)俩人依着围栏,吸着饮料,只看着万家灯火,好不惬意。(音乐止)

27　丁香花园音乐会　内景　晚上

(全景)丁香花园室内音乐会,席无虚坐。(摇上。音乐起)

(远景)吴小蝶与马亮,享受着海派兄弟乐团演奏的法国保尔·莫利亚乐团经典曲目:《巴黎最后的探戈》、《你的爱有多深》、《爱情是蓝色的》,俩人听得如痴如醉,好不享受。(拉摇成中景)

(中景)前排一对时髦男女,有点喝高了,男的指指点点,女的唠唠叨叨表演脱口秀,不少听众纷纷侧目而视。

剧场休息。

(中景)马亮与吴小蝶刚走出贵宾休息室,迎面走来前排那对时髦男女,俩人面色潮红,额头青筋微暴,明显喝高了。

(近景)马亮:"对不起先生,你俩听音乐,说话声音请轻一点,免得影响别人。"(拉成中景)

（中景）"铁快板"："我俩说话碍着你事啦,爷就这样了,你准备怎么着吧？爷接着！"

（近景）马亮："我好心好意,给你打招呼,你怎么这样说话？"（推成特写）

（特写）"铁快板"："难道我还怕了你不成！"说着他一手猛地推了过来。

（近景）马亮发力一个翻腕,将"铁快板"重重摔了个"啃泥地"。"铁快板"这才知道,碰到厉害的"钉子户"了。（拉摇成全景）

（全景）"铁快板"好不容易爬起来,睁大眼一看顿时呆了,旁边劝架的那个靓女,不是自己前妻吴小蝶,还能是谁？"你在这里抖啥威风啊？你的这个女人,就是爷吃厌的剩菜残汤！"（推成近景）

（近景）吴小蝶忙用力拉住马亮："千万不要与这种人一般见识,咱快走。"（拉摇成全景）

（全景）马亮与吴小蝶排开人群,向剧场外快步走去。（拉摇成远景）

（远景）"铁快板"还在骂骂咧咧。众人纷纷指责他都成醉八仙了,还来听什么轻音乐？（摇移）

（画外音）面色惨白的吴小蝶,违心地告别马亮,含着眼泪默默念叨："相遇,心绪如白云飘飘；拥有,心花如雨露纷飞；错过,心灵如流沙肆虐。回首,幽情如朦胧夜色。"她咬着牙珠泪纷飞,匆匆离去。（推成近景）

（近景）马亮刚回到家里,手机显示："亮,那个骂我的'铁快板'是我的前夫,我已被他狠心抛弃了。我是残花败柳,根本配不上帅哥你,祝你早日找到更好的另一半。痛苦的小蝶。"马亮马上拨打吴小蝶手机,提示对方已关机。（音乐止）

28 吴小蝶寝室　内景　晚上

（全景）吴小蝶回到寝室,给宗实打电话。（摇上,音乐起）

（中景）吴小蝶："宗实老师,你是我在沪江最信任的人,我咋那么不幸

啊,我的情路实在太坎坷,自己觉得活着已没多大意思了,心太累了,我真的不想活了。"(推成近景)

(近景)宗实:"小吴老师,经过这几次心理咨询,咱彼此了解,建立信任,你有啥事就对我说,你千万不要病急乱投医,忙中出错,我现在马上赶过来,你一定要等我啊!"(拉摇成远景)

(远景)宗实骑着自行车风风火火赶到T大学女教师寝室。宗实大步流星,走到六楼,按响了601室门铃。(推成特写)

(特写)吴小蝶开门后,一脸沮丧,披头散发,倒在长沙发上。(移成俯视)

(近景)宗实:"小吴老师,无论再大的事,都可以跟我说,千万别闷在心"。(摇移)

(近景)(化出):"宗老师,这道爱情的心坎,我实在是过不去了"。

(近景)宗实起身倒了杯白开水,拿起毛巾递到吴小蝶手里。(推成特写)

(特写)(化出)深深叹了口气说:"我遭受男人的狠心抛弃,决心复仇,运用'爱情空手道'报复恋爱中的男人。我哄得身价千万的尹总,又是豪华别墅、豪华婚纱、豪华婚宴,好梦没成真。现在,遇到了英俊、坦荡、正直的马亮,我情不自禁爱上他了,不想再要什么'爱情空手道'了。但昨夜丁香花园,前夫'铁快板'当场揭得我体无完肤,现在马亮肯定不要我这个残花败柳了。"(拉摇成近景)

(近景)宗实:"小吴老师,听了你的倾诉,我为你遇到真爱,放弃'爱情空手道'的报复而高兴,你终于从扭曲的恋爱心中开始走出来了。"(推成特写)

(特写)宗实喝了口水说:"你看我能否与马亮坦诚地谈一谈。如果他是个真诚的男子汉,他会宽容你的过去,你要给他点时间和空间。"(推成近景)

(近景)吴小蝶:"宗老师,那只有全靠你力挽狂澜了。"(摇移)

(近景)宗实:"小吴老师,你把马亮的手机号码告诉我,我明天就联系

他,争取尽快约谈。"宗实看了看手表:"啊呀,已零点了,你好好休息,我明天上午有课,必须走了"。(音乐止)

29 吴小蝶寝室 内景 晚上

(全景)T大学女教师寝室601室。(摇上,音乐起)

(画外音)宗实将吴小蝶的不幸遭遇、担心失去马亮的真爱、准备自杀的事告诉了马亮,他听后紧握着宗实的手:"大哥,我再也不能在她的伤口上再撒把盐,她现在人到底哪里?我俩马上就去见她吧。"(拉摇成远景)

(远景)马亮的黑色别克车,进入T大学女教师寝室,宗实带着马亮来到601室,按响了门铃。(推成近景)

(近景)满脸泪痕的吴小蝶打开门,忽然见到日思夜想的马亮,她惊讶地看着自己心中的偶像。(推成特写)

(特写)宗实:"小吴老师,你的马亮,现在完璧归赵,我要赶回去写心理学新作,我先撤了。"(拉摇成中景)

(中景)随着宗实下楼,房门刚关上,两人仿佛分开了一个世纪,紧紧拥抱在一起……(音乐止)

30 吴小蝶新寓所 内景 晚上

(全景)吴小蝶一个人在新寓所里,思前虑后,冥思苦想。(摇上,音乐起)

(画外音)婚后的吴小蝶,并没有期盼中的幸福。本来曾经过医院诊断,怀孕率极低。现在随着年龄增加,生育孩子的概率就更低。看到丈夫马亮每次朋友聚会,总喜欢抱着别人的孩子,爱不释手。这种无言的心理暗示,是再明确不过了。但是,吴小蝶心里十分清楚,这对于自己,可能是一道不可逾越的屏障。

吴小蝶正逢自己每月一次的生理期,而马亮参加老同学聚会,又喝了点据说是内部的三鞭酒,他上床后,春情勃发,非常想要。吴小蝶心里本能地抵触,两人发生了婚后第一次激烈争吵。随后就彼此进入冷战,而且越演越烈。后来马亮发展到三天两头会与一帮酒友喝得酩酊大醉,深更半夜都不回家,打手机也不接。吴小蝶明显感到,两人的婚姻发生了严重危机。身强力健的马亮正直壮年,是男性生命的旺盛期,他在夫妻性生活上,一直是非常渴望的,远胜于常人。

　　后来吴小蝶渐渐发展到,丈夫与朋友经常去KTV,抱着歌女,唱得昏天黑地,像雾像雨又像风。他的歌原来就唱得很好,个性又张扬,非常喜欢异性捧着他,围着他转,女粉丝,多多益善,最希望自己成为一个被漂亮女性追逐的歌星。(推成近景)

　　(近景)马亮身边的时髦女人开始多了起来。最后逐渐与歌厅的一个陪唱女靓丽湘妹子,越走越近,慢慢有了肌肤之亲。而且三天两头到湘妹子的私人出租屋去,两人进入狂热的婚外恋发烧期。丈夫每次从湘妹子出租屋回来,不是摔东西,就是家暴,甚至发酒疯,多次打得吴小蝶鼻青脸肿,无法上课。她的家庭生活,简直生不如死。原来的有情人,现在成了催命鬼。原来的结发夫妻,现在成了生死冤家。吴小蝶每天午夜看到烂醉如泥的马亮回家,仿佛看到了恶魔,吴小蝶经常在噩梦中哭醒,她本能感到,自己的生命受到了严重威胁,偷偷打印了一份了协议离婚书,等待最后时机的来临。(摇移)

　　(近景)周一下午,吴小蝶到学校上课,由于有个关系挺不错的女同事,明天要陪同女儿到儿童医院体检,请求她帮忙,两人的课互换了一下。她到校图书馆借了书,就回家休息。出乎意料的是,当她将门打开时就听到卧室里传来女性清脆的撒娇声,还夹着窸窸窣窣的穿衣声。(推成特写)

　　(特写)吴小蝶再也忍不住了,她那川妹子的火辣个性,受到了强烈的刺激。她到厨房,拿来一把大号的切菜刀,从冰箱里拿出一大盆昨晚吃剩的咸肉海带冬瓜汤,一脚踢开了卧室房门,顺手将咸肉海带冬瓜汤朝两人脸上泼了过去。小蝶随手按亮了所有的灯光,在雪白的灯光的照耀下,两人给突然扑面而来的咸肉海带冬瓜汤吓傻,更给她的强势震撼了。(推成近景)

(近景)"湘妹子"指着吴小蝶手里的切菜刀,娇声大叫:"她手里有刀,她要杀我呀!"(摇移)

(近景)马亮狼狈地一抹满脸的汤汤水水,拿掉挂在耳朵上的海带,大叫一声:"你还不快走!"(拉成中景)

(中景)"湘妹子"惊恐地扫了一眼横眉竖目的"川妹子",没命地落荒而逃。(推成功近景)

(近景)吴小蝶将切菜刀往桌子上重重一拍:"你俩竟然还表演到我的床上来了,马亮,你本事见涨啊,到底啥意思?"(摇移)

(近景)马亮:"反正你都看到了,我家三代单传,我是必须要个小孩的,你既然无能为力,现实所迫,我实在走投无路,只能另起炉灶,咱们干脆就分手吧。"

(画外音)吴小蝶明白,丈夫不仅外面已有了新人,而且年纪比自己轻,长相比自己靓,可能还怀了他俩的孩子。马亮当时的信誓旦旦,山盟海誓,早就抛到九霄云外去了。事情发展到今天这种地步,吴小蝶已根本回天无力了。她深切感到,两个价值观不同的人,即使开始再好,彼此为外貌所吸引,为才华所钦佩,最终还是走不到一块,就是勉强走到了一起,最后肯定还是要分道扬镳的。人间没有不散的宴席,两人最后的晚餐后,协议离婚。两处住房,各自处理,婚后财产一分为二,没有孩子,自己孤身一人。她就干脆死心塌地,风尘仆仆,赴千里之外,直奔西南大山投奔恩师宗实来了,她就是不信,自己离开了马亮就无法生存了?她要跟着老师宗实,就是玩命也要干出点业绩来,让你马亮瞧瞧!(闪回结束推成特写)

（特写）宗实听了吴小蝶的倾诉，很是动容。他为她的不幸遭遇愤愤不平。同时，他也感悟，人生无常，命运变幻，世事难料，还是要归结到缘分，于是说道："小吴老师，谢谢你对我的信任。其实，我十分赞同你的看法，开始你俩也是一见钟情，期盼花好月圆。但时间一长，个性相悖，俩人想不到一起，说不到一起，也走不到一起，渐行渐远。现在，你既然已和马亮分手了，苗寨子弟中学，就是你的家，咱同舟共济，大干一番教育事业。"（推成近景）

（近景）吴小蝶听了，再次留下了感激的热泪："宗校长，每次我遇到困难，都是你仗义相救，你就是我命中的贵人，人生的恩人，事业上的高人。"（推成特写）

（特写）宗实："哪里，哪里，咱一家人不说两家话。你除了主讲学生的历史课与语文课，帮助我将教务主任这一块挑起来，有了你，我就多了个教务主任的得力臂膀。"

（近景）吴小蝶点点头，高兴地接受了。（音乐止）

31　沪江T大学　报告厅　晚上

（全景）宗实与刘瑶的相识，同样缘于沪江T大学。（摇上，音乐起）

（全景）周末之夜，那是一次，T大学中青年企业家大专班结业典礼晚会上，清秀白皙、广有人缘的青年女教师刘瑶，瓜子脸，丹凤眼，柳叶眉，龙骨鼻，被企业家班学员，连推带搡地拥上了舞台，学员们连连鼓掌，硬要最有人气的靓女老师来一个。（推成特写）

（特写）"人说山西好风光，地肥水美五谷香，左手一指太行山，右手一指是吕梁……"刘瑶一曲《人说山西好风光》，唱得平遥味十足，在中青年企业家结业典礼晚会上，赢得满堂彩，也吸引了建工股份有限公司CEO李庆专注的目光。

（画外音）李庆是个三十出头的民营企业主，一张憨厚的脸，斜挑的浓眉，神采奕奕的俊眼，有点似黄梅戏《天仙配》中的董永。他南下创业，多年拼搏，他勤于管理，精于算计，善于经营，终于逐渐崛起，进入南江建工前三甲。在南江学院中青年企业家大专班学习中，他勤恳帮助刘瑶老师点名、收作业本、联络骨干企业、筹集班务活动经费、组织班级联谊活动……颇得任课教师刘瑶的好感。（推成近景）

（近景）刘瑶授课引经据典，引人入胜，剖析企业管理个案，头头是道，也渐渐为李庆锁定。（推成特写）

（特写）李庆在沪江海鲜舫设了谢师宴，专门约请了刘瑶老师："刘老师，请你品尝你家乡山西名菜：糖醋鲤鱼、三丝鱼翅、清蒸干贝、黄芪柏子羊肉吧。"（摇移）

（特写）"啊呀，李班长，你点了那么多菜，真是太客气了。"（拉摇成中景）

（中景）两人觥筹交错，频频碰杯，包厢内弥散着浪漫气息，李庆注视着清秀白皙的刘瑶，自言自语："人说山西好风光，我没想到山西姑娘靓丽风光更好。"（推成特写）

（特写）刘瑶则从李庆的迷离眼神中，似乎读到了某种信息："他现在大概是'顿觉丽花渐欲迷人眼'了吧。"酒过三巡，师生的谈话慢慢进入主题。（摇移）

（特写）李庆从皮包里拿出一把铮亮的车钥匙，慢慢推到刘瑶面前："刘老师，今天是您的生日，也是我毕业的好日子，感谢三年来您对我的栽培，这辆白色宝马3系的钥匙，还请老师笑纳。"（摇移）

（特写）刘瑶面对银光闪烁白色宝马3系车钥匙，她顿时被雷了一下，曾听说李庆身价不菲，做事出手不凡，但他对自己如此大方，心里还是出乎意料："李班长，你我是师生，也是初次交往，这么重的厚礼，这叫我咋收呀。"（摇移）

（特写）"老师生日，区区薄利，只能略表学生寸心，靓女恩师，学生实在是不胜敬意呀。"几番推辞，几番相赠，师生在拉锯战中持续。（推成近景）

（近景）白色宝马3系是刘瑶数年牵挂的理想座驾，苦于自己一下子拿不出这样一大笔钱，只能望车兴叹。现没想到自己的学生临别赠车，很是意外。她的大脑如双芯计算机，风驰电掣，高速运行一遍，她即刻明白："眼前的李庆年纪比自己大了十岁，手中财富原始积累已经完成，出手豪放够范儿。"她凝眉一思，毅然决定，抓住这个难得机遇，顺水推舟，接受这辆白色宝马车再说。"谢谢李班长盛情，我真是受之有愧啊，恭敬不如从命。"（推成近景）

（近景）"刘老师，您这是给我面子，学生感激还来不及呢。"（拉摇成中景）

（画外音）这顿生日酒，师生两人喝得酣畅淋漓，交谈甚欢，逐渐点燃了两人的激情。此后，逢年过节，尤其是教师节，李庆总是巧借名目，请管理学教师刘瑶吃饭和度假、旅游，送她瑞士欧米茄手表、英国铂金项链、意大利LV名包、法国香奈儿香水……态度诚恳，毕恭毕敬，谦卑恭维，让刘瑶沉浸在被追求的激动之中，她那晋城小公主清高的自尊心，喜欢被恭维的虚荣心，得到了充分满足。此消彼长，不知不觉，潜移默化，青年教师刘瑶对企业管理专业的研究少了，撰写企业管理教材和论文少了，参加学院学术研讨活动少了，出入高档宴会多了，结交商贾大家多了，购买名牌衣物多了。此时，再要她考虑评企业管理专业副教授，那似乎是十分遥远的事了。对于刘瑶而言，感情是非理性动物，精诚所至，金石为开。

一年后（字幕）

32　刘瑶家　内景　白天

（全景）刘瑶终于和李庆结婚了。（摇上，音乐）

（画外音）刘瑶逐渐感到，今日的成功女性就是，有品有质有自由，有貌有钱有人爱。她将自己和李庆喜结连理的意愿告诉了父母，可是，职业军人的父亲与财务总监的母亲，觉得李庆这样头子活络的生意人，人品可能靠不住，表示不支持。但刘瑶不顾家庭的坚决反对，毅然故我，一个华丽转身成了李太太。婚后一年，方头大耳、长着丹凤眼的胖儿子呱呱落地。

刘瑶有了儿子的牵挂，参加T大学的学术活动更少了，除了每周的四节企业管理专业课，除了每周一次的教研业务会议，她几乎很少到学院去，全身心相夫教子。（推成近景）

（画外音）天有不测风云。当2岁的儿子还在牙呀学语，而李庆和刘瑶的婚姻在悄无声息中开始异化。李庆从国外考察室内装修艺术回国后，他对拉斯维加斯的夜晚记忆深刻，五彩缤纷的城市，豪华赌场门前，他看到用现代科技模拟的火山爆发和加勒比海炮火连天的海盗大战，其情其景逼真、气势宏伟磅礴。许多建筑、喷泉、雕塑的设计精美，造型奇特夸张，令他叹为观止。最令人难忘的是无上装表演中，欧美金发舞娘的浪漫风情，撩人风姿，梦境重显，挥之不去。他对丰满的艳丽女性，开始投以关注，酒后常口不择言："性感的欧美女郎，真是人间尤物呀。"（推成特写）

（特写）李庆对妻子刘瑶说："'太平公主'，你应该多去游游泳，做做扩胸运动，这样乳房不就逐渐丰满了？"（推成近景）

（画外音）刘瑶咬紧牙关，坚持了一年游泳，但太平公主并没变成凹凸公主。他对妻子深感失望，两人交流越来越少，夫妻生活日益锐减，渐渐形同陌路，进入冷战。夜深人静，李庆冷眼看着忙碌一天、搂着儿子已进入梦乡的妻子，觉得她太不丰满了，想想自己财力雄厚，在商场叱咤风云，在沪江怎么也算个人物，真是天公不作美，千挑万选的妻子竟然是"太平公主"，不由唉声叹气，心里十分失落。（推成近景）

33 沪江KTV歌舞厅　内景　晚上

（全景）沪江的冬季一样充满春意。李庆业务招待建筑友人，进入了沪江KTV歌舞厅。（推成特写）

（特写）一位眼睛明亮的大连陪唱女小艾，像电影里的女一号姗姗而来，大家顿时感到眼前一亮。（摇移）

（特写）丰盈雪肤的大连陪唱女手持话筒，一曲《枕着你的名字入眠》唱得字正腔圆："我把我的心交给了你，我就是你最重的行囊，从此无论多少的风风雨雨，你都要把我好好珍藏……"大连陪唱女妩媚的眼神，犹如强大的万有引力，牢牢吸引了李庆专注的目光。李庆也本能感到，自己梦寐以求的绝代佳人，突然空降身旁，他心中默默念道，这真是今生今世的缘分啊。（摇移）

（特写）在众人推搡下，李庆与大连陪唱女小艾，双双手持话筒，一曲男女声对唱《手心里的温柔》："你在我身边，相对无言，默默地许愿对爱的依恋……高高的雪山，祝福我们，爱已在这一刻，永恒永远……"（摇移）

（特写）大连陪唱女小艾早就听说李庆是个亿元奔驰男，为人风流倜傥，今天一见果真如此。女性的第六感觉告诉她，须当机立断，使尽全身解数，将李庆拿下。（摇移）

（特写）李庆也想道："今天，遇到大连陪唱女小艾，这样的绝代佳人，实在是千载难逢的幸事，这可能就是自己命中的桃花运，我必须扼住命运的咽喉，迅速将这朵人面桃花彻底搞定，不管付出什么代价，也在所不惜。"（推成近景）

（近景）李庆入座后，一杯红酒干了，已有点按捺不住，碍于大庭广众，两人终有依依难舍，只能面目传情。（推成特写）

（特写）"李总，您是我生命中的贵人，我的真命天子，今天幸遇，咱俩

066

真是前世有缘。"(摇移)

（特写）"绝代佳丽,我对天起誓,哥们可以作证,如此天作之合,李庆倍加珍惜,我俩鸳梦定温,三天后情人节晚上七点,我来接您,咱君子协定,不见不散。"（音乐止）

34　静安希尔顿酒家　内景　晚上

（全景）情人节夜,风正柔然。李庆在静安希尔顿邀请了大连陪唱女小艾晚餐。（摇上,音乐起）

（近景）李庆:"绝代佳丽,请君品尝大连海鲜:红烤全虾、清蒸灯笼鲍鱼、肉末海参、茴香海螺……"（推成特写）

（特写）"李总,您我今生有缘,我的梦中情人,咱永结同心。"（摇移）

（特写）"彼此相见恨晚,咱俩碰杯畅尽,一醉方休。"（推成近景）

（近景）酒过三巡,李庆从皮包里拿出一把铮亮刺目的车钥匙,推到大连陪唱女小艾面前:"这是辆德国全进口新款红色宝马5系的车钥匙,请君笑纳。"（推成特写）

（特写）大连陪唱女小艾面对银光闪烁的宝马车钥匙,顿时笑得像花一样:"李总,我俩仅是初交,这么重的厚礼,这叫我咋感激您呀。"两人喝得有点高。酒罢,大连陪唱女上了李庆的黑色奔驰660豪车。寂静子夜,远离喧嚣都市,直扑宁静海滨,豪车泊于依山旁水的僻静处。月明星稀,月光似水,两人热烈相拥相吻……（音乐止）

35　刘瑶寓所　内景　白天

（全景）刘瑶在家里批改作业。（摇上,音乐起）

（画外音）陪唱女小艾开着德国全进口新款红宝马5系,好不春风得意。但她远没满足,她本能地意识到,自己不能老当"情人",总打一枪换一个地方,应由从人盯人防守,向全场紧逼推进。趁着李庆业务出差,大连陪唱女小艾开着红宝马,来到李庆与刘瑶居住的沪江花苑别墅,她将自己的5系红宝马,不偏不倚地停在刘瑶白色宝马3系的旁边。她回头看了一眼,一红一白两辆车,相形见绌。她心中默默念道:"今天妹子红宝马,就吃定你白宝马了。"(推成特写)

(特写)陪唱女小艾按响了门铃。(摇移)

(特写)刘瑶正在专心致志批改学生企业管理课的作业,她放下笔,打开门,看到眼前丰盈雪肤、手拿香奈儿精致粉色手包、身着限量版香奈儿粉色镂花礼服、超白粉脖挂着翡翠桃心挂坠、指间莹润翠绿翡翠鸽蛋的靓女,吃了一惊:"小姐,您找谁呀?"(摇移)

(特写)"刘小姐,我找你呀。"(摇移)

(特写)"您哪位?咱好像并不认识。"(摇移)

(特写)"刘小姐,这一打交道,不就认识了?"大连陪唱女小艾边说,边不请自进,大大咧咧走进屋来,往沙发上满满一坐。(摇移)

(特写)"刘小姐,我已是李庆的女人了。他已不喜欢你白宝马这种太平公主了,就好我这样红宝马丰满公主这一口了。都是女人,妹子就开门见山,现在请你白宝马给我红宝马挪挪位了,否则哪天,您宝贝儿子有了意外闪失,还真不好说呢。"大连陪唱女小艾说完,一双媚眼挑战地盯着刘瑶。(摇移)

(特写)刘瑶只感到一股血直冲脑门,怒从心头起:"我是李庆的法定妻子,有啥事,也该李庆自己亲口对我说,用不着你小三上门,指手画脚。"(摇移)

(特写)"好,我是小三,你是老大,今天妹子只是好心出个安民告示,言至于此,那妹子告辞了。"陪唱女小艾驾驶着红宝马,一骑绝尘。

李庆和刘瑶,终于当面摊牌。(推成近景)

（近景）"李庆，糟糠还不下堂，你究竟为什么要与本宫离婚？"（摇移）

（近景）"刘瑶，既然处不下去了，分手这对你我都有好处。"（摇移）

（近景）"李庆，人家七年之痒，你不满三年就痒了，你忘了，当时你是咋追我的？早知今日何必当初？"（摇移）

（近景）"刘瑶，爱是需要不断更新的，没有爱的婚姻是不道德的。"（摇移）

（近景）"李庆，难道你这样始乱终弃、喜新厌旧就道德了？"（摇移）

（近景）"刘瑶，此一时彼一时么，人终究会时过境迁的。"（摇移）

（近景）"李庆，你到底是娶妻子、生儿子、过日子，还是欺善良女性、玩弄爱情？"（摇移）

（近景）"刘瑶，当初给你白宝马是我愿意的，今天找红宝马也是我喜欢的。"（摇移）

（近景）"李庆，瞧你都奔四了，还装萌另觅新欢，也不害臊。"（摇移）

（近景）此时，李庆放在桌上的手机响了，刘瑶一看，来电显示：陪唱女，她怒从心头起，拿起手机："你聊斋勾魂呀？已搅得咱家鸡飞狗跳，咋还不消停呢？"（推成特写）

（特写）"刘瑶，你咋可以随便接打我手机呀？"（摇移）

（特写）"李庆，我打你手机？我还打你个不要脸的。"父亲硬朗的军人遗传基因，在刘瑶身上瞬间爆发，手机猛地飞出，正中李庆左脸，热辣辣的疼。李庆抓起桌上的花瓶回击，花瓶贴着刘瑶鼻尖飞过，墙上的全身镜，碎成一片。（音乐止）

36 希尔顿大酒店　外景　晚上

（全景）希尔顿大酒店，灯红酒绿，热闹非凡。（摇上，音乐起）

（画外音）两人争吵后，李庆干脆离家出走，与大连陪唱女小艾同居。

月后的一天,刘瑶开着白色宝马3系,来到李庆平时就餐的希尔顿酒家旁设伏,刚巧与酒足饭饱的李庆和大连陪唱女狭路相逢。(推成特写)

(特写)"李庆,咱还没离婚,就与这个妖狐'聊斋'出双入对了,今天咱就拼个鱼死网破!"她猛踩油门,白宝马向大连陪唱女小艾迎面开来的红宝马猛地撞去。大连陪唱女小艾,见白宝马发疯似迎面撞来,顿时头脑一片空白,完全慌了手脚。一声巨响,刘瑶肋骨骨折,大连陪唱女小艾手腕断了,白宝马,红宝马,都撞得面目全非。(音乐止)

37　长海医院　内景　白天

(全景)宗实听到自己的心理咨询对象刘瑶受伤的消息,一下课便风风火火地赶到长海医院。(摇上,音乐起)

(近景)宗实看到刘瑶愁容、清泪、挂针的样子,他心里难过,轻轻握着刘瑶的手:"小刘老师,对于李庆这样的人,同归于尽,你感到值得吗?古人云,捆绑不成夫妻,乌兰托娅歌词里唱《爱不在就放手》,这可是生存智慧啊,你说呢?"(推成特写)

(特写)"宗老师,我教了他三年的课,咋就没看清他的庐山真面目呢?我与他肯定是过不下去了。"(摇移)

(特写)"小刘老师,对人的了解是需要过程的,市场经济,有的人是带着心理面具的。如你们两败俱伤,谁来照顾你的儿子?既然过不下去了,不如干脆分手,各奔东西算了。"宗实的劝告,帮刘瑶理清了思路。

(画外音)这次撞击也使李庆看到了刘瑶以命相搏的刚烈性格,明显加快了协议离婚的节奏。刘瑶噙着眼泪,看着碎成一片的全身镜,咬着牙暗暗心想,人们常说百年修得同船渡,千年修得共枕眠。夫妻,夫是妻的一半,妻是夫的一半,荣耀、钱财、欢乐、苦难、夫妻各一半。现在,破镜岂可重圆。(推成特写)

（特写）刘瑶提出："离婚，儿子须由我抚养，富二代需富养，每月生活费三万，一年三十六万，每年元旦划入我的VIP卡上，今后进贵族小学、双语中学、名牌大学，所有费用另行计算。家里最大的滨江花苑独幢别墅归我名下，三房一厅归于你李庆名下。现有的建工装修公司的股份，彼此一分为二，家里现有存款，彼此二一添作五，奔驰、宝马两车，各归其主。"（推成特写）

（特写）急于求成的李庆大言不惭："我已经根本不在乎，离婚那么多条条框框了，只要你刘瑶同意离婚，我能早日与心仪的大连陪唱女小艾朝夕相处，那就彻底OK了，这是我的最高纲领。"离婚的顺利与神速，远出乎刘瑶心理预料，却正中李庆下怀。（音乐止）

半年后（字幕）

38　刘瑶家　内景　晚上

（全景）刘瑶还没有从离婚的噩梦中苏醒。（摇上，音乐起）

（画外音）李庆与大连陪唱女小艾在静安希尔顿大酒店举行了隆重的婚礼。李庆几经周折，终于抱得佳人归，一时间，他仿佛中了亿万大奖，整天沉浸在极度兴奋中，迎来人生的第二春。他经常刻意地带着雪肤丰盈的大连陪唱女出入于生意圈内的朋友宴请和应酬聚会。（推成近景）

（近景）刘瑶与李庆离婚，经济上虽并不吃亏，但心灵上则受重创，一种被遗弃感久久旋绕于心。她数日饭不思，茶不想，在柔和的台灯下，目不转睛地盯着手里的离婚证，内心撕心裂肺般的痛。她自言自语："看来我当时的选择，考虑经济利益多，透视人品少，李庆虽多金，对我并非真爱。不听老人言，吃亏在眼前，具有深刻的哲理呀。我一个堂堂高校教师，下嫁暴发户土豪，最后，竟被弃之如敝屣，真是奇耻大辱，俺生活还有

啥价值?"(推成特写)

(特写)午夜,宁折不弯的刘瑶,怎么也咽不下这口气,拿起床边柜上的安定,全部吞下,五脏六腑顿时犹如翻江倒海,此时耳边隐约听到儿子尖厉的哭声,实在于心不忍,她朦胧中凭借第六感觉,按响了宗实的手机……(推成近景)

(近景)灯下埋头笔耕的宗实,发现手机震动显示:刘瑶。他大声"喂,喂!"了几声,但没人说话,只有孩子绝望而尖厉的哭声。他敏锐感到曾经来这里心理咨询者青年女教师刘瑶,可能家里出事了,他迅速直奔刘瑶住所。在多次按门铃没人开,座机反复拨号,无人接听之下,他立即同时拨通110和120。(摇移)

(特写)刘瑶慢慢睁开眼睛,注视着吊针的滴剂,床边坐着一夜未睡的宗实:"啊呀,小刘老师,你终于醒了,你如果真的有个三长两短,那你儿子咋办?听我的,一切都会好起来的。"(摇移)

(特写)"宗老师,这口恶气,我难以下咽,我想请山西道上的哥们,在李庆脸上划个十字,留个终身纪念。"(摇移)

(特写)"小刘老师,你想学《秋海棠》啊,你雇人划李庆,他岂肯消停?你如有个闪失,他立马开庆祝会,你信不?他这样喜新厌旧,必遭报应,咱拭目以待。"(摇移)

(特写)宗实经过数次心理咨询后,感到刘遥的心理情况比较复杂,他理解地看了她一眼:"婚姻对女性是生命的寄托,离婚对女性具有心灵震撼,但小刘老师,你现在最要紧的是,将这种心灵震撼的负面效应,降低到最小,争取早日走出心理阴影。"(推成近景)

(画外音)经过宗实半年精心的心理咨询与心理治疗,刘瑶从离婚的心理忧郁中逐渐走了出来,在宗实推荐下,她参加了国家二级心理咨询师培训学习。从严冬过来的人,更能体验阳光的珍贵,刘瑶由于自身的切肤之痛,以杜鹃啼血的心态,学得特认真。她凭借自己扎实的英语功底,阅读了英文原版的阿德勒的《挑战自卑》、马斯洛的《动机与人格》,全身心进入角色。天道酬勤,十个月后,刘瑶终于以全班第一成绩,考取了国家二级心理咨询师证书。(推成特写)

(特写)当刘瑶从宗实手里接过证书,眼泪怎么也留不住,深深地向宗实鞠了一躬,感慨地道:"世界上最浩瀚的是海洋,比海洋更加浩瀚的是星空,比星空更加浩瀚的,是人的心灵。我要为千千万万,像我这样,心灵受伤的普通人服务。"她终于返璞归真,除了在T大学管理学院讲授企业管理专业课外,还在宗实的心理咨询工作室,当起了心理帮困志愿者。(音乐止)

39 宗实心理咨询工作室　内景　白天

(全景)刘瑶这次接待前来心理咨询者,是玩电脑成瘾的年轻帅哥郝良。(摇上,音乐起)

(近景)郝良长得有点像上海滑稽三兄弟中的陈靓。(推成特写)

(特写)"郝良,网络时代,大学生玩玩网络游戏,无可非议,但总得有度,过了极限成网瘾,就走火入魔了。你是重点大学毕业的高材生,应有好前程的。"(摇移)

(特写)"刘医生,那我如何才能戒掉网瘾呢?"(摇移)

(特写)"郝良,你须有个目标,有了正能量目标,你会具备坚强的毅力,不为如何诱惑所动。你给自己订立个人发展计划。要找个适应自己的工作,有了工作,你的主要精力会投射到工作中去,注意力随之转移。对网瘾的依恋,就会随之减少;逐步形成为搜索信息而上网的良好习惯,让网络为工作服务。当然,适当玩玩网络游戏也是可以的,但这只能成为对紧张工作的一种调节,这样自然而然,你就会脱离网瘾了。"(推成近景)

(近景)"啊呀,刘医生,你说的太好了,我明天就开始全力找工作。这

三百元是心理咨询费。谢谢你啊。"（摇移）

（近景）"郝良，今天的心理咨询，你的费用由我支付，就算交个朋友，只要你能将网瘾戒了，我比啥都高兴。"（摇移）

（近景）"哎哟，刘医生，我还是第一次遇到这样好心的心理咨询师，谢了。"两人约定两周后再见，郝良满意地走了。（化出）

两周后。（字幕）

（近景）郝良兴高采烈地告诉刘瑶："我经过老同学介绍，在电脑公司找了修理电脑的工作，专业对口，自己蛮喜欢的。现在忙多了，八小时内有指标，修起电脑，手脚必须麻利点，否则会完不成任务。我是佩证上岗，顾客还须反馈打分。回到家里，人筋疲力尽，双休日听业务技术培训讲座，否则，就可能被淘汰。"（推成特写）

（特写）刘瑶听了会心地笑了："郝良，看到你今天的精气神，我打心里为你高兴。这才是你生命的价值。男子汉人生一世，总该留下点足迹，你才二十多岁，你应好好地干一番事业呀。"（摇移）

（特写）"刘医生，听你一讲，我信心就更加足了。两周来，每想起网络游戏，有点依依不舍。自己发现，注意力已转移到电脑修理工作中去了，真是环境逼人啊。"（摇移）

（特写）"郝良，你可在家里的办公桌上贴个小纸条，上写：我须与网瘾一刀两断，全力投入电脑修理工作；在睡觉的床边柜的小纸条，上写：再不与网瘾决裂，我就没有出路了。这样心理暗示，可能效果会更好。"郝良听了连连点头，踌躇满志地走了……

刘瑶看着渐行渐远的郝良，感到自己的心理咨询工作，竟然这样有意义，心里一种自豪感在升华。自从宗实回苗寨执教，她反复权衡，思虑再三，终于跟随诸葛浔阳教授暑期苗寨心理帮困三人行，与闺蜜吴小蝶一起，加入宗实教书育人心理帮困团队。（音乐止）

40　春芬家　内景　晚上

（全景）吴小蝶与刘瑶,在苗寨兢兢业业心理帮困与执教。(摇上,音乐起)

（画外音）自从吴小蝶与刘瑶来到苗寨心理帮困与执教,尽管她俩十分注意自己的衣着朴素,做人低调。但是终究是大都市来的,她俩的言谈举止,音容笑貌,服饰穿着,引起了苗寨人的关注与热议。(推成近景)

（近景）一直与宗实过不去的白阿雄感到:"这可真是天助我也,我的机会来了。"他彻彻底底洗了个澡,换了套干净的衣服。月上西楼,晚餐时间,他提着沉沉的腊肉、熏鱼、米酒和糍粑,兴冲冲来到春芬家里。(摇移)

（近景）春芬:"阿雄哥,你今晚咋来啦?"(摇移)

（近景）"我路过,顺道还不该来看看自己妹子么?"他放下手里的东西,接过春芬递来的香茶。(摇移)

（近景）"妹子,你难道没有发现最近咱苗寨发生什么了变化了吗?"(摇移)

（近景）"阿雄哥,我每天忙着刺绣编织社的工作,早出晚归的,还真没有发现变化呀。"(摇移)

（近景）"妹子,你难道没有发现,宗实身边突然出现了两个漂亮的沪江时髦女人?听说,都是他的崇拜者,从国际大都市,千里迢迢追到苗寨,他现在左拥右抱都忙不过来,恐怕是要夜夜当新郎了,还好意思,与我争夺你春芬妹子么?我可是货真价实,可怜的单身汉呀。"(推成特写)

（特写）"阿雄哥,宗实学校还来了两个新老师,我咋没听依依说起啊?你大概还没吃完饭吧?那咱就边吃边聊吧。"(摇移)

（特写）"来,阿雄哥,谢谢你还记得我这个妹子,今天咱不喝白酒,尝尝我家自己酿的米酒,你来就来了,还带什么礼物。"(摇移)

（特写）"没有啥礼物,上次进城喝酒,我有点喝高了,礼貌不周,哥对你赔个不是,来,干,咱兄妹一酒泯恩仇,我先干为敬。"(摇移)

（特写）春芬与阿雄对喝了一碗,放下碗问:"依依,刚才阿雄舅说,你

们学校来了两个新老师,是沪江大都市来的?"(摇移)

(特写)"阿妈,这两个新老师,原来都是宗老师一个学校的,当时都有心理问题,是宗老师帮助她俩走出心理困惑,后来,她俩考取了国家二级心理咨询师,我校老师少,这次她俩是专门到咱校来心理帮困与任教的。"(摇移)

(特写)"依依,这两个新老师,是不是都是宗实的女朋友?咋就千里迢迢追到咱苗寨来了?"(摇移)

(特写)"阿雄舅,你不会是米酒喝高了吧,宗老师根本没啥女朋友。这俩新老师,也就是他过去的同事而已。"(摇移)

(特写)"依依,不会吧,如果是一般女同事,还能从黄浦江畔千里迢迢一直追到咱苗寨来,我看里面肯定大有文章。"(摇移)

(特写)"阿雄舅,你啥时候开始编情爱小说,学会虚构了?我可是每天都在宗老师身边,他一直兢兢业业工作,两个新老师也认认真真授课,哪有你说的那种'潜伏'啊啥的?"(摇移)

(特写)"依依,你到底是小孩子家家的,大人的事,水可是深得很哪,你长大后,慢慢就会懂了。"(推成近景)

(近景)春芬见两人争得不可开交:"你们就别争了,依依抓紧吃饭,时间不早了,快点写作业。"(摇移)

(近景)"我已经饱了,阿妈,我进去写作业了,阿雄舅你慢喝,喝高了可不要打醉八仙呀。"(摇移)

(近景)"依依你看扁舅了,我可是海量哪。"(推成特写)

(特写)阿雄见依依进自己房间写作业,继续说:"春芬,我一直在观察宗实,他在沪江这样的国际金融大都市,与这两个靓女教师,肯定有故事,她俩就是追星族,那可绝对不是一般关系哪?"(摇移)

(特写)"阿雄哥,咱喝酒,完了你早点回家,明天你负责的装修队,你还要早起,给大伙安排活计呢,你说对不?"(摇移)

（特写）"好,春芬妹子,这就是最后一杯,哥敬你,一起干了。"（摇移）

（特写）俩人干了,阿雄借着酒劲,顺势抱住春芬:"妹子,宗实已有其他靓女了,你终于成了我阿雄的女人了,来咱俩亲一口。"（摇移）

（特写）"阿雄哥,你真的喝高了吧,这种事,也讲个你情我愿的,哪有霸王硬上弓的,依依还在里面写作业呢,你可千万别胡来。"（摇移）

（画外音）春芬明显感到,阿雄犯迷糊了,她的极力推脱,激励了阿雄的牛劲,他不退反进,变本加厉搂紧了春芬,春芬猛地一挣扎,撞到了桌边柜上的坛子,"啪"地摔个粉碎。依依听到响声,开门问:"啥东西砸啦?"这时有人拍门:"春芬在家吗?"依依上前打开门:"宗老师,您咋来啦?"（推成近景）

（近景）春芬猛地推开阿雄,只见门外是宗实,手里捧着几本新书:"春芬,这是我刚刚出版的新书《大山里的香女人》,是我的大山系列的第三部,是以你为原型构思写成的,所以特地送来给你看看,也好给我提提意见哪!这几本书,是专门给依依的,是语文、数学、外语最新版的复习参考书。咋,阿雄哥也在啊?"（摇移）

（近景）阿雄一见宗实,顿时像做错了事的孩子,自知理亏,尴尬地说:"春芬妹子,我已喝好了,谢谢你的酒肉款待,哥先告辞了,你们接着聊。"（推成特写）

（特写）宗实看着满地的碎坛片子,拿起扫帚,扫了起来。春芬抢下扫把:"宗实哥,你请坐,我给你泡茶。"（摇移）

（特写）"春芬这本新作是给你的,这几本教学参考书,可能对依依提高成绩,会有点帮助。"（摇移）

（特写）依依接过书,翻了起来:"宗老师,您真好,处处都想着我,我心里记着您的好了。不像阿雄舅,就是会胡闹,这种人没文化,真没劲。"（摇移）

（特写）春芬将茶送到宗实手里,心里想:"哎,宗实与阿雄就是太不一样,文化层次不同,差距可是大了去了。"春芬本能地感到自己离阿雄的心距又远了一大步,而离宗实又近了一大步。

(画外音)夜深人静,春芬翻看着宗实的新作《大山里的香女人》,感到十分亲切,里面的女主人公香妹子,分明就是以自己为原型塑造的,书中的人与事,仿佛都在自己身边,呼之欲出,动人心魄。看着看着,眼泪就情不自禁下来了,她拿起餐巾纸,默默地擦着,心里一阵激动,突然觉得心里好疼好疼,宗实的音容笑貌怎么也挥之不去……(音乐止)

41 宗实母亲家 内景 白天

(全景)白阿雄提着糯米、赤豆、腊肉、熏鱼来到宗实母亲家里。(摇上,音乐起)

(画外音)白阿雄上次在春芬家喝酒,原以为自己可以利用两个年轻靓女教师来苗寨任教这件事,在宗实身上大做文章,进一步拉近自己与春芬的关系,没想到受到依依的驳斥与春芬本能的抵制,自己急功近利的举动,不仅没有达到预期的目的,反而与春芬产生了心理隔阂,渐行渐远,真是画虎成犬,事与愿违,心里懊恼不已,他决定打一枪换一个地方。

(近景)阿雄提着礼物来到了宗实母亲家里,他放下手中的糯米,赤豆、腊肉、熏鱼:"干妈,您干儿子阿雄来看您啦。"(推成特写)

(特写)"阿雄,你装修队活计挺忙的,咋还老是记挂着我,难为你有这颗孝心,干妈谢谢啦。"(摇移)

(特写)"干妈,您老人家最近听到新闻了吗?宗实学校里来了两个漂亮的城里时髦靓妹,都是黄浦江畔,国际大都市来到,听说,原来是宗实一个学校的同事,千里迢迢追到咱苗寨,听说都是冲着宗实来的,就像追星族一样。"(摇移)

(特写)"我只知道,宗实学校教师不够,俩姑娘可能是来帮衬他的

吧。"(摇移)

(特写)"干妈,你只知其一,不知其二。听说这俩姑娘,都跟宗实谈过恋爱,是宗实曾经的女朋友,现在宗实一回苗寨了,她们就一路追来了。"(摇移)

(特写)"啊,原来还有这么回事哪,我咋没有听宗实说起过呀。"(推成近景)

(近景)"干妈,您老人家没有听说过的还多着呢,据说其中有个女的还吃过安眠药,准备自杀。"(摇移)

(近景)"啊,竟然还有这等事,你是咋打听到的,那我可要与宗实好好说道说道,咋也要给人家姑娘一个说法呀。"(摇移)

(近景)"我也是帮助卫生站装修时,听一个医务人员说的,好像是进苗寨学校体检时,发现其中一个女教师曾经服过大量安定啥的。"(摇移)

(近景)宗实妈喝了口茶:"没想到我这个儿子还不是啥省油的灯哪!"(推成特写)

(特写)阿雄见状,抖出了猛料:"干妈,可能你还不知道吧,宗实与春芬打得火热,他准备娶春芬做老婆呢。"(摇移)

(特写)宗实妈一听,神情顿时紧张起来:"阿雄,你这可不能胡咧咧啊,春芬可是个小寡妇,咱家宗实还是个堂堂正正的童男子,咋就娶个'二婚头'呢?这样可不行,我非得亲自过问这件事,要好好把把关哪!"(摇移)

(特写)"干妈,您老人家这就对了。宗实这样堂堂男子汉咋就娶个小寡妇呢?您老脸上也不光彩呀。他完全可以娶个黄花闺女,那才名正言顺么。"(推成近景)

(近景)阿雄看宗实妈气得不轻,心里暗暗自喜:"宗实啊宗实,这可够你喝一壶了。我见好就收吧。""干妈,我也给您老人家请过安了,装修队还有点事,我改日再来看你。您可千万别告诉宗实,这是我对您说的啊,

干儿子告辞。"（推成特写）

（特写）宗实一下课，就给老妈叫过去。他看着老妈气呼呼的脸，十分不解："妈，您老人家这样急，叫我过来，有什么事呀？"（摇移）

（特写）"儿子，你好像有不少事情瞒着妈呀？！咱娘俩咋就不能掏掏心里话呢？你先说说苗寨子弟中学新来的俩时髦女教师，是咋回事？"（摇移）

（特写）"妈，她俩是来为山里娃心理咨询帮困的，顺便也上点课啥的。我校老师人手不够么。"（摇移）

（特写）"听说她俩都是为你而来，其中有个还自杀过？难道她与你一点瓜葛也没？"（摇移）

（特写）"是，原来我在T大学做心理咨询师曾经帮助过她俩，现在我校缺教师，她俩是来支援我校教学的。在私人关系方面，确实连半点瓜葛也没有。"（摇移）

（特写）"原来是这样啊，这就好。那现在我问你第二个问题，听说你已经与春芬打得火热，准备娶她为妻了？这靠谱吗？"（摇移）

（特写）"妈您这都是听谁说的？春芬与我是从小青梅竹马的好邻居，人家照顾了您都那么多年了。您老人家不是也要我好好谢谢她，她女儿依依也是我的学生，我投桃报李，还不应该吗？"（摇移）

（特写）"儿子，我可要告诉你，春芬虽好，但是，她终究是个小寡妇，你可是个堂堂正正的童男子，无论长相、才学、地位、名气什么的，在咱苗寨，可都是杠杠的。你真要是讨了春芬这样的'二锅头'做老婆，你叫妈这张老脸往哪搁，你不为自己想想，总也得替老妈想想吧？"（摇移）

（特写）"妈，您放心，儿子的婚姻大事，肯定要与您好好商量，从长计议，我决不会那么草率从事的。"（推成近景）

（近景）"哎，妈要的就是你这句话，儿子今天能够这样说，妈可就放心啰。你说，老妈这一生还有什么牵挂，唯一的牵挂，不就是，盼儿子，讨娘子,抱孙子么?今天,如果不把这些话与你说透亮了,老妈晚上都睡不踏实。儿子,现在已没啥事了,娘知道,你的时间金贵,你可以去忙你的大事了,妈就不烦你了。"

（画外音）宗实告辞老妈出来,他隐隐感到妈今天咋怪怪的,这可是从来没有过的事,老人家咋就心血来潮了,问了那么多稀奇古怪的问题呢?妈可是出来不过问学校的事呀,咋还问得那么有针对性呢?莫非有人在背后说三道四,搬弄是非,在母子之间使什么离间计?他突然想起桌子上的赤豆、糯米、腊肉、熏鱼,顿时心里什么都明白了,原来又是阿雄在背后捣鬼,他就是看到自己与春芬走近,怒气冲天,心怀不满。联想起上次自己到春芬家送书,看到阿雄喝酒,竟然连坛子都打碎了,搞得一地狼藉。可见,他最近的动作确实不少,看来自己还真的应该多留个心眼。如果阿雄继续这样我行我素,任意妄为,还不知要闹出什么动静来,这个阿雄没读过什么书,就是力大如牛,五大三粗,直率冲动,简直就是头蛮牛,这么多年,一点都没变,他还真不是个省油的灯啊……（音乐止）

42 镇上酒店 内景 白天

（全景）阿雄与"镇关西"在酒店喝酒。（摇上,音乐起）

（画外音）阿雄见对春芬的离间计、对宗实老妈的反间计,先后落空,心里很不是滋味。他终于邀请"镇关西"出来,一起到镇上喝酒。当年,春芬的丈夫"镇贵州"是老大,"镇关西"是老二,"镇苗寨"阿雄是老三。现在春芬的丈夫"镇贵州"出工伤走了,只剩下"镇关西"与白阿雄两人,兄弟俩酒过三巡,"镇关西"见阿雄愁眉不展,不由问道:

（近景）"看来三弟近日莫非有啥心事?不妨对二哥说到说道。"（推成特写）

（特写）"不满你二哥说,我一直暗暗喜欢春芬,自从大哥走后,也是我一直在照顾她,眼看咱俩人,越走越近,总算有了点面目了。可是这个宗实,突然半路杀出程咬金,横刀夺爱,这叫兄弟心里实在不爽啊!二哥无论怎样,也要出手帮帮我呀。"(摇移)

(特写)"三弟,这件事,你具体准备要我咋帮你呀?"(摇移)

(特写)"二哥,苗寨原来就是咱哥三的地盘,谁也别想轻易夺去。虽然大哥不在了,最好我俩兄弟联手,上阵亲兄弟,设计将宗实赶出苗寨,让他哪里来哪里去,那是最好不过了。"(摇移)

(特写)"三弟,这件事非同小可,宗实老师可是对我家尤悠,有再造之恩哪,我如果贸然出手,那可就是恩将仇报,岂是咱大丈夫所为,也师出无名呀,这在苗寨是要被人戳脊梁骨的!兄弟,你可能还不知道,宗实帮助苗寨苦孩子的那些事吧?那我就给你说道说道宗实帮尤悠的事。"

(闪回)我家尤悠原来是苗寨子弟中学里,最调皮捣蛋的学生,精灵古怪,聪明过人。但是,聪明反被聪明误,他与老师总是处不好,过不去,经常与授课教师唱反调,不断制造麻烦。尤悠抓来青蛙放在女教师的粉笔盒里,女教师去拿粉笔,青蛙突然跳到了女教师手上,毫无心理准备的她吓得大喊救命。尤悠将无毒的小青蛇,藏在男教师的帽子里,男教师下课,拿起帽子,小蛇支起身子,虎视眈眈地吐着蛇信,怒目而视,男教师大吃一惊,吓得连帽子都掉在地上。尤悠把木夹子,夹住了前面女同学的小辫子,班长一叫起立,女同学的小辫子,拉动了后排同学的铅笔盒,教室里顿时掀起轩然大波,引起课堂程序大乱,同学们都叫他"恶作剧"。(推成近景)

(近景)尤悠并不是冷血动物,而是性情中人,当他经常看到宗实老师背着腿受伤的学生来校上课,宗实老师把自己的饭菜省给家境贫寒的学生吃,宗实老师把自己的新伞借给没有带伞的学生,宗实老师甚至给穷苦学生缝补衣服,特别是宗实老师帮助生病的苦孩字,他自己几乎是倾囊而出……宗老师的上课特别认真,非常有趣,十分引人入胜。看得出,宗实老师是用心来教书育人的,尤悠从心底里彻底感动了,他认为宗实是个自己从来没有遇到过的好老师。

(画外音)周五下午没有课,是宗实专门的学生心理咨询时间。宗实在苗寨子弟中学的第一次心理咨询,接待的对象是"恶作剧"尤悠。尤悠虎着个脸,阴沉得简直就要下雨,一头乱发,一张憔悴的脸,眉宇之间,总是旋绕着深深的焦虑的他,走进了宗实的办公室。(推成特写)

(特写)宗实热情地说:"尤悠你请坐。"宗实为他泡了杯茶,亲切地问:"你有什么话,尽管对宗老师说,今天我就是你的倾听者。"(摇移)

(特写)"宗老师,我总感到自己心理好苦好苦,整天忧郁得不行,晚上睡觉总是泪流满面,甚至感到生不如死。"(摇移)

(特写)宗实本能感到,这个尤悠患有忧郁症倾向,自己要好好地引导他:"尤悠,不管你心里有多大的事,你都可以对我说,宗老师就是你宣泄的芳草地。"(摇移)

(特写)"宗老师,我是单亲家庭的孩子,是家中四个孩子的老大,我平时除了到学校上课,还要打猪草、拾柴火、洗衣服、烧晚饭……爸爸心情暴躁,喜欢喝酒,妈妈由于受到爸爸的酒后暴打,一怒之下,抛下四个孩子,跟一个精明仔到广州东莞打工去了,多年没有音信,估计她是再也不会回来了。爸爸白天在山里采矿,晚上回到家里,精疲力竭,就一个劲喝闷酒,最后喝高了,就拿孩子出气,拿起木棒就打,打得我头破血流是家常便饭。苗寨人称他爸是苗寨的'镇关西',叫着叫着,人们就叫顺了口,他的真名叫的人反而越来越少了。我心里想妈妈,恨爸爸,怕挨打,一直战战兢兢的。上了一天课,晚上回到家抓紧时间做晚饭,帮助弟妹洗衣服,伺候老爸喝酒吃饭,稍有不妥,棍棒伺候。晚上上床,人的骨头架子散了一样,累得不行,更重要的是,心里感到很苦很苦,忧郁得不行。我一肚子苦水没地方倾诉,自己每天就是在这样恶劣的环境中挣扎。心里非常忧郁,异常痛苦。有时自己想想还不如死了倒是干净,真是生不如死啊。"他说着留下了两行痛苦的眼泪。(摇移)

(特写)"尤悠,你千万不要有这样的想法,你就像一棵小树,刚刚开始成长,马上就会枝繁叶茂,以后还要长成参天大树,成为国家的有用人才。环境是要靠人去改造的,适当的时候,我会同你爸爸谈谈,我估计,你爸爸可能是因为你妈妈走了,他心里感到很孤独,借酒浇愁,来发泄心中的孤独情绪吧,我会帮助你渐渐战胜心理忧郁的。"(摇移)

(特写)尤悠:"宗老师,你说到我心里去了。"(摇移)

(特写)"尤悠,你以后心里有什么不痛快的事,尽管对我说,自己肚里有什么苦水,就全部倒出来,千万不要藏着、掖着。这在心理学上,叫心理倾诉。我就是你心理倾诉最好的对象。心理学家讲调适心理忧郁,要靠合理饮食、经常唱歌、文化生活、情绪调节、拓宽视野、做有意义的事,这六个方面,我们师生一起想办法解决,办法总是比困难多。"(摇移)

(特写)"宗老师,合理饮食、经常唱歌、文化生活、情绪调节、拓宽视野、做有意义的事,这六个方面,我都记住了,我终于可以告别心理忧郁了,好开心呀。"(摇移)

(特写)"尤悠,人生最重要的价值是心灵的幸福,而不是任何身外之物;生活中其实没有绝境,绝境在于你自己的心没打开;运气永远不可能持续一辈子,能帮助你持续一辈子的东西只有你个人的能力;哪怕是最没有希望的事情,只要坚持去做,到最后就会拥有希望。那我们今天就聊到这里,以后有机会再聊。"(摇移)

(特写)"宗老师,听了您的话,我心里像燃起一团火,谢谢!"(摇移)

(特写)尤悠环顾了宗实的办公室,收拾得井井有条,人坐在这里,也感到神清气爽,心情大好:"宗老师,自从你来了以后,我从心底里想痛改前非,好好读书,彻底改掉'恶作剧'的坏名声,就是不知道具体怎么

做?"(摇移)

(特写)"尤悠,你有这个想法,说明你进步了。我认为,首先,你要弄清楚自己为什么会恶作剧?这在心理层面看,是希望引起别人对你的重视,也就是人们平时所说的刷存在感。说明你想干一些,别人重视你的事情。其次,要引起同学们对你的重视,并不是一定非恶作剧不可,完全可以干一些使同学们刮目相看的好事。比如,你的作文写得特别好,受到老师表扬,成为全班的范文。或者你帮助学习上有困难的同学,受到大家的一致好评。这样所引起同学们的重视,在心理层面,含金量要高得多,你自己心里也会充满了正能量。而同学们在接受心理上也会产生愉悦感。最后,当然要改掉'恶作剧'的坏习惯,还是要下很大决心的,古人云,只要功夫深,铁杵磨成针,你说对吗?"(摇移)

(特写)"宗老师,你刚才讲的三点,都讲到我心里去了。就是万事开头难,我不知道从哪里着手好呀。"(摇移)

(特写)"依我看,尤悠,你就从写好这次我布置的命题作文开始,就是一个不错的切入点。"(摇移)

(特写)"我全听宗老师的,就把写好这篇作文作为起点,彻底改掉坏习惯,开始做个好学生。"(摇移)

(特写)宗实拍了拍尤悠的肩膀,笑笑说:"我完全相信你,宗老师这就看你的实际行动了。"(摇移)

(特写)"宗老师,那咱就一言为定,你就看我的行动吧,我是不会让你失望的。"(音乐止)

43 宗实办公室 内景 白天

(全景)宗实在批改学生的作文。(摇上,音乐起)

(画外音)宗实布置了命题作文《我的父亲》,学生们纷纷描写自己的父亲,如何整天凶巴巴,在山里干活,在门口抽烟,在家里骂妈,酒后发火打娃。

(近景)尤悠的命题作文《我的父亲》,写得别具一格:"我的父亲村里人叫他"镇关西",是个武林高手,长得扫帚眉,四方脸,朝天鼻,大宝(龅)牙。满面横肉,棒(膀)粗腰圆,干起活来,有慢(蛮)劲,下死力,用的是'大力金刚掌',浑身仿佛有用不完的牛力气。上山砍树,下地犁地,挑担赶集,没人干得过他,号称村里的第一条好汉。奏(揍)起娃来,势大力沉,往死里打,用的是'千知(蛛)万毒手',他那双满是茧子、爆着青精(筋)的黑手,打在我身上,要多疼,有多疼,就像读(毒)蛇,知竹(蜘蛛)啃咬那么厉害,令我望而生畏,终生难忘。晚上在床上,对妈,用的是'兰花拂药(穴)手',将老妈折腾的死去活来,老在半夜里把我闹醒,我还以为天亮了呢,转头一看,窗外黑得相(像)墨。但是,就是这个父亲,用山一样的肩膀刚(扛)起了养家糊口的重担,妈妈跟人到广东打工,一去不复返。日复一日,月复一月,年复一年,爸爸他咬牙辛苦着,坚持着,苦撑着,相(像)条大山里的汉子,我从骨子里敬重他!"(推成特写)

(特写)宗实看了尤悠的作文《我的父亲》,差点笑出来,思考良久。宗实将尤悠叫到办公室,让他坐在自己的对面问:"尤悠,你作文里的大力金刚掌、千蛛万毒手、兰花拂穴手这些名词,你是怎么知道的?"(摇移)

(特写)尤悠:"宗老师,咱村里有个'故事田',他走南闯北,看过不少武侠书,一肚子故事。夏天晚上,他喝了酒,就喜欢在大树下,给娃们讲各种各样奇奇怪怪的武侠故事,讲得活灵活现,可吸引人啦,我是他的老听众了,由于自己对他讲的那些武功招式,特别感兴趣,就用心,把这些好玩的武功名字记住了。宗老师,您不会扣我分吧?"(摇移)

(特写)宗实笑笑继续问:"你对父亲的描写,口气好像很连贯。"(摇移)

（特写）"宗老师，那我也是模仿'故事田'的，他的口气就像说书先生'头戴金盔，身披金甲，胯下黄子翎，手执金背刀'。所以，村里人都说我模仿得惟妙惟肖，说我是'故事田'徒弟，叫我是'小故事田'。时间一长，我说话的样子、口气，都变成小故事田版了。宗老师，您不会批评我吧？"（摇移）

（特写）"那你也不应该将自己的父亲描写成为像智取威虎山里的八大金刚一般吧？你这些都是描写反面人物的用词。"（摇移）

（特写）"宗老师，我的确有点夸张，因为在我心目中，父亲的言行举止，的确毛毛躁躁，大大咧咧，喝高了，就家暴，打孩子出气，我心里好苦好苦。那应该怎么描写才对头？"（摇移）

（特写）宗实说："你可以写成'两条浓眉，一脸刚毅，一张威武的四方脸。高大魁梧，肌肉发达，孔武有力'，这才是对正面人物的描写。"（摇移）

（特写）"好的，宗老师讲的有道理，我原来光顾着描述，甚至还有点小得意，结果将正面人物和反面人物混淆了，我有点敌我不分了。"（摇移）

（特写）"尤悠，希望通过这篇作文的练习，你以后的作文，有所感悟，会越写越好。"（摇移）

（特写）"谢谢宗老师。"（摇移）

（特写）宗实充满爱意地摸了一下尤悠的头："你把这篇作文带回去，认真地修改吧，我相信你，会写得更加出彩的。"（摇移）

（特写）"宗老师，再见！"（音乐止）

44　教室里　内景　白天

（全景）语文课上，宗实对尤悠写的作文《我的父亲》，进行了点评。（摇上，音乐起）

（近景）宗实让尤悠将修改后的《我的父亲是个武林高手》给全班同学朗读一遍。尤悠用他那贵州普通话，用自认为抑扬顿挫的语调，一板一眼地将作文读了一遍，全班同学都听傻了，整整过了几秒钟，教室里才爆发出热烈的掌声。

（画外音）尤悠停止了恶作剧，开始认真听宗老师的课，原先不爱做作业的他，开始慢慢地做起作业来，还将自己的旧雨伞借给女同学用，自己回家淋成了个落汤鸡，被爸一顿好骂。尤悠的悄然转变，宗实明察秋毫，心知肚明。他决定找这个刀枪不入、水火不侵的麻烦制造者，好好谈一次心。

45　回家路上　外景　傍晚

（全景）崎岖的山路仿佛一条大蛇，盘踞着苗寨子弟中学。（摇上，音乐起）

（近景）傍晚放学，宗实看到尤悠打了一筐满满的猪草，吃力地准备背起回家，他快步上前，拿起一筐猪草，背在自己背上。（摇移）

（近景）尤悠惊讶地看着他："宗老师，您……？"（摇移）

（近景）"尤悠，今天我们同路，咱这就走吧。"

（画外音）一路上，宗实高度肯定了尤悠最近的一系列进步表现，第一次听到老师表扬的尤悠，眼睛怪酸的，没想到，自己的细微变化，宗老师全部看在眼里、记在心里，由此看来，宗实老师其实是非常重视自己这个学生的。（推成特写）

（特写）"尤悠，每一颗钻石，都是经过千百次打磨，每一只蝴蝶，都承受撕裂破茧的痛苦，每一颗珍珠，都是砂砾与肌肉的磨砺。一个中学生，首先需要将知识学好，今后才能报效祖国，否则就是空喊口号。尤悠你很聪明，智商挺高，情商也不低。我希望你能够将你的聪明才智，全部运用到学习知识上去，能够带来优秀的成绩，成为全班同学的榜样，宗老师看

好你,我想请你担任我班的学习委员,你可要不辜负老师的期望。尤悠,你有没有信心呢?"(摇移)

(特写)尤悠激动地朝宗实狠狠地点了点头:"宗老师,我是绝对不会让您失望的。"(摇移)

(特写)宗实拍了拍他的肩膀,朝背着猪草篓子渐行渐远的尤悠的身影,略有所思:"这个山里娃,还有股子自己当年不服输的韧劲啊,看来心理激励,是促进学生发奋进步的有效举措,孺子可教也!"(音乐止)

46 办公室里 内景 白天

(全景)宗实与尤悠在办公室里谈话。(摇上,音乐起)

(画外音)在宗实的关心与心理引导下,尤悠的脸上,开始阴转多云,有时还有一丝笑意。这次数学测验,阴沉的尤悠竟然与班长依依并列第一名。宗实让尤悠中午下课后,将午饭带到自己办公室与自己一起吃。憔悴的尤悠,坐在宗老师面前,没有以前那么拘束了。(推成特写)

(特写)宗实见尤悠的饭盒里就是一个馒头与一些榨菜,便用筷子夹起自己饭盒里的蔬菜与肉丸子,放到了尤悠的饭盒里:"尤悠,你不要拘束,咱慢慢吃,边吃边聊。我想与你父亲好好聊一次,沟通沟通,你看如何?""宗老师,别看他平时凶,其实他是个很尊敬老师的人,你能够抽空与他沟通,非常必要,我要好好谢谢你。"(音乐止)

47 尤悠家 内景 白天

(全景)适逢周日,宗实步行五里山路,来到尤悠家里。(摇上,音乐起)

(近景)宗实只见一个浓眉眍眼的彪形大汉正在锯木,说:"您就是尤悠的爸吧,我是他的班主任宗老师。"(摇移)

（近景）"镇关西"一听是班主任宗老师来家访问，马上放下手里的锯子，站起身来："啊呀，是宗老师来了，快坐，尤悠看茶，泡我最好的黄果树香茶。"（推成特写）

（特写）宗实喝了口苗寨香茶，稳一稳神："你家尤悠是个聪明的孩子，这次数学考了全班第一，平时少言寡语，遵守纪律，尊敬老师，团结同学，是个好苗子。"（摇移）

（特写）"镇关西"听了，两条浓眉，舒展开来，威武的面上多了一丝惊喜："宗老师，这次数学还考了第一。如果他有什么不好的地方，您尽管说，我来收拾他！"（摇移）

（特写）"今天我来，一来是咱彼此认识一下，另一个顺便也探讨一下孩子的教育方法。我知道您很不容易，一个人扛起这样重的家庭重担，托起四个孩子的书包，我心里是挺佩服你的。"（摇移）

（特写）"宗老师，我这是实在没办法，他妈丢下四个孩子，跟人跑广东了，我总不能也撒手不管吧。白天下矿卖力气，整个人的心思，不会朝这方面想，一到晚上，心里越想越恼火，只能用酒精来麻痹自己，再遇到不顺心的事，往往就拿孩子出气，其实自己心知肚明，就是改不了打孩子的坏习惯，村里人都叫我'镇关西'了，可见我的脾气实在是够臭的。"（摇移）

（特写）"您今天讲的都是心里话，说明您没把我当外人，我感激您的真诚和豪爽。你就是苗寨真正的汉子。我要说的是，孩子都读中学了，也有自尊心，尤悠是老大，又要读书，又要照顾三个弟妹，还要打猪草、拾柴火、做晚饭、洗衣服、下地干杂活，他心里也有一肚子苦水。如果你们父子之间多点沟通，可能情况就大不一样了。"（摇移）

（特写）"镇关西"："宗老师，您这些话都说到我心里去了，看来我还真要改改自己的坏脾气。其实，每次打孩子后，看到他们鼻青脸肿的样子，我心里也很不好受，终究是自己的亲生娃，但是火气一上来往往就严重失控。听您一席话,胜读十年书啊。我自己定会慢慢地认真地去改,您看,我现在做木匠,就是为尤悠做一只写作业的小书桌。"(摇移)

(特写)"我看得出,您的木匠手艺相当不错,您能够给尤悠做书桌,让他更好地做功课,我要替孩子谢谢您啊。"(摇移)

(特写)"尤悠,快炒菜,摆酒,今天我跟宗老师聊得对劲,咱俩一定要好好喝几杯。"(摇移)

(特写)宗实见状马上站起身来:"谢谢您的好意,我心领了,学校还有事,我就不打扰您了,咱们常来常往,就此再见。"(摇成远景)

(远景)"镇关西"忙将宗实送出老远,他挺着虎背熊腰,扬了扬一双浓眉,眯着眼睛,看看宗实渐渐远去的身影,不由感叹:"是个好老师呀,星期天也不休息,走家串户,他的心思可全在苗寨山里娃身上啰。"(音乐止)

48　办公室里　内景　白天

(全景)宗实对尤悠的关心更加细腻。(摇上,音乐起)

(画外音)宗实自从对尤悠家进行家访,与"镇关西"交流谈心后,他越发对尤悠多了一份关切。只要一有空闲,他总会与尤悠聊聊天,问一问学习上还有什么困难?家里是否遇到难事?老爸近来脾气好点了没?他的小书桌完工了吗?……还经常将自己的午餐分一点给尤悠,这让尤悠好感动。

(近景)尤悠那焦虑的心舟,终于有了心灵的港湾,他终于感悟到一份师生间的真情。尤悠的学习积极性明显提高,他听课特别认真,作业的字体写得十分工整,语文、数学、英语三门主课的成绩,一个劲往上窜。难能可贵是,尤悠非常耐心,经常会不厌其烦地主动帮助成绩差的同学,宗实发现尤悠那憔悴的脸上,纠结的双眉开始舒展了,脸上多了一丝难得的微笑,心情开始阳光起来。(音乐止)

49　白露家　内景　晚上

（全景）白阿雄提着酒菜，来到姐姐白露妈家。（摇上，音乐起）

（画外音）白阿雄见连古道热肠、义薄云天的二哥"镇关西"都不肯帮自己的忙，可见这个宗实绝非等闲之辈，他在苗寨已经很有些人脉，这个厉害的对手，真是非常不好对付。一脸落寞的他提了两瓶酒，带了点熟菜，来到自己姐姐白露妈家里，正好姐夫也在，三人边吃边聊。（推成近景）

（近景）白露妈："兄弟，脸色咋这样差，你还有啥为难的事，都难成这样了？"（摇移）

（近景）阿雄："阿姐，实不相瞒，这都是叫宗实整的。"（摇移）

（近景）"你搞你的装修，宗实教他的书，他咋就整上你了？"（摇移）

（近景）"姐你知道，我喜欢春芬，他老公走后，我俩也处得相当不错，但是，现在宗实突然横插一竿子，我可是惨不忍睹了。现在实在走投无路了，只有请阿姐、姐夫帮帮我了，最好能够想办法，让宗实哪里来，还是回哪里去。"（推成特写）

（特写）"阿雄，不是姐不帮你，这件事难度实在太高了，你知道吗？露露生白血病，连我女儿这条命都是宗实老师救的，你姐夫将镇斋之宝，开过光的和田玉大观音送他，他都坚决婉言谢绝，对这样一个好人，你叫阿姐、姐夫怎么忍心出的了手整他啊？"

（闪回）班里文娱干事女学生白露，出身艺术世家，她父亲是个清贫的苗寨歌手，数次获得歌王殊荣。母亲是土生土长的苗寨舞者，她的《孔雀舞》，独步苗寨舞林，堪称一绝，曾多次到省城登台演出。白露从小受到父母的艺术熏陶，出落得聪灵毓秀，优雅可人，班里的迎春晚会上，她以一个母亲亲授的《孔雀舞》技压四座，力挫群芳，热烈的掌声中，她怡然地回眸一笑，给宗实与全班同学们留下了美好的记忆。（推成近景）

（近景）尤悠急匆匆走进教室办公室对宗实说："宗老师，文娱干事白露身患白血病无钱救治，她在家整天以泪洗脸，父母急得差点都要跳楼了！"（推成特写）

（特写）宗实风风火火赶到白露家里询问情况。见白露妈泪水盈盈，泣不成声，白父揪着头发，唉声叹气，一筹莫展，家里笼罩一片愁云惨雾。（摇移）

（特写）白露："宗老师，我脚步不能达到的地方，眼光可以达到。眼光不能达到的地方，心境可以达到，看来我这辈子是无缘去国际金融大都市名校读书了。"（摇移）

（特写）宗实轻轻握着白露的手，安慰她："露露，你一定要耐心等待，我一定来想办法。"他当机立断，用手机马上与贵阳医院取得联系。说："必要时，我准备呼吁社会爱心力量，全力救助咱班的白露！"（音乐止）

50　贵阳医院附属医院　内景　白天

（全景）宗实长途跋涉，汗流浃背，风风火火赶到贵阳医院附属医院联系。（摇上，音乐起）

（近景）宗实对主治医师连连作揖，好话说尽，自己顾不得擦拭一下满脸的汗珠："这一万元钱，我先交了白露的住院押金吧。"经过一波三折，宗实终于让危在旦夕的白露住进了贵阳医院附属医院的病房……（推成特写）

（特写）宗实当晚马不停蹄地赶回到苗寨子弟中学，心里火烧火燎的他，连夜在自己的博客里以《白露，宗老师与你同行！》为题向社会发出"苗寨女生生死营救"的爱心呼吁。（摇移）

（特写）宗实在帖子里写："白露对我说，宗老师，我可能真的要走了，但是我还想去看看黄浦江畔的名牌大学，那是我多年大学梦放飞的地方，如果有下辈子，我一定要去那里读书深造。我当时只好安慰她：白露，请原谅宗老师不能听你来生的约定,也不想你今生只是去看看,老师要你勇敢地、坚强地活下去,今生就一定要去沪江名牌大学读书,看看名牌大学的图书馆,走走林荫芬芳的大学路,回报关爱你的苗寨父母及朝夕相处的师生。"(摇移)

（特写）宗实看到白露,这个15岁花季的靓丽女孩,却因为患白血病无钱救治,即将告别人世的时候。他彻夜难眠,心里实在不是滋味。尽管自己没多少钱,但是自己可以奔走呼号,四处求援,尽自己全部所能,去告诉社会上更多的善良的人们、具有爱心的人们,帮帮可爱的白露同学顽强地活下去。(摇移)

（画外音）宗实便不停地发帖,积极联系沪江、贵州的各家媒体,呼吁企业与银行的慈善人士,雪中送炭,伸出热情的援助之手。消息传开后,在贵州、沪江两地爱心人士以及当地县政府的热忱帮助下,宗实先后为白露同学筹得30余万元的爱心款,使白露得以继续治疗……(推成特写)

（特写）教师节前,贵阳医学院附院的主治医师给宗实打来电话:"白露的骨髓移植已取得成功,最近可以出院了。如果两年内不出意外,她就同正常人一样,完全可以继续读书学习,甚至进大学深造。(摇移)

（特写）宗实:"谢谢您,医生,这可是实在太好了!"获此喜讯,他兴奋得一夜难眠。(摇移)

（特写）次日清晨,宗实在课堂上将这激动人心的好消息告诉全班同学。同学们含着热泪长时间鼓掌,并全体起立,课堂里响起了《五星红旗迎风飘扬》的嘹亮歌声。(音乐止)

51　教室外　外景　白天

（全景）阳光灿烂的教室外,宗实刚下课,走出教室。(摇上,音乐起)
（近景）宗实只见两个家长,提着包,朝他快步走来,一到他面前,两人便双双跪倒在地,宗实一时十分惊讶。白露父母:"宗老师,您就是我家露露的救命恩人,没有你,她可能已经走了,我们夫妻俩给您磕头了,谢恩,谢恩!"(推成特写)

(特写)宗实连忙双手扶起两人说:"我实在不敢当,真的不敢当,这是我们整个社会的力量,也是各地人们爱心的力量,更是伟大祖国的综合力量。你们快请到我办公室坐,我们一起喝茶,边喝边聊。"(摇移)

(特写)宗实走进办公室,只见白露已经坐在自己对面的椅子上,苍白的脸上仿佛有了一丝红润。

白露:"宗老师好,谢谢您救了我。"她一声清脆的招呼,人恭恭敬敬地站了起来。白露父母忙说:"露露,快跪下,快跪下,你磕头,你快磕头,叫宗老师干爹,你快叫干爹!"(摇移)

(特写)宗实见状双手乱摇忙说:"这可万万使不得,我就是白露的老师,是她的班主任,既然是她的老师,她的事当然也就是我的事,我只不过做了自己应该做的事,你们说呢?"(推成近景)

(近景)白露爸从包里小心翼翼、郑重其事地拿出一个精致的盒子,双手放在宗实的办公桌上:"这是我们家里几代祖传的和田玉观音大师,是经过得道高僧开光的,现在专门送给救命恩人宗老师你,保佑宗老师一生平平安安,顺顺利利,开开心心,幸幸福福。"(摇移)

(近景)宗实给三人泡了三杯龙井茶,热情招呼:"来,尝尝咱杭州的西湖龙井茶。我真心谢谢露露爸妈,你们的一番好意,我真的心领了。但是,这么贵重的礼品,是你们家几代祖传的传家之宝,我怎能够夺爱呢?好了,两位请将礼物收起来吧,我真的谢谢了,我们现在开始谈正事吧。"露露爸勉为其难地收起了观音礼盒。(推成特写)

(特写)宗实看着白露说:"看来露露恢复得还不错,脸色也好多了,那就再休息一段时间,再来上课吧。"(摇移)

(特写)白露:"不,宗老师,我已拉下不少课了,心里急得不行,我明天

095

就来上课吧？"（摇移）

（特写）宗实看了露露爸妈一眼问："主治医师具体是怎么说呀？"（推成近景）

（近景）露露爸："医生建议露露再休息一个月。"（摇移）

（近景）白露："老爸，这绝对不行，我的课再也不能拉下了，我心里急得晚上都睡不着，最多只能再休息三天，宗老师求求您，就再休息三天吧？"（推成特写）

（特写）"看来露露是求学心切，只要拥有志向，再努力地为它奋斗，那不可能也会变成可能，只要坚持不懈，那你一定能够达到成功的彼岸。好，一言为定，露露那就你就再休息三天，再来上课，所有拉下的功课，我会让班长依依去你们家给你慢慢地全部补上，你肯定不会掉队的。"（音乐止）

52　宗实办公室　外景　白天

（全景）周五下午，是宗实心理咨询时间。（摇上，音乐起）

（近景）宗实这次的心理咨询对象，是白血病刚刚痊愈的白露。（推成特写）

（特写）白露忧郁地看着宗实："宗老师我最近遇到了心理问题，我明显感到自己的记忆力远不如以前了，我生了这次重病，是不是把脑子生坏了？我心里真的好焦虑呀，这样可怎么办呀？"说着白露留下了两行眼泪。（摇移）

（特写）"露露，你什么想法，尽管全部对我说，宗老师会想办法，帮助你解决，你一点也不用忧郁的。"（摇移）

（特写）"宗老师，我怎么记忆力下降得那么快呢？我真的好焦虑啊。晚上都急得失眠了。"（摇移）

（特写）宗实将刚刚泡的新茶递到她手里，亲切地说："露露，人的记忆力与白血病没有直接联系。心理学家认为记忆力分短期记忆力、中期记忆力和长期记忆力。短期记忆力是大脑的即时反应的重复，中期和长期的记忆力则是大脑细胞内建立了固定联系。如怎么骑自行车是长期记忆，多年不骑仍能骑上车就跑。中期记忆是不牢固的细胞结构改变，这需要曲不离口、拳不离手，反复加以巩固，会变成长期记忆力。"（摇移）

（特写）"宗老师，如果我每天练习记忆，我的记忆能力还能够恢复吗？"（摇移）

（特写）"露露，平时记忆的类型有：一是形象记忆，如你从屏幕上认识了电视主播，她的形象你就记住了；二是抽象记忆，如把文章、公式反复背，也就熟能生巧记住了；第三是情绪记忆型，如你看了电视剧，就会记住英俊的男主角，靓丽的女主角；四是动作记忆。如你露露舞蹈，你经过多次练习，孔雀舞的动作就怎么也不会忘记了。"（推成近景）

（近景）"宗老师，真的要是能够这样，那该多好呀！"（推成特写）

（特写）"露露，据我的观察，你前一段时间住院，没像原来上课时那样对知识点的反复记忆，现在你又重新回到课堂，听课，回答问题，做作业。在大脑皮层里的记忆信号又会不断加强，多次重复。那么，你的记忆力，自然而然，又会逐渐恢复到原来的良好状态。露露，你要有足够的信心，你的记忆力就是反复重复出来的，就是科学训练练出来的，就是逐渐坚持培养出来的。"（推成近景）

（近景）白露："宗老师，您讲得太好了，我仿佛听了一次记忆力的心理讲座，这样我恢复记忆的信心就足了。"（推成特写）

（特写）宗实看到白露的忧郁心情，有点烟消云散，继续说："当然，增强记忆，与你的心情愉快，是密不可分的，因为人在高兴的时候，往往记忆力是最好的时候。所以，露露，你应该天天有个好心情，这样记忆力就会越来越好的，这是心理学家一致公认的心理科学研究成果。"（推成近景）

（近景）"宗老师，经过你今天的心理咨询，我一定要每天保持好心情，

谢谢宗老师,为我指点迷津。"白露说罢,站起身,恭恭敬敬朝宗实鞠了三个躬,笑嘻嘻,像孔雀一样轻盈地飞走了。(音乐止)

53 教室外　外景　白天

(全景)白阿雄在教室外来回徘徊。(摇上,音乐起)

(画外音)正当宗实与春芬在情感线上越走越近时,白阿雄的心里也越来越不爽。他想,眼看着春芬的心、依依的心竟然都是向着宗实的,自己帮春芬做了那么多事,照理讲也该瓜熟蒂落、水到渠成了。没想到现在竟然没有自己啥事了,这算咋回事呀?城里酒店挑战失败,春芬离间计失败,宗实妈反间计失败,"镇关西"不肯帮助兄弟,亲阿姐也不肯出手相助。自己真是山穷水尽了,堂堂苗寨汉子,干脆一不做、二不休,量小非君子,无毒不丈夫。干脆将动静闹大点,烧了你的房,断了你的粮,逼得你宗实知难而退,从哪来回哪去。(推成近景)

(近景)白阿雄见教室里学生们如沐春风、聚精会神地听宗实讲课。宗实班里的一个学生,在用火烤着自己带去当午饭的红薯,见那位学生可能去上厕所了,他便夹起烤红薯的通红木炭,把用茅草搭建的厨房给引燃了。阿雄见火势越燃越烈,做贼心虚,立即快步离开现场……(拉摇成中近)

(中景)那个学生上厕所回来,见火势席卷着厨房,以为是自己烤红薯的火星,点燃了厨房,生怕学校追查责任,吓得脸色刷白,恐慌地快速逃离。大伙儿都在聚精会神地听宗实老师讲课。火势蔓延得很快,一下子茅草厨房烧没了,一直延伸至临近的教室,待到宗实发现时,熊熊的大火已然封住了教室的门和窗,学生们顿时慌乱不堪。(推成特写)

(特写)宗实很镇静,他安抚着这群受惊的孩子:"同学们,你们都不要害怕,也不要哭,我一个一个背你们出去!"宗实咬紧牙关,一个接连一个,将这些孩子往外背,眼看大火已将窄小的木门和窗户完全地封住了。

宗实的衣服、头发、脸都被烧焦了。他仍然不放弃,他的嘴唇已咬得出血,他的脸被火烧得犹如刀割般的疼,被火烧得通红的木门,哐啷一下将宗实砸了个跟跄。他还是忍着最后一口气,从火堆里爬了出来,救出最后一个女学生依依,轰的一声巨响,教室完全塌陷下来,宗实被埋在断垣残壁中。(拉摇成中景)

　　(中景)学生们都站在火海前,大声地哭喊着:"宗老师,宗老师,你们快救救咱宗老师呀!"他们不顾滚烫的砖瓦、木块,一双双小手,在拼命地扒着,一双双小手,都烫得通红,有的已经烫出泡来,他们不闻不顾,他们担心再也见不到自己最敬爱的宗老师了,为了救自己的宗老师,他们似乎忘记了一切,一双双小手发疯一样拼命扒着……当人们拼命扒出奄奄一息的宗实时,他已完全人事不省了。闻讯匆匆赶来的乡长和苗寨老乡,手忙脚乱地将宗实送往医院。(音乐止)

54　医院　内景　白天

　　(全景)医院抢救室的红灯始终亮着。(摇上,音乐起)

　　(画外音)医生们正在抢救室里急救宗实,闻讯赶来的依依妈春芬不顾一切,风风火火闯进了院长室,只见县教育局领导、乡长与村支书,分别激动地握着医院院长的手。(推成近景)

　　(近景)他们语气凝重地说:"宗老师是苗寨子弟中学的校长,学生们都离不开他,希望院方想方设法,竭尽全力,不惜任何代价,一定要救活宗校长!"(推成特写)

　　(特写)春芬突然跪在医院院长面前,连连磕头:"我求求您院长,他可是我女儿依依的救命恩人哪,他是苗寨子弟中学的校长,苗寨的苦孩子都离不开他,你们无论如何一定要想办法救救他!"她的额头都磕出了血。春芬说完,战战兢兢地从内衣兜里拿出皱巴巴的一张工资卡,双手递给院

长:"这是我全家一生的积蓄,包括我丈夫的抚恤金,原来是准备给女儿出嫁用的,现在全部用作宗老师的救命钱吧。"(化出)

(画外音)春芬的丈夫在大山里干活出工伤,离开了人世。家里的重担全部压在她一个人身上,平时她田里忙农活,到了旅游旺季,她每天天不亮,快走两小时走出大山,赶到旅客宿营地,帮助挑行李,每担重100斤,旅客乘着皮筏漂流,她就在崇山峻岭中,跟着走。晚上五点将行李挑到新的宿营地,一天的报酬是10元钱,再步行两小时回家。如果,抢不到挑行李的活,只能帮助旅客背小孩,从上午九点背到下午五点,报酬是8元钱。再苦再累,春芬从来不吭一声,这钱是她多少年省吃俭用的全部积蓄。依依妈春芬的真诚感动了院长,医生起死回生的绝技,终于把宗实从死亡线上拉了回来。(推成近景)

(近景)宗实那英俊的脸留下了烧伤的一丝沧桑。在他住院期间,春芬每天到医院看望救命恩人宗老师,她每天帮助喂饭、端水、擦身、换衣……她心里清楚,女儿依依这条命,是宗老师救的,自己必须报恩。(推成特写)

(特写)正当依依妈春芬给宗实擦背、洗脚、换内裤的关键时刻,阿雄拉着阿姐白露妈,一阵风似地走近病房。白露妈见春芬正给宗实换内裤,顿时想起了阿雄就是给这个女人迷得五迷三道、气得七窍生烟的,她突然指着春芬的鼻子大声说:"你是谁啊,你有什么权利给宗老师换内裤?真是个不知羞耻的女人!"(摇移)

(特写)宗实微微睁开眼睛,吃力地说:"白露妈,你不能这样说她,她可是我的救命恩人哪,没有她,我可能早就不在人世了。"(推成近景)

(近景)白露妈气得失去了理智:"宗校长,你这样护着这个不要脸的女人,你俩是不是有啥不可告人的故事啦?"(推成特写)

(特写)宗实生气地说:"白露妈,你今天咋变得这样不可理喻啊?"

(推成近景)

(近景)"我是不可理喻,我的皮肤没她白,我的奶子没她大,我的脸皮更没她厚!没想到宗校长,你这样掉价,那就跟这个不要脸的风流小寡妇过吧!"说罢,放下手里的水果,猛拉起阿弟白阿雄的手,紧咬着自己的嘴唇,狠狠地摔门而去。阿雄默默感叹:"阿姐啊阿姐,你光顾着给我出气,但是这样一闹,我与春芬好事,算是彻底完了。"(音乐止)

55 医院 内景 晚上

(全景)深夜,宗实已酣然入梦,春芬依旧执着地守在他病床边。(摇上,音乐起)

(画外音)她想起白天白露妈对自己的无端指责,恶语相加,想起阿雄那鄙视的仇恨的目光,心里顿时感到非常委屈,不由悲从中来,情不自禁,留下了两行清泪。(推成特写)

(特写)春芬一边心疼地看着宗实脸上长出的嫩红色的新皮,轻轻地吻着他的脸庞,心中暗暗忖道:"为了这个女儿的救命恩人,自己真心喜欢的好男人,即使自己心里再委屈,再伤心,再痛苦,再难过,也要咬紧牙关忍着。"(推成近景)

(近景)春芬止不住的泪水,滴在宗实的脸上,使宗实从梦境中微微醒来,他朦胧地觉到春芬满脸泪水地在亲切地吻着自己的脸,心里不由一阵感激:"她用真心在对我,春芬那可是颗铂金心呀。"他用手轻轻地握了握春芬那双细滑的玉手,两人彼此心领神会,一切尽在不言中……(音乐止)

56 春芬家 内景 白天

(全景)一抹阳光射进了窗明几净的春芬家。(摇上,音乐起)

（画外音）村长陪同着一个脸容姣好的汉族女子，来探望宗实。当宗实与来者四目相对时，双方顿时都呆了。宗实眼里这个年近三十的秀丽女子，风尘仆仆掩盖不住她那靓丽清新的脸庞，凌乱的秀发，掩饰不住她关切的温柔眼神，她不是自己当年的初恋乖乖女，还能是谁？（推成特写）

（特写）"啊呀，千里迢迢，爬山涉水，你咋大老远的赶来啦？"（推成近景）

（近景）"听说，你火灾救学生烧成了重伤，我无论如何，都要赶来看看你呀。"（推成特写）

（特写）"你坐，你快坐。"宗实给自己的初恋泡了杯茶，双手递上："那么远的路，都挡不住你，还是来了，我心里好感激你。"（推成近景）

（近景）初恋乖乖女拿出自己为宗实买的营养品，放在桌上："宗实，你见老了，又受了这么重的伤，真的要好好养一养了。"（推成特写）

（特写）"你弟弟的身体，现在咋样了？"（推成近景）

（近景）"他还是老样子，基本维持原状，我现在帮助他练习写毛笔字，他还是挺有兴趣的。"（推成特写）

（特写）"你弟弟能够写毛笔字，进步已经很大了，他自己如果能够看书写字，心情会好很多，希望他越来越好。"（拉摇成中景）

（中景）两人正聊着，春芬提着刚刚买的麻鸭、鲜鱼、蔬菜走了进来："宗实，咱家来客人啦？"（推成特写）

（特写）"春芬，这是我当年大学里教书的同事，也是我的初恋，她听说，我火灾救学生烧成了重伤，无论如何，千里迢迢，爬山涉水，都要来看看我。"宗实又指着春芬，"这是我的未婚妻，这次不是她，我可能已经不在人世了，她将家里的全部积蓄，给我交了医药费。这三个月，每天在医院里照顾我，没有她，我不可能这样精神抖擞地同你说话。"（拉摇成中景）

（中景）春芬与乖乖女深深地对视了一眼，彼此微微一笑："宗实，她远道而来，你们好好聊聊，我去杀鸭、刮鱼、烧菜、做饭。"她说着，转身端出

了一盆水果:"宗实,她一路上肯定很累,你快替她削水果吃。"说罢朝厨房走去。(推成近景)

(近景)乖乖女看着春芬秀丽的背影:"宗实,你找了个实在人,相当不错,你挺有眼光的么。"(推成特写)

(特写)"你知道,我是单亲家庭的孩子,从小靠妈拉扯大,为了给我大学交学费,老妈瞒着我,悄悄地多次卖血,后来我妈患了老年心理孤独症,我实在没有办法,只能回到苗寨来,也算尽尽孝,同时兑现当年对救命恩人的誓言。其实,我很忙,倒是春芬一直在照顾我老妈,我俩也就是同命相怜,患难中走到了一起。"(推成近景)

(近景)"宗实,我理解你,你也相当不容易。我现在,你人也看到了,你未婚妻也见了面,心里一块石头总算落地了。今夜我在这里借住一宿,我是明天下午回沪江的飞机,弟弟还是离不开我,这个情况,你是知道的。"

(画外音)宗实与乖乖女,四目对视,彼此都读懂了什么叫有缘无分,理解的目光里闪烁着泪光……

57 村口 外景 白天

(全景)次日清晨,乖乖女终于要走了。(摇上,音乐起)

(画外音)春芬给她准备了一大包熏鱼、熏肉、山珍、木耳等。宗实一直送她到很远很远的村口,两人千言万语,感慨万千,乖乖女抹了把满脸的泪水,再也忍不住,猛地扑进了宗实壮实的怀里,这个曾经自己非常熟悉、而今又十分陌生的依靠臂膀、心灵港湾。她心里十分清楚,今天的送别,可能是他俩今生的最后一次拥抱了。宗实的第六感觉告诉自己,这次拥抱,将是自己与初恋乖乖女最后的晚餐,也可以说是对人生初恋的诀别,俩人紧紧相拥,良久良久,互道珍重,彼此泪别……(音乐止)

58 春芬家　内景　晚上

（全景）春芬与宗实在自己家。（摇上，音乐起）

（近景）春芬熬了绿豆粥，蒸了小米糕，拿出榨菜。宗实与春芬母女边吃边聊，津津有味。

（画外音）晚饭后，春芬烧水让宗实彻彻底底洗个澡。宗实根本没法自己洗，春芬并不忌讳，利索地扒掉他身上的衣裤，看着他身上嫩嫩的新皮，心疼得眼泪一个劲地在眼眶里打转，她轻轻地帮他洗了起来。这时，宗实无意低头一看，只见秀丽的春芬领口敞开着，露出深深的乳沟，西南大山里女子的丰乳太美了，他心里默默赞美着。（推成近景）

（近景）春芬利索的动作，一刻未停，温暖的毛巾，从宗实的颈部一直擦到他全身，细腻玉润的手，如一股电流顿时穿透了宗实全身，一种从来没有过的奇妙感觉，像电流一样从宗实心头穿过。（摇移）

（近景）春芬拿出套干净的男衣裤："宗实哥，这是依依爸的，他出工伤走了一年多了，现在家里就剩我和依依相依为命。依依老说你是个好老师，斯斯文文、白白净净，有知识，有文化，黄浦江畔的国际金融大都市来的，我是最敬重文化人了，可惜啊，这辈子恐怕是遇不到啦。我都三十多的人了，说来惭愧，到现在还没出过大山，大山里的苗家女子没文化，没见识，没品味，实在让人看不起。"她说着，轻轻地扶起宗实靠在床上休息。（推成中景）

（中景）春芬说着，竟然退去衣裤，在宗实洗过的大木盆里，背对着他洗起澡来。宗实傻傻地看着她上上下下利索地用毛巾擦拭着，丰满的手臂抖动着。宗实做梦也没想到，大山里女子的皮肤竟然这样白皙、玉润、细腻、光滑。（推成特写）

（特写）"春芬，不会有人看不起你，在我生死关头，是你用一生全部积蓄救了我，在我住院期间，是你每天来伺候我，我感激你还来不及。"（推成

近景)

(近景)"宗实哥,你说的都是真的?"(推成特写)

(特写)"春芬,我句句都是心里话。"(推成近景)

(近景)"宗实哥,你真的不嫌弃我?"(推成特写)

(特写)"我咋会嫌弃你呢。人都是相敬如宾的,你敬我一尺,我回你一丈,我感激你还来不及呢"。(推成近景)

(近景)"宗实哥,你不要这样说,我晚上会睡不着的,你待依依那么好,女儿老对我说起你,连她这条命也是你救的,我心里那个感恩啊,就别提了,你没一点看不起我,我心里真的很高兴。"(推成特写)

(特写)"春芬应感激的是我,我谢谢你,不仅救了我,还帮了我。"(推成中景)

(中景)春芬,利索地从水缸里瓢起两大勺清水,往自己身上浇去,紧接着擦干身体,套上干净衣裤说:"宗实哥,你抢救依依受了那么重的伤,刚刚出院,身体很弱,你先睡吧。"说着她为宗实端来了一杯香茶。(推成特写)

(特写)宗实感到浴后的春芬,身上有一股茵茵的浓郁花香,渗入鼻息。潜意识里,不由问自己,我遇到香香公主喀丝丽啦?难道香香公主和我在命中相遇了?苗寨的深闺少妇,幽香诱人,真是妙不可言那。

夜深人静,宗实怎么也睡不着,一个苗寨大山里的女子,在我面前,竟然背着身子洗澡,她是展示自己优美的酮体?还是暗示她喜欢我?白皙玉润的肌肤,浓郁清雅的体香。尤其是朴实真诚,坦然率性的性格,最最关键,她有颗金子般的心。

(化出)宗实脑中浮现香香公主,是金庸笔下最美的女子,天真纯洁,单纯可爱,如明珠,似美玉,明艳无伦。新疆回部首领木卓伦之次女,霍青桐之妹,皮肤肌若凝脂,洁白如玉,性格单纯,纯洁无瑕。

宗实想不管怎么看,春芬与香香公主喀丝丽竟有几分相似。难道她就是现实版的香香公主?最主要的是,她有颗金子般的心,竟然把家里全部的积蓄,她丈夫工伤死亡的全部抚恤金,原来准备给女儿出嫁的钱,全部拿出来救了自己的命。如果自己能够在深山老林里,与这样的现实版的香香公主春芬,远离都市的计较纷争、人际的无情倾轧、寸利的巧取豪夺,一门心思创作文学小说,圆自己的文学梦,自己就当好苗寨中学校长,精心培养依依,进名牌大学深造,倒也不枉此生……想着想着,渐渐酣然入梦。(推成近景)

(近景)宗实,朦胧的甜梦中,自己咋会是陈家洛的一身打扮,花前月下,与淡雅清幽、皓如白雪的香香公主喀丝丽幽会。两人情到深处,紧紧拥抱,久久香吻。啊呀,不对,自己的手分明是抚摸到她丰满的乳房,而且,浓郁的花香,幽幽袭来,第六感觉惊醒了自己,这绝不是梦,而是现实……(推成特写)

(特写)宗实猛地睁开眼睛,蚊帐里,洁白如玉的依依妈春芬,仅穿着内衣内裤,睡在自己身旁。(摇移)

(特写)"宗实哥,我是从骨子里喜欢你,你就是我的梦中情人。"(摇移)

(特写)宗实心里暗忖,你才是我的梦中情人,我才是真正从骨子里喜欢你呢。仿佛一股巨大的万有引力,纯天然冲动,将两人紧紧吸贴在一起……(音乐止)

59 春芬家　内景　白天

(全景)春芬将自己原来三间简陋的草屋,翻建成明亮的瓦房。(摇上,音乐起)

(近景)宗实看着焕然一新的新舍,指着最朝南的阳光房:"这一间房,就给咱俩的掌上明珠,依依做卧室兼书房吧。"(推成特写)

（特写）春芬双手连摇："这间房，是咱家最好的房，这里就是你备课、写作的上书房，也是你出成果、搞事业的风水宝地，这可是坚定不移的。"（摇移）

（特写）宗实深情地凝视着贤惠的未婚妻，结实的大手紧紧握着春芬细滑的玉手，这个淳朴厚道、深明大义的苗寨女，事事处处想到的，都是自己，心里顿时暖暖的，她就像奶茶，没红酒的高贵典雅、咖啡的精致摩登，却有自己的芳芳、浓香和温润。他暗忖："对远去的说声珍重，对留在身边的心存感激，感激她相伴，共度繁华与荒凉，拥抱幸福。春芬就是自己风雨中的一把伞，焦渴中的一杯茶，彷徨中的一盏灯，心碎时的一番话……

（画外音）春芬将自己原来三间简陋的草屋，翻建成明亮的瓦房的任务，交给苗寨的白阿雄负责装修，她反复强调，朝南的那间屋子，特别重要，准备给宗实做书房的。孔武有力，高大威猛的白阿雄一直暗暗喜欢春芬，自从春芬老公出工伤走后，他感到机会来了，经常是帮春芬犁地、背柴、挑水、送米、送肉……朦朦胧胧中，阿雄感到春芬就是自己的女人了。其实春芬从心底里喜欢知书达理、文质彬彬、温文尔雅、英气勃发的宗实，压根儿就没有五大三粗的阿雄啥事。（推成近景）

（近景）春芬与宗实逐渐走近，她潜移默化受到了宗实酷爱文学的影响，"近朱者赤，近墨者黑"，她逐渐对散文与诗歌发生兴趣，喜欢读一些美文美诗，并将自己感兴趣的语句，工工整整地记在笔记本上："隔着山高水长的距离，我是你诗行中的那一笔留白，你是我素页上的那一抹桃红，一弦清音，绽放柔柔的牵念；一抹心语，是水墨氤氲的情愫，你在，我在，最美好的懂得也在，便是用一朵花开的明媚，见证整个春天……"（推成特写）

（画外音）此消彼长，春芬与阿雄渐行渐远，使阿雄气得气不打一处来，非常憋屈，他发誓要给宗实点颜色看看。春雨贵如油，春芬的新瓦房遇到今年头场淅淅沥沥的春雨,说也奇诡,新瓦房其他房间都不漏雨,偏偏宗实的新书房却渗雨不止,眼看自己心爱的书橱里灌满了水,书就像从水里捞出来一样,宗实心如刀绞,心情沉闷。天气一放晴,宗实只能在阳光下晒着一大堆书,阿雄路过,看着宗实的垂头丧气的模样,得意地冷笑一声,扬长而去。(推成特写)

(特写)春芬快步追上他质问:"阿雄哥,你这样给我妹子使绊马索,有意思吗?"(摇移)

(特写)"妹子,你知道,我并不是针对你的,我是恨宗实横刀夺爱,这是他必须付出的代价。"(摇移)

(特写)"阿雄哥,你已把我家的新屋整得都漏水了,还说不是针对我的,是不是要把我家屋顶全部掀了,才是针对我妹子啊?你做事请好好用脑子想一想,好不好?如果你再这样使绊子,咱兄妹半辈子的真诚情谊,都给你活生生折腾光了,很可能就成为陌路人了!"(音乐止)

60 春芬家院子 内景 白天

(全景)正逢依依的十六岁生日,母亲春芬摆下女儿生日宴,邀请左邻右舍喝酒。(摇上,音乐起)

(近景)阿雄再度出手,挑战情敌宗实。膀粗腰圆的阿雄拿起酒坛,在两个海碗里倒满足有一斤的白酒:"宗实,今天是依依的生日,我这个大舅怎么也得与你喝上三碗哪。"说罢端起海碗一饮而尽。他洋洋自得,用挑战的目光,斜视着宗实。宗实豪爽地端起碗也一饮而尽。阿雄又满满倒上了两海碗白酒:"苗寨汉子喝酒可不能放单哪。"说罢端起海碗又是一饮而尽。(推成特写)

(特写)依依见状,上前端起海碗:"阿雄舅,今天是我的生日,这碗酒,就算是舅您敬我的吧,我依依先在心里谢过了。"说罢,她面不改色,心不

跳,硬是一饮而尽。(摇移)

(特写)宗实心里美美的:"依依就是睿智呀,她就是我的贴身小棉袄啊。"(推成近景)

(近景)阿雄又满满倒上了第三海碗白酒,顺手将空了的酒坛往地上一抛:"编筐编篓功在收口。凡是总要讲个有始有终吧!我就先喝为敬。"他喝完,将空碗朝下一翻,碗里滴酒不剩。(推成特写)

(特写)春芬赶忙上前,快捷端起海碗:"今天依依的生日,我做妈的岂能够不喝。"说罢也是将酒一口闷了,众人纷纷叫好。(拉摇成中景)

(中景)阿雄见依依母女心有灵犀,处处护着宗实,自己自讨没趣。他知道自己是单打独斗,而宗实可是三人团队,双手难敌六拳,识时务者为俊杰。满面通红的阿雄冲着依依母女一抱拳:"依依生日快乐,舅先撤了!"说罢推开众人,遗憾地离去,没想到给一人拦住,他抬起迷离的醉眼,只见春芬凤眼怒视。(推成特写)

(特写)"阿雄哥,我现在还叫你一声哥,你再这样闹下去,这个哥字,可能就会被拿掉了,你我上次已在城里酒店拼过一次酒了,这是第二次拼酒,我不希望再拼第三次了,记得我已提醒过你了,你能不能干点正事,这样损人不利己地折腾,究竟有啥价值呢?"(推成近景)

(近景)"我是趁依依今天的生日酒会,与宗实比比酒量,大家一醉方休,彼此图个开心么。"(推成特写)

(特写)"你心里打什么主意,妹子我一清二楚,你大概就是见不得我妹子好吧?你就是专门来搅局的。"(推成近景)

(近景)"妹子这样说,有点言重了,哥我阿雄还会给你妹子搅局吗?咱俩可是青梅竹马的好邻居啊!"(推成特写)

(特写)"阿雄哥,那我妹子今天明确告诉你,希望你从现在开始再也不要搅局了,妹子言止于此。"阿雄明显感到春芬心中的不快,耸耸肩,摇摇头,没趣而无奈地走了。(音乐止)

61　苗寨广场　外景　白天

（全景）招龙节是苗寨青年比武招亲日。（摇上，音乐起）

（近景）白阿雄一跃上台，施展拳脚，行云流水，轻而易举，一连击败三位苗寨有头有脸的武林高手，顿时，观众掌声雷动："阿雄，好样的！阿雄，杠杠的！"不少姑娘还激动地尖叫着："镇苗寨阿雄！镇苗寨阿雄！"有个漂亮的丰乳姑娘，干脆走上台，将花环给阿雄戴上，还在阿雄脸上轻轻吻了一下，白阿雄瞬间仿佛被打了鸡血一般，浑身热血沸腾。他久久憋在心底的一口气，突然从丹田蹿了上来，他双目如电，血气方刚，顿时豪情万丈，激情飞扬。他指名道姓："宗实，你不是也会武术吗？今天当着众乡亲的面，我白阿雄要与你，一决雌雄！"（推成特写）

（特写）阿雄心里满打满算："今天我阿雄可是英雄有用武之地，一定要好好出出你宗实的丑，也出出长期压在胸中的这口恶气。宗实，你请吧！"（推成近景）

（近景）春芬焦虑地凝视着宗实，她担心阿雄终究是苗寨有名的武术高手，她用手扯了扯宗实的衣角："阿雄可是力大如牛，手能碎石，已经连败三个高手了，你伤刚刚好不久，务必要格外小心啊，我的心都悬起来了，真是好担心呀。"（推成特写）

（特写）"春芬，他的招数，我刚才看得明明白白，真真切切，清清楚楚，已了然于胸，我自己心里有底，你就放心吧。"他轻轻拍了拍她的玉手，可能就是春芬这一关切的目光，给了宗实强大的心理激励，他竟然奋力一跃上了台，拉开了迎战架势，朗声说道："阿雄哥，咱兄弟俩，以武会友，点到即止，终究是友情为重啊。"（推成近景）

（近景）肌肉凸起的阿雄大喝一声："你请出招！"顿时目光似电，三个快步，飞身跃起，一个漂亮的膝击杀着，直击宗实的太阳穴。（推成特写）

（特写）宗实不慌不忙，心与意和，意与气和，气与力和，内与外和，上与下合,手与足合。只见他含胸拔背,沉肩垂肘,气沉丹田。一个肘拦"四两拨千斤",轻松避开进攻,顺手一招太极拳的"彩云追月",动作飘逸潇洒,出拳柔中寓刚,指东打西,后发先至,"啪"地一声脆响,结结实实打在白阿雄肩头。(推成近景)

(近景)阿雄见出师不利,调整步法,几个漂亮的外摆腿,抢到宗实身旁,一招肘击杀着,势大力沉,凌厉而至。(推成特写)

(特写)宗实早有准备,提膝堵肘,上步一招"推窗望月",借力打力,寸劲发力,右掌实实在在,"嘭"地一声,击在阿雄发达的胸大肌上。(推成近景)

(近景)阿雄见两招失败,两次挨打,心里有点冒火,性急想拼,一招猛虎出山,双拳夹击,抓住宗实的双手,用上全力,使出绝招,一个凌厉的高难度绝招——苗拳暴摔。(推成特写)

(特写)没想到宗实竟然腾空而起,在空中一连两个漂亮的翻滚,又高又飘,一个潇洒的金鸡独立,稳稳着地。(拉摇成中景)

(中景)"好啊!"围观的观众纷纷高声叫好。(推成近景)

(近景)阿雄见自己的绝招仍然不能奏效,有点失落,神态上,略微迟疑。(推成特写)

(特写)宗实抓住战机,瞬间,虚晃一招"双峰灌耳"。阿雄本能提起双臂,进行拦隔阻挡,宗实抓住战机,及时锁住阿雄粗大的手臂,迅疾扭身侧腰,一招"旱地拔葱",从脚跟起劲,腰部聚劲,双臂发劲,一个漂亮的陈式太极拳的缠丝劲,猛地产生强大的爆发力,紧接着一招"倒挂金钟",阿雄从他头顶翻出,在空中画出一道美丽的弧线,远远飞出比武台,在柔然的沙滩上,摔了个四脚朝天大元宝。阿雄顿时感到,自己有点给摔闷了,这是自己自从参加比武以来,出来没有过的败绩。(拉摇成中景)

(中景)"好功夫,好功夫,宗实的太极拳好厉害啊,今天咱可是开眼界啰!"围观的苗寨老乡们,还是第一次看到这样精彩的太极拳与苗寨拳的对决与较量,他们仿佛像看武打片一样兴奋,看散打搏击一样激动,纷纷连声喝彩,热烈鼓掌。(推成特写)

(特写)宗实迅速跳下台,飞步上前,双手扶起摔得不轻的阿雄,连连说:"谢谢阿雄哥,今天你承让了,今天你承让了。"(推成近景)

(近景)阿雄狼狈地站起身,在春芬自豪的眼神逼视下,阿雄拍了拍身上的泥沙,灰溜溜地说:"历来就是胜者为王败者寇,谁让我技不如人,妹子,今天我给你丢人了。"(推成特写)

(特写)"阿雄哥,历史上南人孟获,给诸葛亮七擒七纵,也懂得反省。你不会连古人孟获都不如吧?你已经先后多次折腾,屡战屡败,屡败屡战,你的戏可以收场了吧,无人喝彩,你就好自为之吧,以后就别再给我妹子丢人现眼啦。我绝对不希望你再来破坏妹子我一家三口平静和谐的生活,我在这里,当着众乡亲的面,再次拜托你阿雄哥了!"(推成近景)

(近景)阿雄听了春芬掷地有声一席话,原来自己心底那么一点点侥幸的希望之火,被彻底浇灭了,莫名的失望,他自己心里十分清楚,在宗实与春芬的事情上,自己已彻底没戏,应该谢幕了。此时,他发现自己的左腿扭伤了,钻心的痛。(推成特写)

(特写)春芬兴奋得紧紧握着宗实有力的手,使劲摇了摇,眼中包含着晶莹的泪水,轻轻默默念叨:"宗实哥呀宗实哥,你真是好样的,好给力啊!"(摇移)

(特写)依依也上来,握着宗实另一只手,将自己的头,亲切地倚在宗实的肩上,满意地笑着。(摇移)

(特写)宗实轻轻拍了拍春芬母女的肩膀:"你们俩就放宽心吧,无论谁也干扰不了我们,咱们永远在一起,这是坚定不移!"

(特写)宗实发现阿雄左脚拧了,迟迟没有站起来,连忙跑过来,背起阿雄:"阿雄哥,我们回学校,我那里有伤药。"(音乐止)

62 宗实寝室　内景　晚上

（中景）宗实在灯下，给阿雄的左脚敷伤药。（摇上，音乐起）

（近景）"阿雄哥，今天我不小心，让你受伤了，心里挺过意不去的。"（推成特写）

（特写）"哪里哪里，是我自己不小心，把脚拧了，与你没有一毛钱的关系。"（摇移）

（特写）宗实轻轻地帮阿雄在左脚踝骨上推拿着，阿雄只觉得一股微微的热气，从脚底渗入，良久良久。宗实轻轻地敷上伤药膏，一丝丝凉意，左脚变得轻松起来。"阿雄哥，这是我平时练功备用的西藏'雪山金罗汉'，这一瓶给你。来，今晚咱哥俩小酌一杯，你也活活血。"（推成近景）

（近景）阿雄见桌子上的家乡炒血鸭、玻璃鱼、炒石鸡、干煸桔丝等，还有成年黄酒，嗜酒如命的他，不管三七二十一，拿起酒杯，与宗实对碰一下，大口喝了起来。几杯酒下肚，话渐渐多了起来："宗老师，其实你也是条汉子，但是看到你与春芬走近，我心里挺别扭，就是过不去。"（推成特写）

（特写）"阿雄哥，这件事，我一点都不计较，因为春芬究竟与谁走近，完全取决于她，而不是你我。你说呢？"（摇移）

（特写）"想想也对，春芬掌握主动权，你我都没有发言权。来，喝。"（推成近景）

（近景）"阿雄哥，这么多年，你一直关心我妈，我心存感激，这杯酒兄弟我敬你。"两人一饮而尽。（推成特写）

（特写）"宗老师，自从你回来，咱俩还没有好好喝过，今夜将此事说开了，真是一笑泯恩仇啊，干！"（摇移）

（特写）宗实看了看桌上的两个空酒瓶，放下筷子，从橱里拿出两瓶陈年黄酒,拿出一盒云南白药:"阿雄哥,这个云南白药,你睡前服,脚要注意保暖,这些天尽量少动,可能一周后,会好起来的。"(推成近景)

(近景)阿雄站起来,奇怪,顿时觉得左脚能够着地了,他试着慢慢走了几步,竟然不怎么疼了:"宗老师,我已经能够慢慢走了,那我就告辞了,谢谢你的酒和药。"(推成特写)

(特写)"阿雄哥,你行吗？如果不行,还是我来背你吧。"(推成近景)

(近景)"不用不用,我能够走,再见。"(推成中景)

(中景)阿雄走过重新改建过的校舍、厨房,心里顿时涌起一股说不出的感觉,当时自己也不知是咋想的,对春芬与宗实走近,自己心中妒火中烧,怎么就将房子给点了？听说近日公安人员挨家挨户地在调查火灾这件事。"哎,我等脚伤好了,还真得去警局说个明白,做个交代呀……"(音乐止)

63 冷洛寝室 内景 晚上

(全景)冷洛灯下认真笔耕。(摇上,音乐起)

(近景)夜已经很深了,冷洛仍然飞快敲击着键盘,这是父亲母亲临别送给自己的珍贵礼物DELL电脑,冷洛心里想:"里面蕴含着老爸老妈望子成龙的无限期盼。自己既然破釜沉舟,绝地反击,只有一往无前,义无反顾,扎扎实实干出点名堂来。一步实际行动超过一打纲领。"看着自己来苗寨的处女作散文《苗寨授课首日》完稿,他高兴地嘿嘿一笑,拿起茶杯喝了一大口,顺手发到了老爸与老妈的邮箱。教师办公室的灯还亮着,宗实与诸葛浔阳教授,还在推敲着苗寨子弟中学的教学改革方案……

(画外音)原来宗实任教的那个班已升级为高中班了,最近根据县里要求,又招了个初中班,目前由薛碧老师担任班主任,她是咱苗女,以数学、物理、化学见长,主动要求到苗寨任教,原来她的任务有点重,现在冷洛来了,正好担任副班主任,执教初中语文和初中英语。(音乐止)

64 苗寨子弟中学 内景 白天

(全景)朝阳照耀下的苗寨子弟中学,冷洛第一次站上三尺讲台。(摇上,音乐起)

(近景)冷洛心里有一种崇高的东西在升腾。(推成特写)

(特写)宗校长向初中班全体同学热情介绍:"同学们,今天我高兴地向大家介绍一位新老师,这就是你们的冷老师,他曾经在大都市《沪江晚报》上发表过多篇散文、诗歌作品,具有较扎实的文学功底,他的英语也通过了六级考试。今后由冷老师主讲我们班的语文课与英语课,大家表示热烈欢迎。"宗校长话音刚落,课堂上响起长时间的掌声。(推成近景)

(近景)冷洛开讲了来苗寨的第一课《在山的那边》。他要求学生朗读诗歌时,做到读音准确、停顿恰当,整体感知诗歌内容,品味重点词语的深层含义,领会全诗所阐述的人生哲理。他带领学生朗诵课文,品味重点语句的深层含义,领会全诗所阐述的人生哲理。(推成特写)

(特写)冷洛朗声说道:"每个人在童年时代,对生活都有美好而奇妙的'梦想',对未来,都有热烈的企盼与遐思。那么,生活在大山那边的孩子又在想些什么呢?"他津津有味,因势利导,引导学生再次讨论山与海的深刻象征意义,组织讨论全诗讲述了一个什么道理。(推成近景)

(近景)他还结合自身生活体验,深刻领悟诗歌所表达的人生哲理:"要翻过山,见到大海,必须百折不挠,坚持奋斗。在今后的人生之路上,同学们心中要有个海,为了这个海,从现在开始,就要努力翻过一座座山……"(音乐止)

65　冷洛寝室　内景　晚上

（全景）夜深人静,冷洛还在孜孜不倦地备着初中语文课。(摇上,音乐起)

（近景）冷洛感觉,有人端来香喷喷的热茶,悄悄放在他手边,他抬头一看：原来是薛碧老师,一个白皙秀气、弯眉细眼的苗家靓妹,马上说："薛老师,谢谢啊。"(摇移)

（近景）薛碧微微一笑,"冷老师,你刚来,不要太累了。"(推成特写)

（特写）"我要把一周的课全部备好了,否则心里不踏实,晚上也睡不好。"(推成近景)

（近景）"我也是,只有把一周的课全部备好了,才吃得下,睡得着,否则就是逛街,心里也老是忐忑不安,这大概就是年轻教师的通病吧？"(推成特写)

（特写）"我也颇有同感,现在我俩是同命相连了。我初来乍到,对苗寨缺乏了解,薛老师还要多多提醒我、帮助我。"(推成近景)

（近景）"好的,现在宗校长把初中班就交给我俩了,等稍微稳定了,就要去学生家里家访了,到时候我俩一起去吧。"(推成特写)

（特写）"好,反正我哪里都不认识,薛老师,你就是我的向导。"(拉摇成中景)

（中景）宗实夜间巡视路过,见两个年轻教师还在交流教学业务,会心地笑了：功夫不负有心人。

（画外音）冷洛授课幽默生动,并创造了一套使学生易记、能背的学习方法,受到学生们欢迎,在学期结束学生投票中,他的语文课被评为初中班最受欢迎课程。他数易其稿的散文诗《苗寨：我的第二故乡》在《黔南晚报》上发表,黔南人民广播电台将其制作成了配乐诗朗诵,在黄金时段播出。冷洛首战告捷,得到了宗校长的高度肯定,他更加努力地投入自己

的副班主任工作。(音乐止)

66　冷洛家访　外景　白天

（全景）冷洛与薛碧对班里的同学进行了家访。(摇上,音乐起)

（近景）他俩,家访了一家又一家,归途,冷洛心理顿时感到沉甸甸的,学生家境的贫困,远远超出了他的心理预期。就在家访完最后一家,回校的路上,苗寨大山里的天气说变就变,刚才还是骄阳高照,瞬间大雨倾盆。山路变得泥泞溜滑,步履维艰。两人打着伞,一步一滑,步步颤颤,拼命往学校赶。（推成近景）

（近景）就在路过山的拐弯角的地方。薛碧说:"冷老师,这里最滑,你必须小心了。"话音刚落,她人就像溜冰一样滑了下去。(推成特写)

（特写）冷洛急得火烧火燎,头脑里只有一个信念,无论如何,也要把薛老师救上来。他干脆收了已经被大风吹成喇叭花的雨伞,猛地折了根树干,一手执树干,一手打手电:"薛老师,你在哪里? 薛老师,你在哪里?"(推成中景)

（中景）"冷老师,我在这里,我在这里。" 浑身像落汤鸡一样的冷洛终于看到了躺在泥水里的薛碧,他快步上前。(推成特写)

（特写）"薛老师,你摔得不轻呀,怎么样了?"他试图将她扶起来,但是,薛碧的左脚根本没法着地,一阵彻心彻肺的疼痛使她将自己的红唇咬出了深深的白印。(推成近景)

（近景）"冷老师,估计我左腿的小腿可能骨折了。站不起来,咱俩的归途难度很大啰。"(推成特写)

（特写）冷洛将手电往口袋里一插,丢掉树干,一咬牙:"薛老师,我来背你!"他说完背起薛费雪就走……

（画外音）原来他一个人走已经够困难的,现在背上多了个人,对于没有走过多少山路的冷洛来说,别说有多难了。他背着薛碧一步一滑,简直像扭秧歌一般,脚一点也吃不住劲,好几次两人险些一起滑倒。正当他感到自己已经用尽了洪荒之力时前面出现了手电光。(推成特写)

(特写)"前面的是冷老师、薛老师吗?我是宗实啊,我们来接应你们了!"(推成近景)

(近景)冷洛一听是宗校长的声音,顿时信心倍增,大叫一声:"宗校长,我是冷洛,我们在这里呢!"(推成特写)

(特写)宗实与乡长,一见两人就像泥水里捞出来一般,马上上来,说:"今夜的雨太大了,山里的天,孩子的脸,说变就变。总算接到你们了,你俩受苦了。"(推成近景)

(近景)"宗校长,薛老师可能小腿骨折了,情况好像很严重,需要马上送医院。"(推成特写)

(特写)宗实一听脸色沉重:"咱先回学校。请乡长马上联系车辆,直接快送县医院。"宗实接过薛碧背在自己背上,冷洛将雨伞撑在两人头上,三人快速向学校赶去。

(画外音)乡长快步从另一方向下山,去联系车辆……(音乐止)

67 医院　内景　傍晚

(全景)县医院里,薛碧左腿裹着石膏,由于骨折加受凉,她正发着高烧,挂着点滴剂。(摇上,音乐起,推成特写)

(特写)宗实看了眼浑身湿透的冷洛:"冷老师,你快搭乡里的车回校,洗个热水澡,换套干净衣服,当心不要感冒了,明天上午你还有语文课的。"(推成近景)

(近景)"宗校长,应该你先回校,明天你有多少事要处理呀,我年轻,身体没问题,你只要代我在黑板上写一句'教师因公外出,学生今天自己

复习,明天教师要提问'就可以了,谢谢校长!"(推成特写)

(特写)"还是这样吧,我马上请乡办的女干部来值夜班。如果你们俩都病倒了,这个初中班就彻底没戏了。所以冷老师,你再也不能有任何闪失了。"

一个多小时后,乡办的女干部匆匆赶来,值夜班陪薛碧。(推成近景)

(近景)冷洛临走,看着双目紧闭的薛碧,心里涌起种说不清道不明的感觉,在她耳边轻轻说:"薛老师,今天都是我不好,没有保护好你,让你受伤了,我心里非常过意不去,我回去了,明天一下课就来看你。"(摇移)

(近景)薛碧微微睁开眼:"冷老师,这根本不能怪你,是天雨路滑,我自己也不小心才出了意外的。你抓紧回校,最好喝点姜茶,千万不能感冒,我住院,初中班的担子全部压在你一个人肩上,我心里挺过意不去的。"(摇移)

(近景)"薛老师,你一定要好好静养,我先走了,咱们再见。"(音乐止)

68　冷洛寝室　内景　晚上

(全景)风雨一个劲打着门窗,大山里的风雨还真是有股子倔劲,不依不饶,仿佛点点滴滴都打在冷洛的心里。(摇上,音乐起)

(画外音)冷洛翻来覆去,久久难以入眠。脑中一会儿是多名学生家访的情景,大山的孩子,生活竟然那么苦,简直难以想象;一会儿是自己背着薛碧在风雨中挣扎的情景,当时几乎是九死一生;一会儿又是薛碧叫自己多吃点姜茶,那种女性温柔关切的情景。这简直就是电视连续剧,一集连着一集播放。(推成近景)

(近景)冷洛反复在想,自言自语:"原来我在大都市生活衣食无忧,整天按部就班,还老是对现实不甚满意,现在在苗寨教书,节衣缩食,粗茶淡饭,还感到充满乐趣。时势造英雄,环境塑造人,真是一点没错。说也奇怪,昨天明明与风雨搏斗到午夜才到床上,今天一早讲语文课,自己非但没有一丝倦意,反而精神抖擞,豪情万丈。心里有了目标,前进动力就提升了,咋就仿佛喝了西洋参口服液一般?有意思!"(音乐止)

69　医院　内景　傍晚

（全景）冷洛一下课,他马上搭了乡里的车,风风火火赶到医院。(摇上,音乐起)

（近景）他买了新鲜水果和营养品,林林总总,拎着两大包走进了县医院,来到薛碧床前。(推成特写)

（特写）薛碧一见冷洛手提大包小包走了进来:"冷老师,你赶来看望,我已经很开心了,没有必要太破费了。今天的课挺累吧?"(推成近景)

（近景）冷洛给她泡了杯椰子饮料,削了个苹果,坐在她床边,看着薛碧慢慢地吃着水果,喝着饮料,轻松地说:"今天的课一点不累。上午我布置作文,对上次的作文讲评。下午,先是数学课,后是物理课,今天讲到电学,正好是自己喜欢的课程,一点也不累。"(推成特写)

（特写）"冷老师,我已经与医生讲过了,还是回学校去静养,一方面也能够备备课,住在这里,你们来来回回地跑,实在太累。医生说再看两天,体温正常了就能回去了。"(摇移)

（特写）"那真是太好了。我上午升旗的时候看到宗校长脸色十分严肃,一双眼睛熬得红红的,估计他心理压力不小,一夜都没有好睡。薛老师,你也要宽心些,我估计昨天晚上你的左腿是很疼的。"(推成近景)

（近景）"还可以,开始确实有点疼,后来糊里糊涂睡着了就好了。"(推成特写)

（特写）"哪里呀,伤筋动骨一百天,你这次肯定是蛮辛苦的。"(推成近景)

（近景）"冷老师,有你这样陪我说说话,分散了注意力,自然就好多了。"(拉摇成中景)

（中景）两人正聊着，宗校长提着罐子走了进来："薛老师，你好点了吗？这次你受伤，我有责任，心里非常内疚，很沉重。我让依依妈给你熬了点骨头汤，你趁热喝了吧。"（推成近景）

（近景）"宗校长，你这是哪里话，天雨路滑，是我自己不小心。医生说，我过两天就能出院了，我可以一边静养、一边上课，尽量做到两不误。你一定代我谢谢依依妈，她的心真好，咱苗寨人都知道。"（推成特写）

（特写）宗实听了心里一阵激动，她骨折受了伤，丝毫没有责怪领导的意思，满脑想的都是怎么不把初中班课拉下，怎么带病做好教学工作。他一回头，发现冷洛正在细心地替薛碧削苹果，他瞬间明白，苗寨教学正在逐步使这两个年轻人成了命运共同体。他会心地笑了。

（画外音）冷洛为了帮助薛碧伤中戒烦，托父母专门从沪江买了个随身听快递到苗寨，还自己动手在里面录制了一百多首中外名曲，美妙的音乐给薛碧送来了艺术的温馨……（音乐止）

70　冷洛寝室　内景　晚上

（全景）风雨过后，大山的夜恢复了沉静。（摇上，音乐起）

（画外音）台灯下，冷洛还在埋头笔耕，连宗实走到他身边都毫无察觉。宗实看到桌子上放的是《初中数学》《初中物理》《初中化学》三本教科书。冷洛一会儿飞快地敲着键盘，一会儿又在笔记本上写着授课要点，用的正是自己送他的那本精装笔记本。他看着冷洛专注的神情，顿时心知肚明，他这是要将薛碧拉下的课程全部顶上。（推成特写）

（特写）一股激动的暖流向宗实心头撞击，他情不自禁轻轻拍了拍冷洛的肩膀："冷老师，已经过了午夜了，你该休息了，明天早上还有课，机器人也会疲劳的。"（推成近景）

（近景）冷洛回头见是宗实："校长，我马上就关机休息了，薛老师腿受伤,我想把她的课程全部顶上,决不能把孩子们的课给拉下。前天班里的物理测验与化学测验,小湖等三个女同学两门课都不及格,我想,明天下午下课后,要给她们开小灶,专门补一补物理课与化学课。"(推成特写)

(特写)宗实高兴地点点头:"苗寨初中的女同学物理、化学课的基础比较差,你这个补课是抓到了点子上了。"(拉摇成中景)

(中景)宗实见桌上还有一本画画圈圈的书稿,题为《苗寨:我的第二故乡》,他认真地翻了几页,说:"书的主题很好,文笔也蛮有激情,建议再多加一点苗寨独特的生活气息和人物心灵冲突的描写,进一步提升内涵,激励莘莘学子昂扬向上,这就是本好书。冷老师,你书稿全部杀青后,我帮你再看一下,提提修改的小建议,你统揽润色后,我来推荐到出版社去。"(推成近景)

(近景)"宗校长,能够得到你的指点和帮助,我实在太高兴了,你就是我生命中的贵人。"(推成特写)

(特写)"冷老师,我创作的苗寨教学小说就是这样一部一部熬夜硬啃出来的。作品得到了黔州作家协会的认可,我才成为一名初出茅庐的青年作家,现在经常参加作协会议,同行之间交流创作感受,彼此就文学创作切磋推敲,很有利于文学创作灵感的激励与文笔水准的提高。过一段时间黔州作家协会准备召开我的苗寨教学小说文学作品研讨会,我想邀请你一起去参加。"(推成近景)

(近景)"谢谢宗校长,我要以你为榜样,更加努力,一方面认认真真上好初中班的课,另一方面扎扎实实搞好文学创作。争取在你的指点下,循序渐进,逐步提高,咬牙闯过九九八十一难,慢慢成为一名青年作家。"

(画外音)说来也奇怪,原来在黄浦江畔国际大都市,冷洛每天似乎睡不醒、吃不饱、忙不够,整天人总是累得不行。现在到苗寨教学后,一天的睡眠不过五个小时,吃的伙食也相当差,但是人就像上足了发条的闹钟,一天到晚走个不停,浑身有股子使不完的劲。(推成近景)

（近景）在薛碧小腿骨折养伤的三个月里，任凭她说破了嘴，冷洛就是坚决不让她上讲台授课，最多是自己的作业实在来不及批改了，分出一部分让她批改。薛碧注视着冷洛日益消瘦的脸，忧虑地说："我真担心哪一天你实在支撑不住了，咱们初中班可咋办啊？"（推成特写）

（特写）冷洛得意地拍拍自己发达的胸脯，说："薛老师，你就放一百个心。我现在已拜宗校长为师，每天清晨练太极拳，每天晚上练文笔，文武双修，精气神十足，身体结棍（厉害）得很。"

（画外音）机遇往往青睐有准备的头脑。暑期在县教育局组织的初中教师资格上岗证的考试中，冷洛竟然超水平发挥，过五关斩六将，一举拿下初中语文、数学、英语、物理、化学五科初中教师资格的上岗证。费雪也拿下数学、物理、化学三门课的初中教师资格上岗证。

（近景）当天晚上，宗实喜滋滋地在学校食堂请大家吃饭。他端起喷香的米酒："今天我特别高兴，你们两位终于成为国家法定的正规初中教师了，你们俩就是我的左膀右臂。来，我敬敬你们两位成功者。"（推成近景）

（近景）大家碰杯一饮而尽。乡支书也站起来："我代表咱们乡苗寨的苦娃子，敬三位辛勤的园丁，没有你们就没有咱们苗寨的苦娃子的前程，我从心底里谢谢三位，大家一起，干！"（音乐止）

71　苗寨子弟中学　内景　白天

（全景）清晨，披着一缕阳光的薛碧终于登上了熟悉而又陌生的讲台。（推成近景）

（近景）自从薛碧一举拿下三门课的初中教师资格的上岗证后，她讲课更是信心满满，驾轻就熟。（推成中景）

（中景）讲台下的孩子们又看到了薛老师那张秀丽娇美的脸，认真地听讲。薛碧在台上娓娓道来，台下寂静无声，只有刷刷的笔记声，课堂气氛

十分融洽,连物理成绩最差的小湖也听得津津有味,不住点头。(推成特写)

(特写)坐在最后一排听课的宗校长露出了欣慰的微笑……

(画外音)下午是冷洛的语文课,自从他过五关斩六将一举拿下初中语文、数学、英语、物理、化学五个初中教师资格的上岗证,消息瞬间在校内外不胫而走,传为美谈。学生们戏称冷洛老师"五星上将",而他自己心里十分清楚,五门课里只有语文才是自己画龙点睛的精品课。薛碧能够正常授课,使冷洛的教学压力大大减轻,使他晚上有时间全身心投入笔耕。(推成近景)

(近景)功夫不负有心人,冷洛的辛勤劳作加上宗校长的无私帮助与鼎力推荐使其处女作《苗寨:我的第二故乡》由黔州出版社公开出版。苗寨子弟中学的初中班、高中班的学生都拿到了冷老师的新作。要冷洛在新书扉页上签名的学生排起了长队,薛碧则在一边帮助盖上冷洛的朱红印章。高中班的学习委员尤悠一边翻着这本书,一边得意地说:"这本书的语言风格,跟我实在太近了,真是好书啊!"初中班的班长小锁则说:"冷老师就是我的榜样,我也要做个像冷老师一样的人。"宗实看到这样一幕由衷地为冷洛高兴。(音乐止)

72　冷洛新婚　外景　白天

(全景)冷洛在新婚蜜月期间。(摇上,音乐起)

(近景)冷洛陪同薛碧游览了黄果树风景区。

(画外音)黄果树大瀑布,古称白水河瀑布,亦名"黄葛墅"瀑布或"黄桷树"瀑布,因本地广泛分布着"黄葛榕"而得名。位于中国贵州省安顺市镇宁布依族苗族自治县,属珠江水系西江干流南盘江支流北盘江支流打帮河的支流可布河下游白水河段水系,为黄果树瀑布群中规模最大的一级瀑布,是世界著名大瀑布之一,以水势浩大著称。瀑布高度为

77.8米,其中主瀑高67米,瀑布宽101米,其中主瀑顶宽83.3米。黄果树瀑布属喀斯特地貌中的侵蚀裂典型瀑布。

黄果树瀑布出名始于明代旅行家徐霞客,经过历代名人的游历、传播,成为知名景点。黄果树大瀑布是亚洲最大的瀑布,位于中国贵州省安顺市镇宁布依族苗族自治县,它是贵州最著名的景点,也是黄果树瀑布是外地游客到贵州必游的景点。"透陇隙南顾,则路左一溪悬捣,万练习飞空,溪上石如莲叶下覆,中剜三门,水由叶上浸顶而下,如鲛绡万幅,横罩门外,直下者不可以丈数计,捣珠崩玉,飞沫反涌,如烟雾腾空,势甚雄厉,所谓:珠帘钩不卷,匹练挂遥峰。俱不足以拟其状也,盖余所见瀑布,高峻数倍者有之而从无此阔大者,但从其上侧身下瞰,不免神竦。"公元1637年,徐霞客游历贵州,途经黄果树瀑布时,曾对黄果树瀑布作出了这样的描述。从那时起,黄果树瀑布就渐渐被人们认为是全国第一瀑布。奔腾的河水自70多米高的悬崖绝壁上飞流直泻犀牛潭,发出震天巨响,如千人击鼓,万马奔腾,声似雷鸣,远震数里之外,使来贵州旅游的游人惊心动魄。黄果树瀑布以其雄奇壮阔的大瀑布、连环密布的瀑布群而闻名于海内外,十分壮丽,并享有"中华第一瀑"之盛誉。

(近景)冷洛与薛碧夫妇,游览了天然盆景区:天然盆景区也就是天星景区较大的一片天生桥上石林。这里有大大小小的水盆和漫水坝以及一个个大大小小的天然的山石、水石盆景。弯弯曲曲的石板小道,穿行于石壁、石壕、石缝中,逶迤于盆景边石之上。沿小道游览,抬头是景,低头是景,前后左右处处皆成景,仿佛到了天上的仙境,地下的迷宫。其著名的景观有:数生步、响水洞、天水一线、空灵、仙鹰回巢、八面景、天星照影、长青峡、大肚难过、歪梳石、寻根岩、鸳鸯藤、美女榕、人生百态、天星湖。(推成近景)

(近景)冷洛与薛碧又游览了水帘洞:水帘洞位于黄果树瀑布四十米至四十七米的高度上,全长一百三十四米,有六个洞窗、五个洞厅、三股洞泉和六个通道。走近大瀑布本身就已惊心动魄，神移魂飞了，而要在大瀑布里面穿行，不免神悚，但到了黄果树瀑布而不进水帘洞，就不能真正领略到黄果树瀑布的雄奇和壮观，那将是人生一大憾事。穿越水帘洞，还有一个绝妙奇景，从各个洞窗中观赏到犀牛潭上的彩虹，这里的彩虹不仅是七彩俱全的双道而且是动态的，只要天晴，从上午九时至下午五时，都能看到，并随你的走动而变化和移动。前人："天空之虹以苍天作衬，犀牛潭之虹以雪白之瀑布衬之"，故题"雪映川霞"。（推成特写）

（特写）冷洛与薛碧从水帘洞出来，只见迎面站着一个秀发随风飘逸、裙摆波浪摆动的时髦女子，仿佛似曾相识。冷洛仔细再看，她不是当年的"桃花脸"还能是谁？（推成近景）

（近景）"桃花脸"迎面走来："请问'五星上将'，能否借一步说话。"（推成特写）

（特写）冷洛诧异地望着她，向旁边走了几步："你有啥事，请讲吧。"（推成近景）

（近景）"桃花脸"："那位苗家靓女，是你的妻子么？脸容姣好，细皮嫩肉的，你还真有女人缘哪。"（推成特写）

（特写）"她叫薛碧，是和我一起教书育人的青年老师，我俩刚刚新婚。"（推成近景）

（近景）"我在《沪江日报》上，看到具名诸葛浔阳教授写的文章《"五星上将"》，知道了你已经脱胎换骨，终于凤凰浴火，重新做人，真心诚意，帮助苗寨苦孩子办学，写了长篇小说《苗寨：我的第二故乡》，成了青年作家，你真彻底地变了。我在网上认真读了你的那篇小说，心里有点感动。"（推成特写）

（特写）"桃花脸"说完，翻开皮包，拉开里面的拉链，小心翼翼地取出一个信封，递给冷洛："这是当年你给我的那张卡，一直原封不动，今天，完璧归赵。因为当时，我就是要让你受点报复，还狠狠咬了你右手一口，那是对你的惩罚,让你长点记性,而并不是要敲诈你的钱,既然你的钱,是用于爱心事业,这10万元理当奉还。现在我心里话都说完了,我也彻底解脱了,该走啦,祝你新婚快乐。"(推成近景)

(近景)冷洛手里紧紧攥着那张卡,望着渐行渐远的"桃花脸"的背影,思绪追着记忆之潮,汹涌地向心头撞来。(摇移)

(近景)薛碧见时氅女士走了,知趣地过来问:"她就是当年咬你的'桃花脸'?看得出,是个张扬的人物。她给你啥东西了?"(摇移)

(近景)"是当年她敲诈我10万元的那张银行卡,她在报纸上看到了诸葛浔阳教授写的《"五星上将"》那篇文章,知道,我把钱都捐给了爱心事业,全心全意在苗寨教书育人、心理帮困,今天她把这张卡完璧归赵了。"(摇移)

(近景)"冷洛,那不要太好了,我俩一直想设立一个'勤奋好学奖',就是愁资金来源困难,有了这样10万元,我俩的心愿,就如愿以偿了,这是上苍给我俩新婚的礼物。"(推成特写)

(特写)"啊呀,还是我的夫人说得好呀,这还真是上苍给我俩新婚的礼物,我俩又想到一起去了,咱设立'勤奋好学奖'有钱了,肯定马到成功!"(音乐止)

73　苗寨子弟中学报告厅　内景　白天

(全景)年终迎春联欢会上热闹非凡。(摇上,音乐起)

(近景)学习委员尤悠表演的是二胡独奏《赛马》,奔腾的旋律,激越高扬,激励着同学们向新的目标奔驰。(推成特写)

(特写)班长依依表演的是女声独唱《五彩云霞》:"五彩云霞空中飘,天上飞来金丝鸟,红军是咱亲兄弟,长征不怕路途遥,索玛花儿一朵朵,红军从咱家乡过,红军走的是革命的路,革命的花儿开在咱心窝……"她婉转的歌喉,吐词清晰,音色甜美,给同学们带来无限的憧憬。(推成近景)

（近景）文娱干事白露表演了《孔雀舞》,她那柔软的身段,灵动的手势,灵动而传神的目光,引得男同学们纷纷叫好。(摇移)

三个节目演出后,学习委员尤悠大叫:"小吴老师来一个,小吴老师来一个!"全班同学一个劲助威:"小吴老师来一个,小吴老师来一个!"凤眼高挑,丰满洒脱的吴小蝶,信心满满地走上台来朗声说道:"我为大家唱一首乌兰图雅演唱的歌曲《站在草原望北京》。"

"瓦蓝蓝的天上飞雄鹰,我在高岗瞭望北京,侧耳倾听母亲的声音,放眼欲穿崇山峻岭,绿波波的草场骏马行。我在草原歌唱北京,谁的眼睛掠过了风景,迎风高唱五星红旗,我站在草原望北京,一望无际国泰安宁,唱出草原的豪情和美丽,让这歌声回荡紫荆。我站在草原望北京,青青山岗心旷神怡,让心放飞着喜悦的心情,吉祥彩云献给你,瓦蓝蓝的天上飞雄鹰,我在高岗瞭望北京,侧耳倾听母亲的声音,放眼欲穿崇山峻岭,绿波波的草场骏马行,我在草原歌唱北京,谁的眼睛掠过了风景,迎风高唱五星红旗,我站在草原望北京,一望无际国泰安宁,唱出草原的豪情和美丽,让这歌声回荡紫荆,我站在草原望北京,青青山岗心旷神怡,让心放飞着喜悦的心情,吉祥彩云献给你,我站在草原望北京,一望无际国泰安宁,唱出草原的豪情和美丽,让这歌声回荡紫荆,我站在草原望北京,青青山岗心旷神怡,让心放飞着喜悦的心情,吉祥彩云献给你,吉祥彩云献给献给你。"

吴小蝶边唱边舞,歌声悠扬,舞步优美,赢得阵阵掌声。

学习委员尤悠大叫:"小刘老师也来一个,小刘老师也来一个!"全班同学一个劲助威:"小刘老师也来一个,小刘老师也来一个!"

刘瑶扬了扬柳叶眉,丹凤眼扫了全场一眼:"我也为大家唱一首电视连续剧《一剪梅》主题歌。"

"真情像草原广阔,层层风雨不能阻隔,总有云开,日出时候,万丈阳光照亮你我。真情像梅花开遍,冷冷冰雪不能掩没,就在最冷,枝头绽放,看见春天走向你我。雪花飘飘北风啸啸,天地一片苍茫,一剪寒梅,傲立雪中,只为伊人飘香,爱我所爱无怨无悔,此情长留心间。"

刘瑶略带山西韵味的演唱,使大家十分享受,大家再次报以热烈的掌声。(推成特写)

(特写)学习委员尤悠大叫:"同学们,两位女老师唱得好不好啊?现在请冷洛老师与薛碧老师来一个男女生两重唱,要不要啊!"全班同学一个劲助威:"二重唱来一个,二重唱来一个!"(摇移)

(特写)冷洛:"我俩为大家唱一首电视连续剧《射雕英雄传》主题曲《铁血丹心》吧。"

(女)依稀往梦似曾见,心内波澜现。(男)抛开世事断仇怨。合:相伴到天边。(男)逐草四方沙漠苍茫。(女)冷风吹,天苍苍。(男)那惧雪霜扑面。(女)藤树相连。(男)射雕引弓塞外奔驰。(女)猛风沙,野茫茫。(男)笑傲此生无厌倦。(女)藤树两缠绵。(男)天苍苍,野茫茫。(女)应知爱意似流水。(男)万般变幻。(女)斩不断理还乱。合:身经百劫也在心间,恩义两难断。冷洛与费雪第一遍用粤语唱,第二遍用普通话唱,赢得全班同学的热烈鼓掌。(推成特写)

(特写)尤悠:"最后请咱宗校长唱一个,大家说要不要?"(摇移)

（特写）在热烈掌声中，宗实走上讲台："我为同学们唱一首《要问我们想什么》。"

"漂亮的姑娘十呀十八九，小伙子二十刚出头，如锦似玉的好年华呀，正赶上创业的好时候，来，来，来！如锦似玉的好年华呀，正赶上创业的好时候，有劲你就尽情地使哟，有汗你就尽情地流，要问我们想什么呀？献身革命最风流，来，来，来！要问我们想什么呀？献身革命最风流！，献身革命最风流！"（推成近景）

（近景）宗实的歌声赢得了满堂彩，同学们一个劲地热烈鼓掌，议论纷纷："没想到宗老师的歌竟然唱得那么好，简直可以开男声独唱演唱会了。"（推成特写）

（特写）宗实激动地鞠了个躬："谢谢老师和同学们的鼓励，最后，请全体起立，让我们共同演唱《让我们荡起双桨》。"

"让我们荡起双桨，小船儿推开波浪，海面倒映着美丽的白塔，许多花儿绕着绿树红墙，小船儿轻轻，飘荡在水中，迎面吹来了凉爽的风……"

歌声余音袅袅，回荡着同学们的美好憧憬……（音乐止）

74　宗实办公室　内景　白天

（全景）寒假后，宗实又投入了忙碌的教学工作中。（摇上，音乐起）

（近景）宗实办公桌上的作业本，整理得井井有条。他正在办公室批改作业，班长依依走到门口说："宗老师，我有事向您汇报。"（推成特写）

（特写）宗实："依依，你进来说吧，对面椅子上坐。"依依把手里的厚厚的一封信，双手递给了宗实。宗实拆开一看，里面是普希金的一首爱情诗，尤悠在上面改了几个字，就送给了他的同桌——班长依依，作为礼物，可谓"诗言志"了。（推成特写）

（特写）宗实看着看着，眉头不由皱了起来，只见信是这样写的："亲爱的依依，新春好。春回大地，春飞双燕，春风化雨，春意盎然。——轻轻的你走了，正如我轻轻的来；你轻轻地招手，作别西天的云彩。你如河畔金柳，是夕阳中的新娘；波光里的艳影，在我的心头荡漾……春虫也为我沉默，沉默是今晚的苗寨！悄悄的你走了，正如我悄悄的来；你挥一挥裙边，带走了我的甜梦。"

（画外音）宗实思考了一下，敏锐地感到尤悠，在十六岁的花季前后，情窦初开时节，中学生的早恋苗子悄然露头了，自己应该及时对他心理咨询，进行早恋的心理疏导，避免他走进早恋的心理误区。（推成特写）

（特写）"依依，你先回去，暂时不要给他回复，我先来找尤悠聊聊吧。""好的，我听宗老师的，老师再见。"宗实收拾了桌上的作业本，到教室，指着尤悠说："尤悠，你到我办公室来一下。"（摇移）

（特写）宗实这次的心理咨询，是围绕尤悠给依依的三封信展开的。宗实把依依送来的信，递给他，说："尤悠，这信是你写的？能谈谈你的创作原意吗？"

（特写）这是你给依依的一首诗，其实是普希金写给19岁的安娜·彼得罗夫娜·克恩的，你也仅改了几个字："我记得那美妙的一瞬：在我的面前出现了你，有如昙花一现的幻影，有如纯洁之美的天仙。在那孤独忧郁的折磨中，在'镇关西'毒打的困扰中，我的耳边长久地响着你温柔的声音，我还在睡梦中见到你可爱的倩影……"（摇移）

（特写）宗实说："1819年普希金与19岁的克恩第一次相遇。后来普希金与克恩再次相遇时,她已是一位56岁的将军的夫人了,两人只用了法语交谈了几句话,但临别时她记住了普希金的目光。几年过去了,普希金的诗成了众人谈论的话题。爱好诗歌的克恩一直幻想再次见到他。1825年6月,她客居三山村奥西波娃姑姑家的庄园时,普希金也前来造访。两人重逢,相隔六年,不胜欣喜。从那天起,那一年的夏天,整整有一个月的时间,他们几乎天天见面。同辈人在一起无拘无束,普希金兴致勃勃地为伙伴们朗诵自己的新作。普希金和克恩后来有过多次通信,情意相投,满纸幽默和戏谑,可惜克恩的信很多封没有保存下来。普希金写给克恩的这首诗,是他创作高峰时期的代表作,是爱情诗中最迷人的一朵鲜花。"(摇移)

(近景)尤悠听了宗老师一席话,几乎目瞪口呆:"啊呀!宗老师,您对普希金的诗,太有研究了,我简直佩服得五体投地呀,什么时候您能够给我们全班同学开个诗歌讲座啊?"(推成特写)

(特写)宗实针对尤悠的早恋心理,进行心理疏导,他喝了口茶和气地说:"尤悠,开诗歌讲座的事,咱以后再说。今天我主要与你谈谈你给女同学的这首名诗。你热爱诗歌,并不是坏事,可以助长你的语文水平的提高,爱美之心人皆有之。从你所喜欢的这首诗里不难看出,你对依依有一种朦胧的好感。但是,尤悠,你必须明确自己的角色,你还是个中学生,还远没有到恋爱的年龄。最关键是你的目标是必须走出大山,考进大学。所以你应该高度投入,全身心地为这个远大目标而刻苦努力。一个有志青年,要明确,每一阶段自己的任务,你尤悠,在这第一阶段的任务,就是全力以赴,刻苦学习。第二阶段的任务是顽强拼搏,达到并且超越那道神圣的分数线,考进大学。第三阶段的任务是大学毕业,找到一份好的工作,为国家出力。第四阶段的任务是找个女朋友谈恋爱,成家立业。你现在第一阶段的任务,还远没完成,就急于超前,要完成第四阶段任务了,你认为自己这样做合适吗?"(摇移)

(特写)宗实端起茶,喝了一口,端详着尤悠脸部表情的变化,看到他羞愧地低下了头,尴尬地搓着双手,于是就继续亲切地说:"现在,依依把这封信交给我,就已表明了她的态度,也充分说明她想的是一门心思考大学,对你的借爱情诗表达的感情,她认为不是应该考虑的,她这样做也是照顾你的脸面。在这方面,你要好好地向她学习。尤悠,你的当务之急,要正确端正学习的态度,演好自己中学生的心理角色,排除一切干扰,拿出不到长城非好汉的气概来,破釜沉舟,瞄准大学的校门发起冲锋!"(推成近景)

(近景)尤悠被宗实说得心服口服,根本抬不起头来,最后说:"宗老师,我知道自己大错特错了,我定牢牢记住您今天的教诲,彻底改正错误。从现在开始,专心孜孜不倦地学习。我可以对天起誓,再也不乱改这种莫名其妙的爱情诗了,请宗老师千万替我保密。"(推成特写)

(特写)"你知错就改,这很好,我就看你的实际行动了,这件事,我不会对任何人说,就到此打住,你快去做功课,明天上午还有数学测验呢。"

"谢谢宗老师!那我先走了。"(音乐止)

75　宗实办公室　内景　白天

(全景)宗实召开教学办公会议。(摇上,音乐起)

(画外音)宗实感到自己的女助手吴小蝶与刘瑶是两个风格迥然不同的现代女性。凤眼高挑,丰满洒脱的吴小蝶,是个热辣、豪情、奔放的川妹子,性格就像四川麻辣烫,办事干净利落,雷厉风行,激情似火。她的心理咨询对象往往都是男同学,而她也十分乐意与他们朝夕相处,为男生化解成长的烦恼。而柳叶眉、丹凤眼、白皙优雅的刘瑶则如山西刀削面,柔情似水,不温不火,细水慢流。考虑问题,细致入微,办事有条不紊,一刀一刀地慢慢地削啊削的,循序渐进。她的心理咨询对象,一般都是女同学,她也乐意与这帮小女生混在一起,乐此不疲。尽管两人性格各异,但是亲密无间,身影不离,铁杆闺蜜。

（近景）宗实在周教学办公会议上，详细介绍了尤悠的心理忧郁的情况与白露心理焦虑、记忆缺失的情况。（推成特写）

（特写）吴小蝶主动请缨："宗校长，你实在太忙了，以后尤悠的心理忧郁问题，由我多联系一点吧，你已经开了个好头，后面的工作，我就顺畅了。"（摇移）

（特写）刘瑶则愿意承担白露的心理焦虑与恢复记忆缺失的任务："宗校长，我与白露平时就比较聊得来，就由我与她多一点接触吧，我是不会辜负你的期望的，你就放心看好吧。"（摇移）

（特写）宗实看着两人信心满满的样子，欣慰地笑着说："你俩这样信心十足，我很放心，心理咨询就是要落地，真正解决学生的实际心理困惑。冷老师，你最近的任务，除了上好自己的课外，还要多关心关心婚后怀孕的薛碧老师，那我们就这样说定了。"（推成近景）

（近景）大家高兴地同时举起"剪刀手"，大叫一声："吔！"（音乐止）

数年后（字母）

76　苗寨子弟中学礼堂　内景　白天

（全景）第一缕阳光照耀着苗寨子弟中学，喜鹊播报喜讯。（摇上，音乐起）

（画外音）青春是一场远行，回不去了；青春是一场相逢，忘不掉了，但青春却留下最宝贵的友情。那么一声简短的问候、一句轻轻的谅解、一份淡淡的惦记，毕业季痛哭流涕地说声再见。（推成近景）

（近景）教务主任吴小蝶容光焕发，神采飞扬："同学们，今天是咱们苗寨子弟中学的好日子，大家欢聚一堂，隆重举行首届高中毕业典礼，现在请全体起立，唱国歌。……宗实校长，为我们苗寨子弟中学兢兢业业，

呕心沥血,为苗寨学生,废寝忘食,精心育才,现在请尊敬的宗校长讲话。"全场响起热烈的掌声。(推成特写)

(特写)宗实:"同学们,今天是咱们苗寨子弟中学丰收的日子,经过研究决定,首批优秀高中毕业生是班长宗依依、学习委员尤悠;学习标兵是白露、尤悠。还要告诉大家一个喜讯,经过同学们的顽强拼搏,终于越过了那道神圣的分数线,班长宗依依,考取了首都名校。学习委员尤悠、学习标兵白露考取了国际金融大都市名校。不日他俩将赴名校深造,其他同学也都有不小的收获。这里蕴含着同学们的长期努力,顽强拼搏,这说明:心有多大,舞台就有多大,没有做不到,只有想不到。这些同学想到了就要对自己说,我可以,我一定行。他们勇于面对自己的不足,超越自己的格局,承担失败,查找纰漏,重头再来,最后终于取得成功。现在我们以最热烈掌声,向他们表示最衷心的祝贺!"礼堂里响起长时间的掌声。(推成近景)

(近景)"现在请学籍管理主任刘瑶老师,为优秀毕业生、学习标兵颁发证书。"(推成特写)

(特写)领了证书的宗依依与白露正在窃窃私语:"望着湛蓝的天空,我想起了我们的青葱岁月,想起一起长大的女孩子。在生命鼎盛的时期,我遇见了如花的女子,偶遇了如梦的年华。经世流年,无论历史如何转身,纯美的记忆我将始终难忘"。(摇移)

(特写)两人听到掌声响起,捧着芬芳的鲜花奔上台,献给宗实校长与吴小蝶教务主任、学籍管理主任刘瑶。全体同学在教务吴主任的带领下齐声朗诵:"铭记母校,不忘师恩。发奋成才,报效祖国!铭记母校,不忘师恩。发奋成才,报效祖国!"(音乐止)

77　人民大会堂　内景　白天

(全景)秋天给首都平添了一层灿烂的金色。(摇上,音乐起)

（画外音）宗实应教育部之邀，出席在人民大会堂举行的教书育人优秀教师颁奖大会。颁奖词上写着："他在大山苗寨驻足，他要开一扇窗，让孩子发现新的世界。发愤忘食，乐以忘忧。朝阳最美，爱情最浓。信念比生命还重要的一代，请接受我们的敬礼。"（推成特写）

（特写）宗实神采飞扬上台领奖，他获奖感言是："我是大山的儿子，我的根已经深深扎进了大山里，大山苦孩子，就是我的命，教书育人就是我终生的使命，任凭前程山高水险，我不忘初心，坚持前行，敢于担当，不辱使命。"铿锵有力的发言，赢得热烈掌声，电视台直播了颁奖大会实况。（推成近景）

（特写）白露指着电视机上的画面说："阿妈，你看，宗老师在人民大会堂都上台领奖了，国家对他的颁奖词，他的获奖感言，可都是杠杠的！"白露妈看着电视里平时十分简朴的宗实，今天竟然西装革履，领带皮鞋，显得温文尔雅，气度不凡。他的获奖感言掷地有声，看着自己女儿的救命恩人豪情万丈，勃勃英姿。一股难以名状的佩服之潮，在心头上下翻滚……

78　宗实妈家　内景　白天

（全景）天气转凉，叶儿正黄。（摇上，音乐起）

（画外音）正值宗实应教育部之邀，出席人民大会堂的优秀教师颁奖大会之际，春芬抑制不住心中的思念，精心为宗实编制了一套灰色的羊毛衫裤，同时给宗实妈也编织了一套青色的老年羊毛衫裤。正当她兴冲冲地将青色羊毛衫裤和鲜鱼、蔬菜、水果给宗实妈送去时，一进门，只见老人手脚颤抖、口角微斜，她顿时心知肚明，老人分明是小中风的症状。春芬不由分说，拿出手机，拨通了120求助医院急救。自己立即根据苗寨的土方法，迅速取出缝衣针，火柴消毒后，用酒精棉花，分别在老人耳垂、手指轻轻擦拭后，浅浅地扎上一针，分别挤出一滴血。（推成近景）

（近景）蓝灯闪烁的120，载着宗实妈呼啸而去，医生快速检查、抢救、治疗、吊针、用药。春芬反复强调："医生，请用最好的药，无论如何，就是砸锅卖铁，也要将老人的病治好！"（摇移）

（近景）值班的副院长兼主治医师："她是你妈吧，还好，你送来得非常及时，其实，老人的情况并不是很好，现在全靠静养了。"（推成特写）

（特写）春芬白天黑夜地陪伴在宗实妈身边，端茶倒水，喂药喂饭，擦身换衣。就像一个全天候的优秀护理帮工，病员们见了，纷纷跷起大拇指："哎，到底是自己亲妈，你看她女儿的伺候，那就是一个到位呀，真是非常尽心哪。"（摇移）

（特写）宗实妈虽然闭着双眼，但是病员们的话却是句句进耳入脑，在老人心里掀起了，一阵阵颠覆性的心灵冲击……（拉摇成中景）

（中景）春芬走出病房，到医院小卖部购置了宗实妈住院的生活必需品，准备回病房，继续照料宗实妈，迎面却碰上了白阿雄。（推成特写）

（特写）"阿雄哥，你咋会在这里呀？找我有事么？"（推成近景）

（近景）"春芬，我是专门在这里等你的，我有重要话要对你说。"（推成特写）

（特写）"阿雄哥，你有啥话就说吧，妹子听着呢。"（推成近景）

（近景）"春芬妹子啊，春芬妹子，你自己照照镜子，仔细看看自己，你现在连班也不上了，工资也没有了，竟然全职照顾宗实妈了。人都整整瘦了一圈了，你那张'桃花脸'都变成黄花脸了，你自己不心疼，哥还老心疼呢，宗实妈究竟是你什么人那？她与你有一毛钱的关系吗？这个老太太可能让宗实，娶你这个二锅头，小寡妇么？要是没有她横加阻拦，你与宗实可能早就走到一起啰，她就是你与宗实结合的绊脚石。你这么聪明的人，咋就想不明白呢？妹子你这样贴钱、贴人工、贴精力，不成了倒贴了吗？这样做到底值不值呀？妹子，你的清秋大梦，该醒醒了，这样走火入魔，你脑子是不是让门夹了？是不是缺心眼呀？哥都为你感到不值！"

(推成特写)

（特写）"阿雄哥，我与宗实妈一直就是好邻居，我从小妈走得早，她就很喜欢我，经常帮我，我与宗实哥也是青梅竹马，两小无猜，远亲不如近邻么。宗实妈现在老了，身边没人，我照顾照顾她，还不应该么？这是咱苗寨人做人的本分啊。没有工资，我从不计较，人瘦了一圈，我心甘情愿，值不值，我心知肚明。我是小寡妇，这是我的错吗？我行得正，站得稳，在苗寨有口皆碑。至于是不是二锅头，我的事就不用你瞎操心，你再也不要在我与宗实哥的事情上瞎折腾了，我已提醒过你。人在做，天在看，我光明磊落，问心无愧。倒是你，堂堂的苗寨汉子，多做点光明正大的事，少做点小鸡肚肠的事，更不能做损人不利已的事，否则会因果报应，天理不容的。我要去照顾老人了，没时间跟你瞎扯，你请自便！"春芬说完，一脸正气，转身就走。(推成近景)

（近景）阿雄本能地感到："这个春芬，也不知给宗实灌了什么迷魂汤，这样五迷三道，真是脑子进水了。她这样执迷不悟，我行我素，哥可就管不着啰，我一片好心，她还当驴肝肺了？咱喝酒去啰，你高兴咋就咋呗！"（音乐止）

79　医院　内景　白天

（全景）宗实从北京回到苗寨，以最快速度，风风火火赶到医院。(摇上，音乐起)

（近景）宗实紧紧握着老妈干枯而苍老的手，注视着老妈饱经风霜、老泪纵横的脸："妈，都是儿子不孝，差点误了大事，儿子没有尽到责任，我对不起您，心里惭愧啊。"（推成近景）

（近景）查房的副院长兼主持医师，走进来，仔细检查了老人的状况，认真地翻看了护士的值班记录："你就是那个苗寨子弟中学校长、老人家的儿子吧,那天幸亏你夫人,当机立断,采取了点急救小措施,并以最快的速度,将老人送来医院。也正巧是我值班,立即就亲自操刀,抢救十分及时,也非常到位。否则,老人的体质那么弱,情况就很难说了。"(推成特写)

(特写)宗实马上上前,紧紧握着主治医师的手:"谢谢您副院长,全靠您妙手回春哪,我心里非常非常地感激,回学校后,我一定要给您送一面锦旗,聊表寸心。"(推成近景)

(近景)"我看,你还是给你夫人送一面锦旗吧,她对你妈的照顾,尽心尽力,这在全医院已是有口皆碑,简直可以上电视了。"(推成特写)

(特写)宗实妈接口讲:"儿子,这次真是全亏了春芬哪,要是没有她,咱母子可能已是阴阳两隔,今生今世再也见不到面了。这都是苍天有眼,菩萨保佑,命中注定的啊。"老人说罢,从自己手上退下了祖传的浅青色和田玉手镯,亲切地套在春芬的手上。老人看了一眼春芬微微发红的双眼,顿时来了精神,不由分说,一把抓住宗实的手,又抓起春芬的手,将两人的手交叠在一起:"儿子,这就是缘分呀,如果妈连命都没有了,那还讲究个啥虚名头呢?春芬对我照顾得比亲生闺女还好,从今天开始,春芬就是我的好媳妇了,这个媳妇是我老妈亲自替你选的,春芬是帮夫运,儿子你下半辈子有依靠了,你不会不满意吧?"(推成近景)

(近景)春芬见状,激动得喜极而泣。宗实此时顿时觉得,自己心头久悬的一块石头终于落地,他拉起春芬,跪在老妈面前,恭恭敬敬磕了三个头,老人看着眼前两人,含着泪会心地笑了……(音乐止)

80 东方大学 外景 白天

(全景)学术圣地,知识渊薮;文化摇篮,精神旸谷的东方大学。(摇上,音乐起)

(画外音)依依进入东方大学后。潜心向学,成绩优秀,一年后,众望所归,被推荐为班里的学习委员。光阴荏苒,岁月如梭。卧薪尝胆,很快一年磨一剑,宗依依终于成为小有名气的东方大学学霸。周日,巍峨的博雅塔周边青松翠柏,波光荡漾。拿着自拍杆的宗依依,最后兴致勃勃来到了东方湖畔。(推成特写)

(特写)依依突然发现,欢笑声响起,那青春飞扬的景象映入她的眼帘,只见一群青年学生,边追逐一个金发留学生,边叫着:"你考了第一名,汤姆今夜请客!汤姆今夜请客!"金发留学生汤姆,只顾回头看追来的学伴,"啪"地一声,竟然把依依的自拍杆撞落在地上。金发汤姆马上紧急刹车,从地上捡起自拍杆,双手捧起,送到宗依依手里:"I'm really sorry, I apologize to you.(真的很对不起,我向你道歉。)"说罢,金发汤姆向宗依依深深鞠了个躬。(摇移)

(特写)依依接过自拍杆,理解地说:"It's not your fault.(噢,没关系。那不是你的错。)Sorry for causing you trouble."(拉摇餐中景)

(中景)汤姆抬起头才发现,面前竟然是个仿佛从画里走下来的、明眸秀发、灵动毓秀、白皙玉润、超凡脱俗的东方美女。瞬间,汤姆被雷了一下,仿佛一股柔美的冲击波,将自己的心房撞了一下。"我叫汤姆,是东方大学孔子学院的学生,考试刚刚考了第一,他们追着我,硬要我今晚请客,光顾着回头看他们,竟然撞落你的手机了,手机没有摔坏吧?我太鲁莽了,一定要负荆请罪。"(推成特写)

(特写)依依:"没摔坏,我叫宗依依,是东方大学心理学院的,没想到,撞手机,撞出个校友来,汤姆,你真是碰瓷高手啊!"(推成近景)

(近景)汤姆热情伸出手来:"宗依依,心理学才女,你好。我今后有了心理问题,你就是我的专职心理咨询师。风趣的西方金发童子与幽默的东方秀发姑娘握手,一笑泯恩仇。"(推成特写)

(特写)宗依依也伸出手来:"结识新同学,共谱新篇章。"(摇移)

(特写)宗依依听说汤姆病了,连忙赶过来看望他,她看着汤姆日益消

瘦,问:"你近来究竟怎么啦?"(摇移)

(特写)"我考全班第一的目标已经达到,发现突然失去了前进的方向了,心理好忧郁啊。"(摇移)

(画外音)宗依依感到,自己既然与汤姆相遇,也是一段缘,说什么也要帮助他走出轻度心理忧郁的误区。宗依依在汤姆最痛苦的时刻,出现在他面前,她以东方女性特有的细腻温情,温柔体贴,陪同汤姆清晨在校园跑步,陪同汤姆在浩瀚的校园图书馆夜读,陪同汤姆欣赏小提琴与大提琴《我心永恒》,陪同汤姆在幽静的校园林荫小径漫步交谈,陪同汤姆一起挥汗如雨地打乒乓球、打羽毛球,还利用假期,陪同汤姆到风光旖旎的秦皇岛、北戴河旅游。

汤姆在与宗依依的朝夕相处中,他好像做了一场梦,慢慢地苏醒了,路遥识马力,疾风知劲草。只有宗依依这样真诚的中国姑娘,才真正适合自己的神雕侠侣,两人可以比翼双飞,大展宏图。汤姆终于走出了轻度忧郁的心理误区,重整旗鼓,全身心地投入学习生活中去,在心理层面上与宗依依越走越近了。(推成近景)

(近景)毕业季,宗依依又接到母亲春芬从苗寨打来的电话,说:"父亲宗实肩上,苗寨子弟中学校长的担子,实在太重了,人经常累得没个整形。他当年在大火里救了你的命,现在又救了白露的命,今天还在救苗寨苦孩子的命,他不知道那是在玩自己的命啊。妈我好担心呀,不知哪一天,他会突然累倒。女儿你现在学业有成,才华过人,无论如何,一定要回故乡,帮衬你父亲一把,这是妈对你唯一的期望。"(推成特写)

(特写)依依理直气壮:"妈,您就放心吧,女儿不会让您失望的!"(音乐止)

第三部

1 贵阳龙洞堡国际机　外景　白天

（全景）柔和的阳光照耀着生机勃勃的贵阳龙洞堡国际机。（摇上，音乐起）

（画外音）宗实来到贵阳龙洞堡国际机，这里距离贵阳市区11公里，交通便利，只有10分钟的车程。宗实手里棒着鲜花，迎接来自东方大学毕业的女儿宗依依与美籍华人汤姆。（推成特写）

（特写）当自己的女儿与汤姆走出机场出口处，宗实顿时感到眼前一亮，出落得明眸皓齿、亭亭玉立的女儿依依，一头金发、俊朗的汤姆，就像一对电影明星一般，向他款款走来。宗依依看到阔别数年、脸上略有苍桑感的父亲，悲喜交集："爸，谢谢您亲自来接我们，他就是汤姆。"（推成近景）

（近景）宗实将手中的鲜花递给女儿依依，和金发男汤姆重重地握了握手："Welcome to you.（我欢迎你加盟咱团队。）"汤姆兴奋地一甩金发："我久仰宗校长的大名，在下投奔您的帅字旗下，死心塌地执教，鞍前马

后,赴汤蹈火,在所不辞。"宗实拍了拍汤姆的肩膀:"金发小伙,一口中国话,你说得好棒,给你点赞!"(音乐止)

2　苗寨的早晨　外景　白天

(全景)苗寨,锦鸡飞舞的地方。(摇上,音乐起)

(画外音)宗依依回到了阔别多年的苗寨,月是故乡明,水是家乡亲。母亲春芬紧紧抱着女儿依依,流下了欢喜的泪水,看着女儿漂亮的模样,仿佛自己又回到了姑娘时代。她心中默默念叨:年轻多好啊,女儿多美呀。母女俩彻夜长谈,倾诉别情……(推成特写)

(特写)宗依依:"妈,见到你,我真高兴,这些年,爸实在太辛苦了,他如果有千斤担子,我女儿一定要分挑五百斤。"(推成近景)

(近景)春芬:"女儿,你有这份心,妈就放心了,我最担心的是金属也会疲劳,你爸这样尽心尽力地拼命干,哪一天,要是突然累到了,我该咋办?"(推成特写)

(特写)"妈,你放心好了,我和汤姆,都会尽力而为的,母女俩的手紧紧攥在一起。(音乐止)

3　教室里　内景　白天

(全景)宗实分别给女儿宗依依与汤姆布置了教学任务。(摇上,音乐起)

(画外音)依依是执教初一班的语文课,兼讲一点东方大学关于开发右脑、发掘潜能的心理学知识讲座。汤姆的教学任务是初一班的双语教学,兼讲一点孔子儒家的传统文化知识讲座。(推成特写)

(特写)金发汤姆一站上讲台,使苗寨子弟中学高一全班的同学眼前一亮,汤姆说:"大家好,我是你们的双语老师,Welcome to our class and welcome to our English Evening.(欢迎你们来听我的课。)"他不仅中文讲得好,而且灵活的眼神、幽默的表情、风趣的动作,给学生全方位的新鲜感,学生们仿佛是看一个电影演员在表演,很是抓人眼球。(推成近景)

(近景)特别是汤姆的授课十分注重师生间的互动,通过师生心灵的碰撞,产生思想的火花。他的提问很是别出心裁,令人出其不意。学生回答问题后,他还会当场给予精彩点评,往往是妙语连珠、语惊四座。学生们的求知心理得到了充分满足,学生们的审美心理也得到了充分满足。这样大大提升了课堂气氛,优化了双语课教学效果。一个月下来,金发汤姆是堂堂课出彩,学生个个都点赞,他的人气极高。(推成特写)

(特写)汤姆是个性情中人,他会和学生一起爬树比赛,一起到地里干活,一起比赛爬山。经常闹得浑身泥巴,灰头土脸。宗依依老师乐此不疲,给他头上浇水洗头,他快活得高声大叫,还说:"这才是天堂里的笑声,人真正地回归大自然,才是真正的享受,真正的幸福。"(摇移)

(特写)汤姆还会和学生一起打篮球,他的远投三分球,真是绝技,他那潇洒的动作,要多帅,有多帅。看得同学们,连连跷起拇指,高声叫"超帅,好球!"学生们都亲切叫他"神投手"。他会和学生一起比赛游泳,他的自由泳,动作规范,姿势优美,速度奇快,堪称一绝,学生们叫他"美国孙杨"。他的歌唱得很好,是个浑厚的男中音,他的代表作是《掀起你的盖头来》。学生最喜欢他带领大家唱《我爱你,中国》。(摇移)

(特写)汤姆他永远不会忘记,刚到苗寨子弟中学的当天晚上。宗校长从书橱里拿出《大山里的金凤凰》《大山里的苦孩子》《大山里的香女人》三部沉甸甸的长篇小说,交给他说:"汤姆,这是我写的大山系列三部曲,作为送给你的见面礼,祝你成为一名优秀的苗寨外教教师。"(推成近景)

(近景)汤姆激动地紧紧握着宗校长的手:"我一定不辜负您的殷切期

望,兢兢业业授课,勤勤勉勉笔耕,用实际行动,争取早日成为一名合格的苗寨外教教师。"汤姆是个说到做到、特别认真执着的人,骨子里有那么一股不到长城非好汉的韧劲。他几乎是含着眼泪,夜以继日,一口气看完了宗实的大山系列三部曲。心里暗暗忖道:宗校长真了不起,他就是我的榜样,他走过的路,就是我要走的路。(音乐止)

4　苗寨山路　外景　白天

（全景）苗寨的山路崎岖难行,难于上青天。(摇上,音乐起)

（画外音）汤姆利用教学的空余时间,他和村民相处愉快,帮村民犁田、割禾、打谷,为村民修理脱粒机,热情地协助苗寨修路,他拿出家人汇给他的钱用来为当地修路。金发汤姆为了使苗寨有一条宽不到1米、长不足300米的小路,顽强地参与着艰难的施工,累得整个人明显消瘦。(推成特写)

（特写）汤姆光着上身,搬起大石,吃力地向前挪动着,泥泞的山路,他的脚十分吃不住劲,脚下一滑,悲剧发生了,"啊!"汤姆一声惨叫,大石重重砸在了左脚的脚趾上,血像自来水般涌出来,地上大大的一摊血,在不断延伸。修路的民工们抬着汤姆,飞奔着。(推成近景)

（近景）"宗校长,汤姆出工伤了,他的脚被砸伤了!"(推成特写)

（特写）宗实一看,汤姆伤势十分严重:"宗依依,快用干净毛巾临时止血,大家以最快速度,立即送汤姆去医院抢救!"(音乐止)

5　医院　内景　傍晚

（全景）夕阳的余晖,投射在县医院急救室外的墙上。(摇上,音乐起)

（近景）由于山路崎岖,交通不便,汤姆失血过多。主治医生脸色严

峻:"必须马上为伤员输血。"(推成特写)

(特写)经过验血,汤姆的血型竟然是O型RH阴性,是人们俗称的熊猫血。主治医生说:"这种RH阴性血型者,在汉族人中仅占1%,塔塔尔族人占15.8%,乌孜别克族人占8.7%,苗族人占12.3%,宗校长,请你马上在苗寨老乡中发动群众,以最快速度,寻找O型RH阴性的献血者。"(摇移)

(特写)宗实立即给苗寨村长打了手机:"村长,外籍教师汤姆,是为了咱苗寨修路受了重伤,我们无论如何要想方设法寻找O型RH阴性的献血者,我们一定要救救他,这可是火烧眉毛的大事啊!"他挂了电话,犹如一头狮子,焦急地来来回回走动着。(摇移)

(特写)宗实突然想起了主治医生的话,RH阴性血型者在苗族人中占12.3%。"依依,你马上去验一验血。"(推成近景)

(近景)宗依依经过验血,竟然是O型RH阴性血型者。原来为汤姆失血过多一直在流泪的依依,顿时破涕为笑,当即撩起袖子:"医生,请先抽我的血吧。"紧接着宗实自己与几个苗寨老乡,经过验血,令人失望,都不是O型RH阴性血型者。(推成特写)

(特写)宗实心里想,既然女儿依依是RH阴性血型者,那么自己的妻子春芬也有可能是RH阴性血型者,想到这里,宗实马上又拨通了妻子的手机:"春芬,汤姆在修路中受了重伤,急需输血,他是O型RH阴性血,这种熊猫血型的人实在太少了,现在经过验血,依依倒是这种熊猫血,她已给汤姆输了300 CC血,但还是不够啊,你能不能马上赶到医院来验血啊?"(推成近景)

(近景)"好的,我立即赶过来。"春芬风风火火赶到医院,经过验血,证实了宗实的预判,她也是O型RH阴性血型者,医生以最快速度,让她也给汤姆输了300 CC血。600 CC苗家母女的血静静地流进了金发汤姆的血管里,他苍白的脸色顿时红润了起来。(推成特写)

(特写)主治医生说:"这真是不幸中的大幸啊,宗校长,你指挥若定,

雷厉风行,你的工作效率我很是佩服。"(摇移)

(特写)宗实紧紧握着医生的手:"谢谢您,急人所难,救死扶伤,我代表苗寨子弟中学的师生们,深深感激您啊。"(摇移)

(特写)宗实看了一眼熊猫血的春芬母女与汤姆,不由想,这真是天助我也。他背起手术后的汤姆,对春芬母女说:"来,咱回家,大家上车吧。"(音乐止)

6　春芬家　内景　傍晚

(全景)巍峨苗寨,万家灯火。(摇上,音乐起)

(近景)宗实回到家里,安顿好汤姆,从鸡窝里抓出个头最大的老母鸡杀了,他亲自掌勺,熬了一大锅鸡汤。晚餐上,宗实盛了三碗香喷喷的老母鸡汤,分别端给汤姆、春芬与依依:"来,大家尝尝我的手艺,没有啥菜,大家随便吃。"(推成特写)

(特写)汤姆不理解地说:"没有菜,我们完全可以吃肉,也可以吃鱼啊,又不一定要吃菜的呀。"(推成近景)

(近景)依依碰了碰他肩膀:"汤姆,中国人说没有啥菜,是客气话,这个菜,并不是专门指青菜、白菜、芹菜、菠菜等那种蔬菜。"(推成特写)

(特写)汤姆笑了:"中国人说话很有学问。"(推成近景)

(近景)依依喝了一口:"啊,好鲜呀,鲜得我眉毛都掉光了。"依依的幽默,把大家笑翻了。(推成特写)

(特写)汤姆喝了口鸡汤,拿起鸡大腿,大咬大嚼,连说:"好吃,好吃,苗寨鸡就是比肯德基好吃多了。"说着,跷起了大拇指。(推成近景)

(近景)春芬从自己碗里拿起一条鸡腿,放进宗实碗里:"你自己整天早出晚归,风里雨里,一年忙到头,心里尽顾着苗寨的学生,就是忘了顾自己,你脸色一直那么差,我就不心疼?这个鸡腿给你吃,我是苗寨的穆桂

147

英,身体可是杠杠的。"(推成特写)

(特写)宗实笑笑说:"你俩都为汤姆献了血,应该你俩吃才对,我是练武之人,身体扛得住,为学生吃点苦算啥,我心里可是乐着哪!"(化出)

(画外音)宗实知道金发汤姆是稀有血型,而苗寨也有部分人也是稀有血型者,他马上在苗寨成立了稀有血型互助小组,并主动在贵州血站登记信息,以便及时帮助失血者。汤姆在春芬和依依母女的精心照料下,加上自己本身的体质相当不错,回复得很快,不久,就能撑着拐杖,来回走动,他是个闲不住的人,多次向宗校长请求早日给学生们上课。(推成中景)

(中景)宗校长在全校大会上表扬了汤姆的壮举,高度肯定了苗汉一家的兄弟情义,一股浓浓的民族情,润物无声,如沐春风,在苗寨荡漾……(音乐止)

7 依依讲课　内景　白天

(全景)课堂上,宗依依气质优雅,正义凛然,激情授课。(摇上,音乐起)

(近景)宗依依今天主讲的是《黄河颂》。她说道:"《黄河颂》是《黄河大合唱》第二乐章的歌词,同时我们可当作一首反映抗日救亡主题的现代诗来读。这首诗以热烈的颂歌形式塑造黄河的形象,语言和抒情方面浅显易懂,情绪慷慨激昂,是我们初一年级学生接受诗歌教育、领略新诗艺术的好材料,更是我们接受爱国主义教育、强化爱国热情的好题材。"(化出)

(画外音)在情境导入方面,宗依依充满激情地分析了黄河流域是中华民族文明的发源地,它孕育了五千年的古国文化,哺育了流域两岸的人民。黄河惊涛澎湃,具有恢弘的气势,而且它源远流长、九曲连环,仿佛象征了我们中华民族曾经有过的荣辱兴衰。每一个看到它的人都会为之而感动。在抗日战争期间,我国著名诗人光未然跟随抗日战士行军来到了黄河岸边,看到这一奇景,感慨不已,于是写下了歌颂黄河母亲的豪迈颂歌《黄河颂》,今天,我们学习这首诗歌,不但要领会它的内涵,还要学会朗诵,像诗人一样热情地歌颂我们伟大的母亲——黄河!

在激发情感方面,宗依依组织学生,欣赏《黄河大合唱》中第一、七、八乐章的片段,并对音乐所要描绘的内容和表达的主要情感进行自由想象。他让学生说自己想象到的画面并谈谈从音乐感受到的感情。然后,带着从音乐中体会到的感情来齐读课文。借助音乐,以强烈的气势感染学生,引起学生心灵的共鸣,然后通过想象音乐中描绘的场景和体会音乐中的感情完成感性认识和理性认识的交流转换。《黄河大合唱》中八个乐章的感情一脉相承,因此最后就能让学生自己从音乐中感受的思想感情来朗读诗歌。(推成特写)

(特写)宗依依接着带领全班学生齐读诗歌。"我站在高山之巅,望黄河滚滚,奔向东南"一句总领下文,因此停顿要稍长,后面的四个分句注意重点词语"掀""奔""劈"的重读,且四句不妨越读越激昂,以表现的黄河的气势。三个"啊"要读得深沉,声音稍稍延长,"黄河"要读得高昂,表明在歌颂。最后的两句"像你一样的伟大坚强!"充满了战斗的决心,要读得铿锵有力。(推成近景)

(近景)宗依依:"同学们,黄河精神:伟大坚强。革命烈士抛头颅洒热血为我们换来了今天的幸福生活,但是,今天的中华民族还没有足够强大,所以,我们仍然要以黄河为榜样,学习它伟大和坚强,团结起来,振兴中华!做一个对祖国有用的人,为使我们民族跻身世界强国之林,奉献每个同学自己的力量!"(推成特写)

(特写)最后,宗依依站在讲台上,指挥全班同学高唱《中华人民共和国国歌》,她率领学生振臂高呼:"学习黄河精神,发奋早日成才,立志振兴中华!"这堂课师生在豪情万丈、壮怀激烈中,圆满结束。(拉摇成中景)

（中景）掌声从最后一排里响起,随着掌声一起走上讲台的是宗校长、乡长和县教育局领导。(推成特写)

（特写）宗实大声问学生:"同学们,宗依依老师课上得好不好啊?"

"好!"

"大家爱国热情高不高啊?"

"高!"

"大家立志成才、报效祖国要不要啊?"

"要!"

三位听课的县、乡领导与宗依依热情握手,表示热烈祝贺。(音乐止)

8 依依家访 内景 白天

（全景）宗依依不仅课上得好,受学生好评,她还对班里的学生进行了家访。(摇上,音乐起)

（画外音）依依所到第一家是学习成绩最好的班长小强家。只见他家破旧的竹楼,家徒四壁。他爸爸采石,给巨石压断了双腿,躺在床上。妈妈既要忙地里活,又要照顾腿残的丈夫以及三个孩子,瘦得一脸的皱纹。家里唯一值钱的东西是挂在屋子中间的一套苗女盛装,据说是妈妈过年或对歌穿的,但是妈妈已经很多年没有顾得上穿了。面黄肌瘦的小强是个懂事的孩子,每天放学他都要沿路拾上一大捆柴火,打下一打猪草回家。依依听着小强妈含着眼泪讲述着他爸工伤的经过,三个孩子,缺衣少穿,面黄肌瘦。她心里像挂了个秤砣那么沉。依依扫了一眼躺在床上唉声叹气的小强爸、泪水盈盈的小强妈、矮小瘦弱的小强,眼泪在眼眶里打转,她从内衣口袋里摸出三百元,硬塞到小强爸手里:"给孩子添件衣服,买点吃的。"说完她离别而去。瘦弱的小强倚着门框,望着她离去的背影,心里默默念叨:"谢谢了,这真是好老师啊,我定要好好读书,否则怎

对得住她啊。"(推成特写)

9 依依笔耕　内景　晚上

（全景）大山里的风雨打着门窗，点点滴滴都打在宗依依的心上。(摇上，音乐起)

（画外音）夜已经很深了，依依翻来覆去，久久难以入眠。一会儿是自己为学生上课的情景，一会儿又是自己学生家访的情景，她第一次心灵被深深震撼：大山的孩子，生活竟然那么苦，简直难以想象。这简直就是电视连续剧，一集连着一集播放。她干脆起床，披着衣服，打开电脑，在键盘上飞快地敲击起来。把喧嚣的时光梳理成荷塘月色般的淡然与恬静，从容在书香中耕耘，在文字里穿行，让灵魂芳香四溢，历久弥新。（推成特写）

（特写）宗实见女儿依依写字台的灯光亮着，便轻轻敲敲窗门："依依，明天上午一早你就有课，你今天家访够累了，早点休息吧。"（推成近景）

（近景）"爸，谢谢您，我知道了，您也早点休息。"宗依依起身给自己泡了杯咖啡，细细地品着，她望了望刚才爸爸轻轻敲击窗户的那个地方，突然一个情景在脑际闪过：当年大山里打水仗遇险，被乡村教师宗老师救起的是他，在救命恩人墓前发誓的是他，发愤考进名牌大学的是他，毅然扎进大山执教的是他，任命自己担任班长的是他，在大火中背自己冲出火海的是他，送自己到东方大学深造的是他，引导自己走苗寨执教道路的是他，从当年英俊帅哥变成沧桑汉子的是他，到人民大会堂授奖的也是他……自己作为最了解他的女儿，为什么不能写一篇关于老爸的人物传奇呢？对，书的名字应叫《苗寨浴火凤凰》。（推成特写）

（特写）宗依依想到这里，一口气将杯子里的咖啡一饮而尽，仿佛一股激情从心底升腾起来。东方大学四年潜伏的写作才华，顿时被激活，刷刷开写《苗寨浴火凤凰》书稿。她高兴地想，这书稿写得肯定更加得心应手,说不好,自己还会将它改变成电影剧本也难说。想着想着,她自言自语:"这大概就是心理学中所说的灵感吧,也是人本主义心理学家马斯洛所说的那种心理高峰体验吧。"(音乐止)

10 三月爬坡节 外景 白天

(全景)苍翠缭绕的苗寨三月爬坡节。(摇上,音乐起)

(画外音)在宗实的关心与指导下,汤姆的语文课深受学生欢迎,他又每天神采奕奕地给学生们讲课,谈笑风生,乐此不疲。他活跃在三尺讲台。他与众不同的幽默风格,生动语言,活泼个性,一如既往,引起了苗寨学生的热情关注。(推成远景)

(远景)正逢贵州黔州的苗族自由恋爱集会的三月爬坡节。苗族同胞性格热情奔放,千百年来一直延续着婚恋自由的传统,在这种人文环境下,众多恋爱社交节日应运而生。这是苗族青年男女们醉心向往、翘首以待的择偶恋爱的欢聚盛会。(推成特写)

(特写)金发汤姆热情地去看热闹,他兴冲冲地来到爬坡节山坡上。苗寨的青年男女精心打扮,如彩色般的人流,从四面八方汇集于山坡上。他们唱歌、吹笙、踩鼓,觅伴追求知音,洋溢着节日欢乐的气氛。一个似清水般靓丽的苗寨百灵,将丰盛的鱼肉和糯米饭,送到了汤姆手里,

苗寨百灵张口就唱:"太阳出来照半坡,金花银花滚下来,金花银花我不爱呀,只爱情哥好人才。"(摇移)

(特写)汤姆来苗寨时间不短了,一般的对歌,他还是游刃有余:"太阳出来照白夜,金花银花滚下来,金花银花我不爱呀,只爱情妹好人才。"(推成近景)

(近景)苗寨百灵经常外出参加歌咏比赛,她不仅苗族山歌唱得好,流行歌曲也唱得很好:"十月的天气,风吹过你的气息,爱很美,咬住爱的甜

蜜,像夹心巧克力,连懒懒的猫咪,也偷偷看你,难以抗拒你的美丽,裙摆摇不停,只为了与你相遇,握住爱的甜蜜,写幸福的日记,守我们的约定,不要它过期……每个四季,永不分离。"(推成特写)

(特写)汤姆的激情仿佛被她点亮了,扬声就唱:"夜深人静那是爱情,偷偷地控制着我的心,提醒我爱你要随时待命,音乐安静还是爱情啊,一步一步吞噬着我的心,爱上你我失去了我自己,爱得那么认真,爱得那么认真……"他那纯真的男中音,在山坡的荡漾,仿佛是专业演员在开演唱会,如一石激起千层浪,拉开了对歌的大幕……(摇移)

(特写)在大家的热烈掌声中,汤姆终于亮了自己的绝活——电影《泰坦尼克》主题曲《我心永恒》。他第一遍用英语演唱,第二遍用中文演唱,"每一个寂静夜晚的梦里Every night in my dreams,我都能看见你,触摸你I see you, I feel you,因此而确信你仍然在守候That is how I know you go on,穿越那久远的时空距离Far across the distance,你轻轻地回到我的身边And spaces between us,告诉我,你仍然痴心如昨You have come to show you go on,无论远近抑或身处何方Near, far, wherever you are,我从未怀疑过心的执著I believe that the heart does go on,当你再一次推开那扇门Once more you open the door,清晰地伫立在我的心中And you're here in my heart,我心永恒,我心永恒And my heart will go on and on,爱曾经在刹那间被点燃Love can touch us one time,并且延续了一生的传说And last for a lifetime,直到我们紧紧地融为一体And never let go till we're one,爱曾经是我心中的浪花Love was when I loved you,我握住了它涌起的瞬间One true time I hold to,我的生命,从此不再孤单In my life we'll always go on,无论远近抑或身处何方Near, far, wherever you are,我从未怀疑过心的执著I believe that the heart does go on,当你再一次推开那扇门Once more you open the door,清晰地伫立在我的心中And you're here in my heart,我心永恒,我心永恒And my heart will go on and on,真正的爱情永远不会褪

色There is some love that will not go away,你在身边让我无所畏惧You're here, there's nothing I fear,我深知我的心不会退缩And I know that my heart will go on,我们将永远地相依相守We'll stay forever this way,这里会是你安全的港湾You are safe in my heart,我心永恒,我心永恒And my heart will go on and on."(推成近景)

　　(近景)苗寨百灵对汤姆的演唱深深佩服,歌后,她似乎意犹未尽,邀请汤姆到她们苗寨饮酒。苗族姑娘秉性豪爽,热情好客,酒在她的心目中是接待亲朋的佳品。欢迎汤姆进寨,按苗家礼俗喝拦路酒。从寨脚公路开始,一直到寨头的进寨门楼,设了十二道迎客拦路酒卡。每道酒卡在路中间放一张方桌,两边站着身着盛装的苗族女青年,提壶端杯,纷纷向汤姆敬酒,每道两土碗,表示福寿双全。(推成特写)

　　(特写)宗依依刚刚下了课,闻讯赶来。她心里十分清楚,担心未婚夫汤姆好玩一把的个性。她快步走到汤姆面前:"Back home with me follow me drink tea.(请跟我回家喝咖啡。)"(推成近景)

　　(近景)汤姆看到依依那严肃的眼神,耸了耸肩说了声:"亲爱的,你放心吧,我已经喝了苗寨拦路酒了,现在就跟你回家吧。"(推成特写)

　　(特写)宗依依心里想:"这样还差不多。"(音乐止)

11　依依书房　内景　晚上

　　(全景)苗寨的月夜,山影巍巍。(摇上,音乐起)
　　(特写)宗依依与汤姆悠闲地喝着卡布基诺咖啡,坦诚地聊着,宗依依看着灯光下汤姆一头闪光的金发:"汤姆,你知道,苗寨的爬坡节,是什么活动吗?"(推成近景)
　　(近景)"就是一大群人,对歌,吃鱼肉糯米饭,大家闹着玩,人人都开心吧?"(推成特写)

（特写）"这是我们苗寨的一种求偶文化,是没有对象的青年男女,通过参加爬坡节,来找到自己的另一半。"（推成近景）

（近景）汤姆:"啊呀,我怎么一点也都不知道啊,我还以为像欧洲的番茄节、云南的泼水节、巴西的狂欢节那样,大家搞笑、热闹、开心啰。"（推成特写）

（特写）宗依依:"汤姆,那么你知道,靓女薛碧她们苗寨的'拦路酒'是啥意思吗?"（推成近景）

（近景）"还不是她们十分好客,请客人反复喝酒,增进彼此的哥们友谊吧。"（推成特写）

（特写）"汤姆,你说对了一半,这里面既有好客、礼仪的内涵,还有是遇到了贵客,有意邀客进门,男女青年相互选择的意思,也是青年男女择偶的另一种文化形态。"（推成近景）

（近景）"依依,这太糟糕了,那我可是全部理解错啦,差点闹出笑话来。"（推成特写）

（特写）宗依依轻轻摸着汤姆的手,她感觉自己的心上人,其实就是一个没有长大的大男孩,单纯耿直得可爱:"中国人有句古语,不知者不罪。现在我俩解释清楚了,彼此也就释怀了,中国人叫理解万岁。"（推成近景）

（近景）汤姆抚摸着依依细滑的玉手:"你说得很对,咱俩理解万岁。"（音乐止）

12　汤姆讲座　内景　白天

（全景）汤姆的"孔学经典"讲座,盛况空前。（摇上,音乐起）

（特写）周末下午,小报告厅里席无虚坐。汤姆精神抖擞,激情飞扬开讲:"孔子文化是中国优秀的文化遗产,已经得到世界各国人民的认可,是我这个美国老外学习的榜样。孔圣人儒家学派创始人,世界最著名的文化名人。他提出了'知者乐水,仁者乐山'的著名美学命题。我曾经在东方大学孔子学院就读数年,我的父母都是受到了儒家文化的深刻影响,我从小在这样的家庭文化里耳闻目染,潜移默化,播下良种,可谓是刻骨铭心。(摇移)

(特写)"我先谈一谈儒家文化的起源。儒家在先秦时,和诸子地位平等,而且在秦始皇时受到重创,便是所谓的焚书坑儒。再至汉代,汉王朝以继承三代中原文化正统为其文化建设的基本路线,而这三代中原文化正是儒家六经,孔子以继承华夏民族文化著称,因而儒学本身便是华夏民族的文化精华。(摇移)

(特写)"到了北宋,儒家学者为应付佛老的挑战,便抛开了汉唐儒家偏重学术问题不注重政治人生的形式,以直截了当的形式来阐述经典中的义理,讨论人性、人心、天命、理气等形而上的哲学命题,这便是理学。但理学也包括了明清两代的理学和心学,所以又称"宋明理学"。(摇移)

(特写)"其次,我谈谈儒家文化的发展。到五四时期,虽然儒学遭到空前大难,但现代新儒家已经萌发。在儒学受到空前挫折的背景下,梁漱溟挺身而出,为孔子辩护,揭举儒学复兴的旗帜,成为新儒家的前驱。新儒家主要有:第一期的梁漱溟、冯友兰,第二期的牟宗三、徐复观,第三期的杜维明、刘述先。到现在的80多年中,以此为志业者大有人在。(摇移)

(特写)"最后,我谈谈儒家文化的意义。同学们,尽管我是一个老外,我的感悟是,今天我们再兴国学,是重振儒学。同学们,我个人以为,今天的讲座就是在于儒家思想鉴借:如儒家的刚健有为精神,来激励自己发愤图强。借鉴儒家的公忠为国精神,来培育自己的爱国情怀。借鉴儒家的以义制利精神,来启示自己正确对待物质利益。借鉴儒家的仁爱精神,来培育自己热爱人民的高尚情操。借鉴儒家的气节观念,来培育自己的自尊、自强的独立人格,弘扬民族文化之精华,吸取世界文化之营养,振兴中华!"(拉摇成中景)

（中景）金发汤姆抑扬顿挫、豪情万丈的孔学讲座,赢得全场学生的热烈掌声,宗依依捧着鲜花,步履轻盈地走上台向他表示祝贺。正在此时,没想到,旁边窜出一个长发飘逸、衣袖流云、浑身散发着古之幽情的仿佛从画上走下来的卓文君似的佳人儿捷足先登,将同样的芬芳鲜花,抢先递到了汤姆手里。(推成特写)

（特写）汤姆显得异常兴奋,双手接过鲜花,俩人四目相对,眉目传情,这一《泰坦尼克号》式的特写画面,顿时惊呆了宗依依。汤姆春风得意地快步走过来,出人意料,走过来,"亲爱的,你好。"他搂着白露,就是一个美国式的热吻,他的壮举惊呆了宗依依与众人,也点燃了全场的热情。(推成近景)

（近景）宗依依好奇地走到正面,才一睹庐山神女峰的真面目,这个绝代佳丽,不是自己当年的同窗闺蜜白露,还能是谁。"啊呀,原来是露露啊,你咋会在这里的?"(推成特写)

（特写）"难道只有你宗依依能够在这里,我白露就没有资格在这里吗?"白露夹着一丝寒意的语气,这使得依依如醉云雾,百思不得其解。(摇移)

（特写）宗依依还没有从惊讶中回过神来,眼前的情形又使她大开眼界。只见不少女学生,蜂拥而至,挽着汤姆的臂膀,热切要求与这个金发蓝眼的老外教师,合影留念。还有好几个女学生,请老外教师在自己心爱的笔记本是留言。宗依依意外地发现,汤姆的女性追星族可以组成一个加强排,好几个靓丽的女学生,还是隆重地穿着苗寨的节日盛装,专程来听汤姆讲座的。看来这个金发老外,远远没自己想象的那么简单。(音乐止)

13 贵州市国庆茶话会　内景　晚上

（全景）贵州市国庆茶话会上,表演着精彩的歌舞节目。(摇上,音乐起)

（画外音）汤姆几周前，接到贵州市委外事办的邀请，参加国庆茶话会。文艺工作者在茶话会上，表演了精彩的歌舞节目，压轴的是京城歌剧舞剧团的优秀演员白露的独舞《菊花台》，只见舞台上的女演员，秀发飘逸，长袖翻飞，既像充满憧憬奔月的嫦娥，又犹如《丝路花雨》中的飞天，在舞台中央，如梦似幻，纵横驰骋。（推成特写）

（特写）汤姆还是第一次看到这样古色古香、失魂夺魄的娇娇舞者，他激动得热血奔涌，瞠目结舌，自言自语："这不就是我幼年梦境中多年寻觅的那个梦中情人吗？"她身上，从骨子里散发出的那么一股子古典美的气质，在今天，可以说空前绝后。真是众里寻他千百度，蓦然回首，她在灯火阑珊处。汤姆再也按捺不住活蹦乱跳的心情，快步走出剧场，买了一束雍容华贵的粉色玫瑰，专门等候在演员化妆室旁。（推成近景）

（近景）白露在全场长时间掌声中，缓缓走下舞台，卸了妆，换上便服，优雅地喝了口菊花茶。这时，一个金发蓝眼、高鼻深目、皮肤白皙、英挺俊朗的帅哥，来到她面前，单腿跪下，双手将粉色玫瑰呈上。（推成特写）

（特写）汤姆眼中充满着崇敬、渴望、热切、请求、奔放。"女神，我爱你！"汤姆发出求爱的神秘信息。白露这么近距离地同俊朗的老外接触，还是第一次，这样火辣的眼神，她一时有点不知所措。（摇移）

（特写）汤姆："You are goddess of my heart, you are only too gorgeous.（你是我的女神，你实在太美了。）"汤姆纯真的美式英语又一次震撼了白露。（推成近景）

（近景）白露，从汤姆那蓝莹莹的眼神中解读了一个金发帅哥的爱意。她站起身，双手扶起汤姆，她感觉到汤姆的身子在微微颤抖。她情不自禁地为这从天而降的激情所深深感动，将花轻轻闻了闻："Thanks for the flowers."（推成特写）

（特写）汤姆拿出名片恭恭敬敬地递给白露："东方大学孔子学院助理教授，中美文化研究会特邀研究员，苗寨子弟中学教师，詹姆斯·汤姆。"

(推成近景)

　　(近景)白露心想,真是人生何处不相逢,汤姆竟然是自己母校的教员,这不能不说是一段缘分:"汤姆,认识你,我很高兴,我也是从苗寨子弟中学走出去的,苗寨就是我故乡,苗寨子弟中学,就是我母校。"(推成特写)

　　(特写)白露说完,一双玉手,轻轻抚摸着汤姆有点纷乱的金发。汤姆从白露身上,呼吸到一丝丝甜滋滋的芬芳,一股激情从心底冲出,他轻轻搂住白露热切亲吻。(摇移)

　　(特写)白露第一次被金发老外这样搂着,一股异域,异性的气息,扑面而来的热吻,使她的娇躯颤抖不已,一场荡气回肠的热吻,使白露面若桃花,心如波涛。(摇移)

　　(特写)汤姆则为自己的一见钟情,激动得满面红光……(音乐止)

14　白露家　内景　晚上

　　(全景)朦胧月色中,白露在情感海洋里游泳,兴奋得毫无睡意。(摇上,音乐起)

　　(近景)白露妈见白露房间的灯光,午夜长明,轻轻推开门,送来一杯果汁:"露露你每次演出成功,都是很快就进入梦乡,今天可是例外啊。"(推成特写)

　　(特写)"妈,我今夜演出后,一个金发俊朗的帅哥,向我献花,还吻了我,彼此一见钟情。"说着,白露将名片递给了妈妈。(摇移)

　　(特写)白露妈一看名片顿时大吃一惊:"咋会是汤姆？他可是宗依依的未婚夫啊,这在苗寨可是家喻户晓的。"(摇移)

　　(特写)"妈,我不管他是谁的未婚夫,最关键的是,今夜是他跪在地上向我求爱。我看得出,他是非常真心的,绝对不是什么逢场作戏。"(摇移)

　　(摇移)"露露,当年是宗校长救了你的命。这个金发汤姆就是你闺蜜宗依依的命,而宗依依就是宗校长的命,你突然插足宗依依与汤姆之间,那就是要了宗依依的命,说到底,你也是要了宗校长的命,咱可不能干这种缺德事啊。"(推成近景)

(近景)白露端起果汁,饮了一大口,平平气继续说:"我的亲妈,我的好妈,这不是我刻意而为的,年轻人的爱情,是可遇而不可求的,这叫缘来挡不住,更不是我有意同依依为难。汤姆说,我就是他找了半辈子,千辛万苦才找到的那个人。直觉告诉我,汤姆也是我梦寐以求、上天入地要找的那个人,这完全是天意,我也只能尽人事、顺天意了。"(摇移)

(近景)白露妈亲切地抚摸着白露那双如花似玉的手,轻轻叹了口气:"我的好露露,不是妈妈有意刁难你,你可是妈贴身的小棉袄啊。但是,做人,必须凭良心,宗校长当年救你的桩桩件件,我是刻骨铭心,你也是终生难忘。咱总不能将恩人一家整得鸡飞狗跳、地动山摇吧。"(推成特写)

(特写)"妈,任何事女儿从小到大都依你,唯独这件事,绝对没商量余地!"(摇移)

(特写)白露的情绪化,激怒了老妈,她忍无可忍,大声说:"你可以不闻不顾,自己拍拍屁股回京城,咱老两口还要在这苗寨生活,一天天生活下去的呀。你这样一意孤行,苗寨的乡亲们吐沫都可以将我俩活活淹死,这不是要咱老两口的命吗?如果你一定要我行我素,妈现在就一头撞死在你面前!"(摇移)

(特写)白露还是第一次见到老妈这样痛哭流滴,捶胸顿足,怒极发飙,连忙说:"妈,我的老妈,我的亲妈,您让女儿再好好想想,咱还是从长计议吧。"(音乐止)

15 宗实家   内景   晚上

(全景)发现宗依依与汤姆的恋情,拉响警报的第一人是宗实。(摇上,

音乐起)

（近景）细心的宗实发现一向柔中寓刚的依依,竟然天天晚上以泪洗脸,第二天吃早饭,眼睛都是肿肿的,他悄悄敲开了女儿依依的门,只见依依对着镜子,在擦眼泪。他泡了杯茶,亲切端到依依手里:"女儿,你是爸妈的心头肉,不管有天大的事,千万别闷在心里,尽管对爸说,爸一定与你共同面对。"（推成特写）

（特写）"爸,汤姆他移情别恋了,我那么真心对他,把自己整个心都给了他,没想到他突然转身,当众拥抱白露热吻,这对我的打击实在太沉重了,我心里一时怎么也接受不了。"依依说着,自己与汤姆多年朝夕相处的日日夜夜,浮现在眼前,她多日压抑在心头的委屈、悲催、不甘,统统发泄出来,禁不住彻底泪奔,号啕大哭。（拉摇成中景）

（中景）春芬听到女儿的哭声,迅速走过来,情不自禁抱着依依,母女俩抱头痛哭。春芬自言自语:"依依长这么大,我还是第一次看到她这么伤心不已,痛不欲生,我当妈的,真的好心疼,好心疼啊,我的心都碎了。"春芬突然发现,依依脸色变得刷白,抓自己的手松了开来,整个人慢慢地软了下去,竟然倒在地上:"闺女！闺女！你到底咋啦？妈可就你这么一个宝贝女儿,你要是有个三长两短,叫妈可咋办呐？你千万不要吓妈那,宗实,快,快,快救救咱的宝贝女儿！"（推成特写）

（特写）宗实马上上前抱起依依,轻轻放在床上,轻轻地掐她的人中穴,并快速拿出风油精,在她两边的太阳穴,微微涂抹,又在她耳边一字一句地说:"好女儿,你放心,这件事,由爸亲自找汤姆严肃认真地谈,肯定没有任何问题,这件事由爸替你搞定,你就放宽心吧。"（推成近景）

（近景）依依听了,慢慢地长长地吐了一口气,微微地睁开眼睛,轻声说:"爸,你那么忙,女儿我给您添麻烦了。"（推成特写）

（特写）"依依,你这是哪里话,你的事,就是爸的事,就是妈的事,就是咱家的头等大事,我会严阵以待的,心急吃不了热豆腐,慢工出细活,明天,我要好好与汤姆深谈一次。"洞若观火的宗实本能地感到,女儿依依确实是遭遇爱情"滑铁卢"了,自己怎么也要对这个金发汤姆进行一次深入的关于移情别恋的心理咨询了。(音乐止)

16　宗实书房　内景　晚上

（全景）宗实家中书房,灯火通明。(摇上,音乐起）

（近景）周末之夜,宗实找汤姆到自己家里喝酒。酒过三巡,宗实将自己在黔州出版社出版的新作《苗寨金发外教》,递到了汤姆手里:"汤姆,这是我专门为你量身打造的新作,里面写的全是你与依依到苗寨教书育人的艰辛投入,真诚情感,心路历程。"(推成特写）

（特写）汤姆好奇地打开书,只见书的扉页上的前记,清清楚楚、明明白白、真真切切地写着一行字:"我以心灵之笔,含着泪撰写一个年轻金发俊朗的老外,伴同自己肝胆相照、相濡以沫多年的红粉知己,雁南飞,一头扎进苗寨,一心一意艰辛教书育人的真实故事。"(摇移）

（特写）宗实语重心长地对汤姆说:"汤姆,你与依依,是两情相悦,自由恋爱,自然天成。我知道你个性淳朴,喜新猎奇。然而,当你对白露跪地献花求爱、当众拥抱热吻时,不仅使大家大吃一惊,更是深深刺伤了依依纯洁的少女初恋之心。因为你血管里还流着她的熊猫血,因为她把一颗心全交给了你,因为你俩已有了山盟海誓,按照西方文化,那就像订婚一般,你已是她心目中的未婚夫了,这在苗寨是家喻户晓的。在这样的事实面前,你再向她的闺蜜白露求爱,这样超越的行为,苗寨的老乡会咋看？苗寨子弟中学的师生会咋看？依依妈会咋看？你的行为太浪漫了一点？因为你西方式的浪漫、热烈、激情、爆发的程度,已超越了东方少女的含蓄、委婉、深沉、大度的心理承受力的底线。汤姆,你可以扪心自问:依依有啥地方对不住你吗？你这样做对得住她吗？她昨天都给你气得晕过

去了,可见你的行为,对她的打击有多大?你这样做对得起我对你的无比信任和特别器重吗?"(推成近景)

(近景)宗实的心理暗示,使汤姆无地自容,使劲抓着自己一头金发,懊恼不已……(推成特写)

(特写)宗实因势利导:"汤姆,人是一种高级生物,不能等同于低级动物。男性和女性都会渴望深层的精神享受,被他人尊重和认同。人之所以为人,是因为他有灵魂、思想和自控能力。偶尔内心世界波澜起伏是正常心理,也并不可怕,只要不断地加强自己的修为和品行,约束一些原始的浅层的心理欲望,丰富生活的内容和开拓视野,完善提升自己的言行才是正道。"宗实心理咨询,循循善诱,循序渐进,宗实以优秀的中国传统文明,引领浪漫的西方文明,使汤姆茅塞顿开。(拉摇成中景)

(中景)突然,白露妈风风火火闯了进来,一头跪在宗校长面前:"宗校长,我对不起您,您当年千辛万苦,救了咱家露露的命,她现在来横插一竿子,横刀夺爱,这是要依依的命,也是要您的命,露露干出这种没良心的事,她是丧尽天良,以怨报德。昨夜被我整整痛骂了一夜,现在她已彻底后悔了,她要我代替她,向您赔罪,请您大人大量恕罪!"说罢,泪流满面,连连磕头。(推成特写)

(特写)宗实双手扶起满面是泪的白露妈:"你不必这样,我相信露露自己肯定会想明白的。"(推成近景)

(近景)白露妈羞愧难当:"谢谢宗校长宽恕。你的宽容,咱全家终生难忘。"说罢,狠狠鄙视地瞪了汤姆一眼,气愤地走了。(推成特写)

(特写)汤姆让露露妈这鄙视的一眼瞪得心里好痛。他的目光在《苗寨金发外教》扉页"协同自己肝胆相照,相濡以沫多年的红粉知己"上,停留了几秒钟,留下了两行悔恨的泪,他紧紧抓着自己的金发,眼前浮现了……

(闪回)自己与宗依依在东方大学深造的朝朝暮暮:图书馆里神往目

光的交流;校园林荫小道悄悄话的逗趣;阳光下俩人躺在草地上闭着眼默默的冥想;自己患了轻度忧郁症,依依采用各种方法,帮助自己化解,还专门陪同自己到秦皇岛、北戴河度假;

当自己修路受了伤,宗依依第一个毫不犹豫地为自己输了熊猫血;

当自己开讲座,宗依依静静地坐在后排,投射那关切的目光;

在卡布基诺咖啡的香气里,宗依依不厌其烦给自己解释爬坡节的意义所在……汤姆扪心自问,宗依依这样肝胆相照、相濡以沫多年的红粉知己,是用一颗真诚的心在对自己。

而自己背着宗依依干啥来着?自己移情别恋于白露,对得起宗依依吗?对得起宗校长赞美自己的文字吗?对得起自己潜心苦研的仁义道德的孔学理论吗?想到这里,他抹了一把悔恨的眼泪,狠狠打了自己两记耳光!(推成特写)

(特写)"汤姆,你原来握有一手好牌,后来给你西方浪漫地打成了烂牌,现在希望你东方文明地再打成一副好牌。"(推成特写)

(特写)"谢谢宗校长对我的厚爱和宽容,我做得实在太过分了,现在我知道自己该咋做了,我必须向依依负荆请罪!"(音乐止)

17 贵阳龙洞堡国际机场 外景 傍晚

(全景)晚霞余晖中的贵阳龙洞堡国际机场。宗依依与汤姆双双为白露送行。(摇上,音乐起)

(近景)宗依依献上芬芳的鲜花:"露露,伤痛使我俩更坚强,眼泪使我俩更勇敢,心碎使我俩更明智,感谢过去带给我俩更好的未来。咱姐妹俩山高水远,地久天长,祝当年的'孔雀舞',现在京华歌剧舞剧团的台柱子,顺顺利利,你有空多回苗寨子弟中学看看。"(推成特写)

(特写)白露优雅地一笑,歉意地抚摸着依依的玉手:"谢谢依依姐,咱俩冰释前嫌,一笑泯恩仇,我心里记住姐的好,祝神雕侠侣,有情人早成眷属,你俩啥时候举行婚礼,一定要通知我喝喜酒啊。"(摇移)

(特写)汤姆依旧阳光灿烂,热情澎湃:"露露,你什么时候举行独舞专场演出,一定要告诉咱俩,咱俩一定会到京城去看你的演出。"(摇移)

(特写)白露:"好的,汤姆,依依,咱们君子一诺千金,就这样说定了,一定,一定。"(摇移)

(特写)宗依依与汤姆远远眺望着,飞机滑出跑道,翱翔苍穹。(音乐止)

18　汤姆寝室　内景　晚上

(全景)夜深人静,汤姆寝室。(摇上,音乐起)

(画外音)功夫不负有心人,汤姆的语文课,由于他授课幽默生动,创造了一套使学生易记、能背的学习方法,受到学生们欢迎,在学期结束时学生的投票中,获得课程第一名。他数易其稿的散文诗《苗寨:我的第二故乡》,在《黔州晚报》上发表,黔州人民广播电台制作成了配乐诗朗诵,在黄金时段播出。汤姆得到宗实校长的高度肯定。

宗实还把县里奖励给自己优秀教师的一个笔记本电脑,转送给汤姆,大大激活了他教学与文学创作的热情,更加努力地忘我投入自己的教学与文学创作之中。汤姆自言自语:"面对玫瑰,不必浪漫;面对美女,不必多看;面对依依,朝夕相伴;面对校长,出力流汗,这可要成为我的座右铭啊!"(音乐止)

19　苗寨子弟中学　内景　白天

(全景)丹桂飘香的苗寨子弟中学。(摇上,音乐起)

(画外音)几个月后。汤姆的处女作《扑向大山母亲的怀抱》,数易其稿,又经过宗校长的悉心指点,反复润色,最后鼎力推荐,由黔州出版社推出面世。学生们排着队,纷纷要汤姆老师签名留念。汤姆激动得眉飞色舞,字写得龙飞凤舞,运用中英文两种文字签名,宗依依则兴奋地在一旁,帮助每个学生在自己的处女作上加盖"汤姆赠阅"朱红的印章……

宗依依以自己父亲宗实为原型的教书育人电影剧本《苗寨浴火凤凰》,经过一波三折,终于最后通过了审查,由沪江文化传媒公司在车墩影视基地正式开拍,诸葛浔阳教授被聘为艺术顾问,编剧宗依依的靓照,也登上了最新影片的宣传资料。(推成中景)

(中景)丹桂飘香的苗寨子弟中学。一月后,苗寨子弟中学举行了希望工程捐款大会,宗实、冷洛、吴小蝶、汤姆、诸葛浔阳等纷纷捐款,宗实激动地说:"这100万元人民币,全部捐献给苗寨子弟中学的重新建造与设备更新,我们将拥有一个全新的苗寨希望中学。"学生们报以长时间热烈的掌声。(音乐止)

20 T大学的报告厅 内景 白天

(全景)雄踞杨浦大学城的T大学的报告厅。(摇上,音乐起)

(画外音)宗实应母校领导之邀,回到了阔别多年的母校,八月金秋的申城,如墨彩涌动的画卷,万般妖娆,落笔栩栩如生,烟如飘云,片片秋叶如霞丝,款款秋情落幕于校园内,丹桂飘香,红染清秋,醉了师生的心房。十月是希望的季节,八月是期待的季节,八月是收获的季节。这充满期待与希望的学术殿堂,知识的海洋,飘散着自由的空气与缤纷的色彩。(推成特写)

(特写)宗实怀着崇敬的心情,拜访了自己当年的恩师,恭恭敬敬呈上了自己的"大山三部曲"长篇小说集。银发满头的恩师翻看着宗实的

《大山里的金凤凰》《大山里的苦孩子》《大山里的香女人》,激动地握着宗实的手:"你干得好啊,当年的英俊帅哥,无怨无悔干成了沧桑汉子,老师为你自豪,为你骄傲。"年近花甲的恩师一定要与自己的得意门生合影留念。(推成近景)

(近景)宗实又到当年自己执教过的人文学院,拜访了老院长,简要汇报了自己的教书育人历程与感受,也赠送一套"大山三部曲"长篇小说集。老院长:"我要将这套书,陈列在院资料室里,这是我院优秀教师的文学成果,也是我院的学术成果。"(推成特写)

(特写)宗实精神抖擞地走上讲台,激动地说:"各位尊敬的老师,各位同学,大家好。我现在已经是西南大山里的孩子王了,是苗寨子弟中学的校长。我深深感激母校的悉心栽培,导师的谆谆教导。中国作为发展中国家,教书育人,百年大计,就要从孩子抓起。同时我也要继续坚持教下去。用自己年轻的生命之源,浇灌大山里的幼苗,为祖国的花朵,润物无声,春风化雨,培育人才,为国家的强大,社会的进步发展,中华民族的伟大复兴,贡献自己的全部力量……

"我是文科毕业的研究生,还要从大山里吸取创作的营养,我的处女作《大山里的金凤凰》《大山里的苦孩子》《大山里的香女人》,也是我苗寨教书育人三部曲,已由黔州出版社推出面世,社会反映强烈。因此,我也进入了黔州作家协会,成为一名年轻的作家。现实使我感受到:大山需要我,我更需要大山,我要把文学创作的根深深扎在西南大山里,拼命吸收深山老林的养分,继续深入生活,继续扎扎实实写下去。

"咱有了全新的校舍,我们对苗寨学生的心理帮困、心理咨询已经从面对面咨询,发展为宗老师心理工作室咨询热线,吴小蝶老师、刘瑶老师、依依都参加,她们为学生心理问题排忧解难,十分受学生欢迎。黔州教育电视台还播出我们心理帮困教书育人的专题节目。现在我真诚地希望有更多的有志青年教师,到我们苗寨教书育人,薪火传递。"

宗实做好报告,正在收拾演讲稿,有一个青年教师走上台来,与他握手,宗实一看,不由一惊。(推成特写)

(特写)"宗校长,您好,我是您的学生尤悠呀。"(推成近景)

(近景)"啊呀,是尤悠呀,怎么会是你呢?"(推成特写)

(特写)"宗校长,当年,我曾经患了忧郁症,是您帮助我逐渐走了出来,经过严冬的人,才知道太阳的温暖,我自从沪东师范大学心理学系毕业后,就留校做心理咨询工作。昨天,在网络上看到您到这里来做报告,我激动得一夜没有睡好,特地赶过来,听您的报告,看看自己多年未见的恩师。"(摇移)

(特写)"尤悠,看到你,真高兴,没想到,你也成为心理咨询师了,我俩都成了心理帮困团队的成员了。"(摇移)

(特写)"宗校长,听了您两小时的精彩报告,热血沸腾,我也认真思考,现在我想好了,决定跟着您回苗寨,用自己所学的心理学知识,帮助苗寨的孩子们,我还积累了不少心理咨询笔记,准备将它写成心理小说,争取做一个撰写心理小说的作家。"(推成近景)

(近景)"做一个撰写心理小说的作家,尤悠,你的这个想法,很有创意,教书育人团队有了你这个生力军,我太高兴了,我欢迎你!"(拉摇成中景)

(中景)其他几位报名奔赴苗寨教书育人的青年教师,也纷纷与宗实握手,自报家门,表示赴苗寨任教的心愿。(推成特写)

(特写)宗实临行,真诚地委托诸葛浔阳教授:"诸葛教授,下个月教师节那天,我们新苗寨希望中学落成典礼,我真诚邀请您以及支持过我们苗寨教书育人的领导与老师,拨冗前来参加希望中学落成典礼,你们都是为苗寨教书育人做了很大贡献的后援团,你们造福苗寨的孩子,功德无量,咱苗寨人感恩啊……"宗实带领尤悠等四位青年教师,信心满满地回苗寨了。(音乐止)

21　新落成的苗寨希望中学　内景　白天

（全景）红日喷薄而出,投射在新落成的苗寨希望中学上。(摇上,音乐起)

（近景）宗实神采飞扬,豪情万丈,高兴地主持新校舍落成大会:"热烈欢迎各位嘉宾光临我们苗寨希望中学的落成典礼,各位尊敬的嘉宾,今天是我们苗寨希望中学的落成典礼,首先我要衷心感谢在座各位省、县、乡、村的领导,诸葛浔阳教授带领的心理帮困团队,长期来对我们苗寨希望中学的鼎力支持。没有你们,就没有今天焕然一新的苗寨希望中学,我代表全体师生,感谢你们。现在我校的校舍、设备,硬件都上了一个台阶,咱有信心,有决心,一定把苗寨希望中学,越办越好!"

贵宾席上,省教育厅、县教育局、乡领导、村领导、诸葛浔阳教授等著名学者,都佩着红花。报告厅里苗寨学生们,穿着节日的服装,笑逐颜开。操场里,站满了苗寨老乡,敲锣打鼓,大放鞭炮,高兴得像过大年一样……（音乐止）

22　苗岭清晨　外景　白天

（全景）苗寨空山鸟鸣,轻松翠柏,清泉缭绕。

（画外音）国庆前夕,宗实信心满满,率领自己的教书育人团队,赴教育部出席全国教育先进集体颁奖大会,宗实、吴小蝶、刘瑶、冷洛、薛碧、宗依依、汤姆、尤悠,披红戴花,上台捧回了"全国心理帮困教书育人先进集体"那金闪闪、沉甸甸的奖牌……（推成特写）

（特写）宗实与妻子春芬,小心翼翼地搀着满头白发、颤颤巍巍的老母亲,还有吴小蝶、刘瑶、冷洛、薛碧、宗依依、汤姆、尤悠,一行八人,来到了救命恩人宗老师的墓前,大家虔诚地献上鲜花,栽培青松翠柏,集体庄重地三鞠躬。

泪眼矇眬的宗实，泣不成声地说："恩师，我又来看您了，我向您汇报：苗寨心理帮困教书育人团队，后继有人，您是第一梯队，我和吴小蝶、刘瑶、冷洛、薛碧是第二梯队，依依、汤姆、尤悠是第三梯队。我完成了教书育人的大山三部曲《大山里的金凤凰》《大山里的苦娃子》《大山里的香女人》和《苗寨金发外教》四部小说。冷洛的长篇小说《苗寨：我的第二故乡》、汤姆的首部小说《扑向大山母亲的怀抱》都已经出版了，女儿依依编剧的电影剧本《苗寨浴火凤凰》，拍成电影已在全国公映，反映相当不错。咱有了全新的校舍。咱对苗寨学生的心理帮困与心理咨询已从面对面咨询，发展为宗老师心理工作室咨询热线，小蝶、刘瑶、依依、尤悠都义务为学生心理问题排忧解难，深受学生欢迎。黔州教育电视台，已播出了咱心理帮困教书育人专题节目。最近，我回了母校，介绍了苗寨希望中学的情况，吸引了有志的青年教师，投身苗寨从教。恩师您在天之灵，安息吧。春润桃李满山崖，花沐雨露别样红。习主席提出：'用我们的辛苦指数换取贫困群众的幸福指数。'咱现在用我们的辛苦指数换取贫困学生成才的幸福指数，这就是咱的中国梦！"

苗寨蓝幽幽的凌空，宗实率领着教书育人、心理帮困团队，激情飞扬，豪情万丈，大家齐心协力，划着追梦的船儿，那浩瀚无垠的神州大地，便是梦的浩瀚大海，每座巍峨青山是他们追梦的航标，他们呕心沥血，无怨无悔，在追中国梦的顽强的拼搏中，迎来了苗岭灿烂的黎明，育才的明媚的春天……

影片片尾曲：《追梦》

　　　　春风沉醉夜备课辛勤，燕衔新泥；
　　　　夏日骄阳晨演讲激情，洗礼灵魂；

秋月朦胧时笔耕奋力,撒播甘霖;
冬雪纷飞日家访深切,刻骨铭心。
江南濛濛烟雨;苗岭白雪松青;
驾驭追梦方舟;驰骋梦海无垠;
授道解惑释疑,心理帮困咨询引导;
追梦大爱真情,教书育人薪火传承。
驾驭追梦方舟,驰骋梦海无垠;
授道解惑释疑,心理帮困咨询引导;
追梦大爱真情,满园桃李芳芬。

　　　　　（剧终）

附:《春润桃李》故事梗概

一

1990年的贵州苗寨,正值清明时节,按照村里老人的说法,这一天是不能下水瞎玩的。但是,顽童们哪里还顾得了这些,跳进水洼打起水仗来,十岁的金小江玩得兴起,突然大腿抽筋了,人一个劲儿往下沉,打水仗的孩子都吓坏了,拼命大叫,救命啊,快来人哪,有小孩沉水里啦!

一个路过的年轻人,二话没说,摘下自己黑框眼镜,轻轻放在地上,迅速脱掉旧皮鞋,猛地跳下河,快捷地自由泳,猛地将金小江救起,他就是在小学教书的乡村教师宗老师,宗老师拼命将金小江托出水面,朝岸边游去,金小江是被岸边众人递过来的铁耙耙上岸得救的,而宗老师却再也没上来,当人们将宗老师打捞上岸时,他已没一丝生命体征了。金小江的妈妈让他一身重孝,双手托着宗老师那副黑框眼镜,为宗老师守灵三天三夜。宗老师追悼会那天,他妈当着众乡亲的面宣布,从今天起金小江改姓宗老师的姓,改名叫宗实,并要他跪在救命恩人墓前,咬破自己的手指,写下血书:"不忘救命之恩,发誓学师做人。"

宗实一直铭记自己的誓言,头悬梁,锥刺股,咬紧牙关,卧薪尝胆,发愤苦读,山沟里飞出金凤凰,1998年他终于考取了国际金融大都市的T大学,这在大山苗寨里,可是破天荒第一遭,乡亲们都亲切叫他"头名状元",姑娘们纷纷投来耐人寻味的目光,宗实大学毕业后,2005年宗实以优异的成绩硕士生毕业,凭借他年年都是三好学生、优秀班干部、校团委副书记的出色表现,而留校任教。

宗实平时全身心投入教学之中,当他讲到"思想道德修养"中的"培养真挚友谊,正确对待爱情"这一课,青春年少,懵懂爱恋,似初春嫩绿的新芽,绽放着清新与纯真,不曾启齿,慌乱心跳,脸颊红云,如枝头上不忍触碰的桃花,染红了青春的梦……

巧逢学校教学督导组诸葛浔阳教授前来听课。他被宗实的激情演讲所吸引。宗实含着热泪,讲述自己与初恋的悲欢离合,分手而留恋,失恋而不失德,讲得荡气回肠,催人泪下,不少女同学拿出了餐巾纸,轻轻抹泪,男同学纷纷叹息不已。宗实的初恋,发生于他刚刚留校任教担任校团委副书记时。26岁的他风华正茂,常在大会上演讲,激情幽默,还写得一手好字,能吟一口好诗,屡有作品见诸报端,引起了青年女教师的好感。由于他既无房,又无钱,也无背景,"三无"的困境,使他眼睁睁看着许多机会擦肩而过。好不容易,有个中文系的女教师,曲意示好,委婉吐情,两人逐步走近。对方出生于沪江"上只角"茂名南路、国泰电影院对面的书香门第,眉清目秀,蕙心兰质,亭亭玉立,是家里的乖乖女。其父饱读诗书,对女儿找对象,坚持要看发展,他见宗实相貌堂堂,器宇轩昂,支持女儿,持续发展。乖乖女有一体残弟弟,需要她经常照顾。她知道宗实有实现誓言、告慰恩人、神望大山的心理情结,而体残弟弟又实在离不开自己,她心里真是两难选择。但是初恋终究是刻骨铭心、难以割舍的。两人几度夕阳红,惜别两依依,在珠泪纷飞中忍受煎熬,两难选择心碎徘徊,初恋乖乖女,成了宗实心里永远的痛……

宗实声情并茂，抑扬顿挫，要求学生们真诚友谊，理性恋爱，成功事业，快乐人生，一股正能量在学生心中提升，下课铃响了，全班同学站起来，报以热烈的掌声。

诸葛浔阳握着宗实的手："宗老师，你讲得好啊，我祝贺你呀，你讲这门课那么投入，能说说原因吗？""我曾教过一个男生是个学霸，为了给女友送生日礼物，偷了同学的索尼电脑卖掉，买了高档化妆品，讨女友欢心，结果进了公安局。可见学生学习成绩再好，品行不好，最后成了社会的处理品。""我校竟然还有这样的事啊？""对，这件事就发生在我身边，我感到，国家这么重视这门课，是要让我们教育工作者坚持教书和育人相统一，坚持言传和身教相统一，坚持潜心问道和关注社会相统一，坚持学术自由和学术规范相统一。我作为任课教师，应有社会担当，有使命责任，要用心将这门课上好。"诸葛浔阳紧紧握着宗实的手："宗老师，你说得太棒了！"

宗实在杨浦大学城T大学执教"大学生思想道德修养"，又兼攻自己醉心的大学生心理学。他授课，既有高屋建瓴，又有超低空飞行，十分接地气，深受学生点赞。他开设的"大学生心理障碍与调适"选修课，采取心理咨询，师生互动的方式，学生可以直接提出各种各样学习、生活、成长中的心理困惑，宗实面对面妙语巧答。这门课每学期选课爆棚，网上窜红，点击率为全校所有课之冠，根据全校万名学生投票，宗实被评为'学生心目中的好老师'。由于校教学督导组推荐，院领导附议，教师节，宗实被评为校优秀教学工作者，他的帅照出现在校先进人物光荣榜上，由于发奋专研，他还获取了国家二级心理咨询师证书。

宗实接待的首个心理咨询者，是"爱情空手道"吴小蝶，容貌靓丽的她，曾以一曲《山丹丹开花红艳艳》绝唱校园，成为青年男教师追求的对象。有个浓眉大眼的青年副教授"天津快板"，与她步入婚礼殿堂。婚后两年，吴小蝶没怀孕，丈夫与文工团女演员走到了一起，她自杀未遂，从死亡线上抢救过来后，住院期间，丈夫竟然连一天也不愿护理。

离婚后的吴小蝶,看破红尘,以牙还牙,她玩起了"爱情空手道",报复恋爱中的男人。宗实劝她:"伤人一千自毁八百,你在伤害别人时,其实自己心理也在受伤,只有从报复的仇恨心理中走出来,才能回到自己宁静的心灵港湾。"宗实的话,似锤子敲打在吴小蝶的心头。

周末夜丝丝小雨中,吴小蝶与酷似王力宏的马亮相亲,马亮感到她不像大学教师,更像歌剧舞剧团的女演员。卡布基诺香气缭绕中交谈甚欢,俩人唱起来KTV,一曲《悄悄地蒙上你的眼睛》唱罢,彼此意外发现,自己还是首次遇这样出色的歌手,如加以配合,可能会唱到星光大道,成为新的"凤凰传奇"也很难说。马亮对身材婀娜、双眸如怨如慕、端雅清丽、典雅宁静、曼妙潋滟的吴小蝶所吸引,堕落情网。吴小蝶则在他狂轰滥炸的生死恋进攻中,也身不由己爱上了他,她对爱情有了大胆而热烈的追求,打通宵电话,写十页情书,不远百里赴一场风花雪月,激情无时不在。没想到丁香花园音乐会上,被前夫"天津快板"当场揭短,无地自容,她认为马亮肯定不要自己了,准备自杀,被宗实所救,经过一波三折,吴小蝶终于与马亮好梦成真,走上了红地毯,吴小蝶听了宗实心理讲座后,一心拜宗实为师,加入心理帮困团队。

青年女教师刘瑶,曾经也是宗实心理咨询的对象,由于丈夫见异思迁,她这个柳叶眉、丹凤眼、瓜子脸、龙骨鼻的山西姑娘"白宝马",被丈夫讥讽为"太平公主",而丰盈雪肌的大连靓女小艾"红宝马"鸠占雀巢。婚变后,她心理极端不平衡,准备铤而走险。在宗实的关切与帮助下,终于告别离婚忧郁症,在宗实的心理咨询所当心理帮困志愿者,为网瘾青年心理治疗,她跟随诸葛浔阳教授赴苗寨心理帮困,并留在苗寨任教。

二

山色空濛,水光潋滟,青荇软泥,低柳映堤。2010年宗实接到老母亲的电报,医院诊断,老妈得了严重的老年心理孤独症,希望儿子能够调回苗寨工作,更好地照顾风烛残年的自己,为自己养老尽孝。宗实经过教育部门的协调,到苗寨子弟中学任教。宗实心情异常激动,这次可以回到老母亲的身边,弥补多年照顾母亲的缺憾。而且能够兑现自己对恩人的誓言,实现自己多年的夙愿,到苗寨教书育人。他打点行装,奔赴重峦叠嶂的贵州大山,他犹如久别的游子猛地扑进了母亲,那熟悉而又陌生的拥抱之中。赴贵州大山飞驰的火车上火车将近十几个小时的旅途颠簸,他竟没感觉丝毫劳累,取而代之的是对于大山苗寨的新奇感和对未来生活的期待与忐忑。

周五下午是宗实专门的学生心理咨询时间。宗实在苗寨子弟中学的第一次心理咨询,接待的对象是"恶作剧"尤悠。宗实给尤悠倒了杯茶:"尤悠,你坐,你看我有什么地方能够给你提供帮助吗?"尤悠环顾了宗实的办公室,收拾得井井有条,人坐在这里,也感到神清气爽,心情大好:"宗老师,自从你来了以后,我从心底里想痛改前非,好好读书,彻底改掉恶作剧的坏名声,就是不知道具体怎么做?"

"尤悠,你有这个想法,说明你进步了。我认为首先,你要弄清楚自己为什么会恶作剧?这在心理层面看,是希望引起别人对你的重视,也就是人们平时所说的刷存在感。说明你想干一些,别人重视你的事情。其次,要引起同学们对你的重视,并不是一定非恶作剧不可,完全可以干一些使同学们刮目相看的事,比如,写好自己的作文,从而受到老师表扬,成为全班的范文。或者帮助学习上有困难的同学,从而受到大家的一致好评。这样所引起同学们的重视,在心理层面,含金量高得多,你自己心里也会充满正能量。而同学们在接受心理上也会产生愉悦感。最后,要改掉'恶作剧'的坏习惯,还是要下很大决心的,古人云,只要功夫深,铁杵磨成针,你说对吗?"

"宗老师,你刚才讲的三点,都讲到我心里去了。就是万事开头难,我不知道从哪里着手好呀。""依我看,尤悠,你就从写好这次我布置的命题作文开始,就是一个不错的切入点。""我全听宗老师的,就把写好这篇作文,作为起点,改掉坏习惯,开始做好人。"宗实拍了拍尤悠的肩膀,笑笑说:"我完全相信你,宗老师,这就看你的实际行动了。""宗老师,那咱就一言为定,你就看我的吧,我是不会让你失望的。"

尤悠,这个曾经旷课、说谎、搞恶作剧,甚至将青蛙装在女老师粉笔盒里,把小青蛇藏在男老师帽子里的捣蛋学生,在宗实动之以情、晓之以理、导之以行的帮助下,他撰写的《我眼里的苗寨教师》,在全县中学生作文大赛中获奖,在《黔州日报》上发表,尤悠转变成为学习委员和三好学生。

在家访中,尤悠的阿姐苗寨百灵春芬,与宗实一见钟情。

宗实第一次请漂亮姑娘喝茶时,心里就像小鹿活蹦乱跳,他一早起来,将办公室整理得有条不紊,换上干净学生装,系上风纪扣,对着镜子一照,头发像钢丝刷全体起立。他倒了盆温水,洗了个头,用干毛巾擦干,用梳子整整齐齐梳出帅姿,用镜子一照,嗨,挺帅。春芬身着浅色的衣裙,文静中透着俊俏,矜持里蕴含风情,微微上翘的杏眼里,全是水光潋滟的风景。

春芬借了《乱世佳人》《钢铁是怎样炼成的》两本书:"我不仅要做钢铁女人,还要做你的红粉佳人。"宗实感到这个苗寨百灵春芬,不仅人靓歌美,刺绣了得,心气更高。她拿起杯子,饮了口龙井茶,品品嘴:"荡气回肠,香沁肺腑,口中余芳,西湖龙井,确是好茶,这种香味会永远定格在我心里。"宗实:"煎茶闻香,养性怡心,回归淡然宁静,花下饮茶,心是含香的,檐下品茶,心是诗意的,虽窗外春回大地,哪及我心海柳暗花明。"说罢拿出一盒半斤装的龙井送给春芬。"宗老师,听你讲话,'腹有诗书气自华',上有天堂,下有苏杭,西子湖那么美,你的内心世界更美。"春芬从背袋里取出一方头巾,一方汗巾:"这方头巾,给你包头,可以防尘,这方汗巾,让你擦汗,解除疲劳,上面是我绣的咱苗家的爱情故事,你用到了汗巾,就会想起我。"

天有不测风云,宗实与春芬开始走近后。女记者夏雨采访宗实而写的《我是大山的儿子》报告文学,在《黔州日报》刊出,黔州电视台邀请宗实做了大山教书育人精英节目,他一时间成为新闻人物。女记者夏雨第三次采访宗实,她注视着他英气勃发的脸:"文广系统开会,黔州出版社社长要我问你,能否写部教书育人的长篇小说?"宗实听了,情不自禁站起来,轻轻握着夏雨肥硕的手。夏雨第一次被宗实握住手,就像一股电流迅速传遍了全身,激动得丰乳颤抖,她误读了这一信息,忘我地闭着双眼,完全沉浸在幸福之中。这一瞬间,被"潜伏"的依依尽收眼底⋯⋯

夏雨采访宗实归程时,在山拐弯处,与脸色铁青的春芬狭路相逢:"你就是那个丰乳肥臀吧,说!为啥抢我男友?""你凭啥说我抢你男友?我是来采访他的!""你采访还加亲吻啊?职业病吗?我写篇报道让电视台播播?"夏雨:"你到底是宗实的什么人哪?"春芬:"宗实与我的关系,可是青梅竹马,我与他的老妈,不是母女,亲似母女,宗实不在她老人家身边,这些年,都是我一直在照顾老人。你这个堂堂女记者,凭啥横插一杠子?什么事情不都有个先来后到么?再怎么说,我也是宗实的未婚妻,你这个名记者,不会要与我竞争上岗吧?"

夏雨听了脸色微微发白,自知理亏:"原来是这样啊,看来我还是真的不了解情况,宗实本来就是你的了,俺肯定不与你争了,妹子这就撤!"丰乳肥臀的夏雨说完,抖动着硕大的乳房,向山下走去。

学校大火中,宗实接连背出五个学生,当他竭尽全力,背出最后一个女生依依,自己却被埋在倒塌的砖瓦中,当人们拼命用双手扒出烧伤的宗实时,他已奄奄一息。宗实正在抢救室里急救,闻讯赶来的依依妈春芬,不顾一切,风风火火闯进了院长室,只见县教育局领导,乡长与村支书,分别激动地握着医院院长的手,语气沉重:"宗老师是苗寨子弟中学的校长,是我们这里教书育人的一面旗帜,希望院方想方设法,竭尽全力,不惜任何代价,一定要救活宗校长!"

春芬突然跪在医院院长面前,连连磕头,额头都磕出了血,她战战兢兢地从内衣口袋里,拿出皱巴巴的存折,将自己全家一生的全部积蓄,包括丈夫的抚恤金和原准备给女儿出嫁用的,全部用作救宗老师的救命钱。春芬丈夫出工伤走了。家里重担全部压在她身上,平时田里忙农活,旅游旺季,她天不亮,就要快走两小时走出大山,赶到旅客宿营地,帮助挑100斤的行李,旅客乘着皮筏漂流,她就在崇山峻岭中跟着走。晚上5点将行李挑到新的宿营地,一天报酬是10元,再步行两小时回家。抢不到挑行李的活,只能帮旅客背小孩,从上午9点背到下午5点,报酬是8元,再苦再累,春芬从不吭一声,这钱是她多年省吃俭用的全部积蓄。

春芬的真诚感动了院长,春芬的救命钱,在关键时刻救了宗实的命,医生起死回生的绝技,终于把宗实从死亡线上拉了回来。他那英俊的脸留下了烧伤的一丝沧桑。在宗实住院期间,春芬每天帮助喂饭、端水、擦身、换衣……她心里清楚,女儿依依这条命,就是宗老师救的,自己必须报恩。

正当春芬给宗实洗脚、换内裤时,阿雄拉着阿姐白露妈来探望,白露妈见春芬正给宗实换内裤,气得脸色铁青,指着春芬的鼻子:"你有啥权利给他换内裤?不知羞耻的女人!"宗实:"你不能这样说她,她是我的救命恩人,没有她,我可能早就不在人世了。"白露妈气得失去了理智:"你这样护着这个不要脸的女人,你俩是否已有见不得人的故事啦?"

深夜,宗实已经酣然入梦,春芬依旧执着地守在他病床边,她想起白天白露妈对自己的无端指责,恶语相加,心里顿时感到非常委屈,不由悲从中来,情不自禁,留下了两行清泪。她一边心疼地看着宗实脸上长出的嫩红色的新皮,轻轻地吻着他的脸庞,心中暗暗忖道:"为了这个女儿的救命恩人,自己真心喜欢的好男人,即使自己心里再委屈,再伤心,再痛苦,再难过,也要咬紧牙关忍着。"春芬止不住的泪水,使宗实从梦境中微微醒来,他朦胧地觉到春芬满脸泪水地在亲切地吻着自己的脸,心里不由一阵感激:"她用真心在对我,那可是颗铂金心呀。"他用手轻轻地握了握春芬那双细滑的玉手,俩人彼此心领神会,一切尽在不言中……

一抹阳光射进了窗明几净的春芬家。村长陪同着一个脸容姣好的汉族女子来探望宗实。当宗实与来者四目相对,双方顿时都呆住了。宗实眼里这个年近三十的女子,风尘仆仆掩盖不住她那靓丽清新的脸庞,凌乱的秀发,掩饰不住她关切的眼神,她不是自己当年的初恋乖乖女,还能是谁?"啊呀,千里迢迢,爬山涉水,你怎么赶来啦?""听说,你火灾救学生烧成了重伤,我无论如何,都要来看看你呀。""你坐,你快坐。"宗实给自己的初恋情人泡了杯茶,双手递上:"那么远的路,都挡不住你,还是来了,我心里好感激。"初恋乖乖女拿出自己为宗实买的营养品,放在桌上:"宗实,你见老了,又受了这么重的伤,真的要好好养一养了。""你弟弟的身体,现在咋样了?""他还是老样子,基本维持原状,我现在帮助他练习写字,他还是挺有兴趣的。""你弟弟,能够写字,进步已经很大了,他自己能够看书写字,心情会好很多。希望他越来越好。"

两人正聊着,春芬提着刚刚买的麻鸭、鲜鱼、蔬菜走了进来:"宗实,咱家来客人啦?""春芬,这是我当年大学里教书的同事,也是我的初恋,她听说,我火灾救学生烧成了重伤,无论如何,千里迢迢,爬山涉水,都要来看看我。"宗实又指着春芬:"这是我的未婚妻,这次不是她,我可能已经不在人世了,她将家里的全部积蓄,给我交了医药费。这三个月,每天在医院里照顾我,没有她,我不可能这样精神地与你说话。"

春芬与乖乖女深深地对视了一眼,彼此微微一笑:"宗实,她远道而来,你们好好聊聊,我去杀鸭、刮鱼、烧菜、做饭。"她说着,转身端出了一盆水果:"宗实,她一路上肯定很累,你快替她削水果吃。"说罢朝厨房走去。

乖乖女看着春芬秀丽的背影:"宗实,你找了个实在人,相当不错,你挺有眼光的。""你知道,我是单亲家庭的孩子,从小靠妈拉扯大,为了给我大学交学费,老妈瞒着我,悄悄地多次卖血,后来我妈患了老年心理孤独症,我实在没有办法,只能回到苗寨来教书,也算尽尽孝吧。其实,我很忙,倒是春芬经常在帮助照顾我老妈,我俩也就是同命相怜,患难夫妻。""宗实,我理解你,你也相当不容易。我现在,你人也看到了,你未婚妻也见面了,心里一块石头也落地了。我今夜这里借住一宿,我是明天下午回沪江的飞机,弟弟还是离不开我,这个,你是知道的。"宗实与乖乖女,四目对视,彼此都读懂了什么叫有缘无分,理解的目光里闪烁着泪光……

次日,乖乖女终于要走了,春芬给她准备了一大包熏鱼、熏肉、山珍、木耳等。宗实一直送她到很远很远的村口,两人千言万语,感慨万千,乖乖女抹了把满脸的泪水,再也忍不住,猛地扑进了宗实壮实的怀里,这个曾经自己非常熟悉、而今又十分陌生的依靠臂膀、心灵港湾。她心里十分清楚,今天的送别,可能是他俩今生的最后一次拥抱了。宗实的第六感觉告自己,这次拥抱,将是自己与初恋乖乖女最后的晚餐,也可以说是对人生初恋的诀别,两人紧紧相拥,良久良久,互道珍重,彼此泪别……

春芬陪同宗实回到自己家,她熬了绿豆粥,蒸了小米糕,拿出榨菜。宗实与春芬母女边吃边聊,津津有味。晚饭后,春芬烧水让宗实彻彻底底洗个澡,宗实痊愈后,终于与善良真诚,肌若凝脂,洁白如玉,浑身散发着自然花香的"香香公主"春芬,结为患难夫妇。

宗实看着焕然一新的新舍,指着最朝南的阳光房:"依依是咱的掌上明珠,这一间房,就给依依做卧室兼书房吧。"春芬双手连摇:"这间房,是咱家最好的房,这里就是你备课、写作的上书房,是你出成果、搞事业的风水宝地,任何人都休想动它,这是我的底线,是坚定不移的。"宗实深情地凝视着贤惠的妻子,结实的大手紧紧握着春芬细滑的玉手,这个淳朴厚道、深明大义的苗寨女,事事处处想到的,都是自己,心里顿时暖暖的,她就像奶茶,没红酒的高贵典雅,咖啡的精致摩登,却有自己的芳芳、浓香和温润。他暗忖:对远去的说声珍重,对留在身边的心存感激,感激她相伴,共度繁华与荒凉,拥抱幸福。

春芬将自己原来三间简陋的草屋,翻建成明亮的瓦房,交给苗寨的近邻白阿雄,负责装修,反复强调,朝南的那间屋子,特别重要,准备给宗实做书房的。孔武有力,高大威猛的白阿雄一直暗暗喜欢春芬,自从春芬老公出工伤走后,他老是帮春芬犁地、背柴、挑水、送米、送肉……朦胧中,白阿雄感到春芬就是自己的女人了。其实春芬从心底里喜欢知书达理、文质彬彬、温文尔雅、英气勃发的宗实,压根儿就没有五大三粗的阿雄啥事。春芬与宗实逐渐走近,与阿雄渐行渐远,使白阿雄气得气不打一处来,他发誓要给宗实点颜色看看。

春雨贵如油,新瓦房遇到今年头场淅淅沥沥的春雨,说也奇诡,新瓦房其他房间都不漏雨,偏偏宗实的书房却渗雨不止,眼看自己心爱的书橱里灌满了水,书就像从水里捞出来一样,宗实心如刀绞,天气一放晴,宗实只能在阳光下晒书。阿雄路过,看着宗实的垂头丧气的模样,得意地冷笑一声,扬长而去。春芬快步追上他质问:"阿雄哥,你这样给我妹子使绊马索,有意思吗?""妹子,你知道,我并不是针对你的,我是恨宗实横刀夺爱,这是他必须付出的代价。""阿雄哥,你已把我的家的新屋整得都漏水了,还说不是针对我的,是不是要把我家屋顶全部掀了,才是针对我妹子啊?你做事请好好用脑子想一想,好不好?如果你再这样使绊子,咱兄妹半辈子的真诚情谊,都给你活生生折腾光了。"

正逢依依十六岁生日,春芬摆下升学生日宴,邀请左邻右舍喝酒。阿雄再度出手,挑战宗实。他拿起酒坛,在两个海碗里倒满足足有一斤的白酒:"宗实兄弟,今天是依依的生日,我这个舅怎么也得与你喝三碗哪。"说罢端起海碗一饮而尽。他洋洋自得,用挑战的目光,斜视着宗实。宗实端起碗也一饮而尽。阿雄又满满倒上了两海碗白酒:"苗寨汉子喝酒可不能放单哪。"说罢端起海碗又是一饮而尽,依依见状,上前端起海碗:"大舅,今天是我的生日宴,这碗酒,就算是大舅您敬我的吧,我谢过了。"说罢,她面不改色,心不跳,也是一饮而尽。宗实心里美美的:"女儿就是老爸的小棉袄啊。"阿雄又满满倒上了第三海碗白酒,顺手将空了的酒坛往地上一抛:"编筐编篓功在收口。凡是总要讲个有始有终吧!我先喝为敬。"他喝完,将空碗朝下一翻,碗里滴酒不剩。春芬快捷地端起海碗:"今天依依的生日酒,我这个做妈的岂能够不喝。"也将酒一口闷了,众人纷纷叫好。阿雄见依依母女心有灵犀,处处护着宗实,自己自讨没趣。他知道自己是单打独斗,而宗实可是三人团队,双手难敌六拳,识时务者为俊杰。满面通红的阿雄冲着依依母女一抱拳:"依依生日快乐,大舅先撤了!"说罢推开众人,遗憾地快步离去。没想到给一人拦住,他抬起迷离的醉眼,只见春芬凤眼怒视:"阿雄哥,我现在还叫你一声哥,你再这样闹下去,这个哥字,可能就会被拿掉了,我记得已经提醒过你了,你能不能干点正事,这样损人不利己地折腾,究竟有啥价值呢?""我是趁依依的生日酒会,与宗实比比酒量,大家一醉方休,彼此图个开心,喝酒助兴么。""你心里打什么主意,妹子我一清二楚,你大概就是见不得我妹子好吧?你就是来搅局的。""妹子这样说,有点言重了,哥我阿雄还会给你妹子搅局吗?咱俩可是青梅竹马,两小无猜,多年的好邻居啊!""阿雄哥,那我明确告诉你,希望你从今天开始再也不要搅局了,妹子言止于此!"阿雄明显感到春芬心中的不快,耸耸肩,摇摇头,没趣地走了。

  阿雄并没有因为春芬的警示而收手,招龙节是苗寨青年比武招亲日。白阿雄一跃上台,一连击败三位苗寨有头有脸的武林高手,顿时,观众掌声雷动:"阿雄,好样的!阿雄,杠杠的!"不少姑娘还激动地尖叫着:"苗寨阿雄!苗寨阿雄!"有个姑娘干脆走上台,将花环给阿雄戴上。阿雄久久憋在心底的一口气,突然从丹田蹿了送来,他双目如电,血气方刚,顿时豪情万丈,激情飞扬,指名道姓,要与宗实一决雌雄。他心里满打满算,今天我阿雄可是英雄有了用武之地,一定要好好出出你宗实的丑了。

春芬焦虑地凝视着宗实,她担心地用手扯了扯宗实的衣角:"他可是力大如牛,手能碎石,已经连败三个高手了,你千万要小心啊。""他的招数,我刚才已经看得明明白白,真真切切,清清楚楚,了然于胸,我自己心里有底,春芬你就放心吧。"他轻轻拍了拍她的玉手,可能就是春芬这一关切的目光,给了宗实强大的心理激励,宗实竟然奋力一跃上了台,拉开了迎战架势,朗声说道:"阿雄哥,咱兄弟俩以武会友,点到即止,友情为重啊。"

肌肉凸起阿雄二话没说,顿时目光似电,三个快步,飞身跃起,一个漂亮的膝击,直击宗实太阳穴,宗实不慌不忙,一个肘拦"四两拨千斤",轻松避开进攻,顺手一招太极拳的"彩云追月",结结实实打在阿雄肩头。阿雄见出师不利,调整步法,几个漂亮的外摆腿,抢到宗实身旁,一招肘击,凌厉而至。宗实早有准备,提膝堵肘,上步一招"野马分鬃",右掌实实在在,击在阿雄发达的胸大肌上。阿雄见两招失败,性急想拼,猛虎出山,双拳夹击,抓住宗实的双手,用上全力,使出绝招,一个凌厉的高难度绝招——苗拳暴摔,宗实腾空而起,在空中一连两个漂亮的翻滚,又高又飘,稳稳着地。围观的观众纷纷叫好。阿雄见自己的绝招仍然不能奏效,略微疑迟,宗实抓住战机,虚晃一招"双峰灌耳"。阿雄本能提起双臂,拦隔阻挡,宗实及时锁住对方手臂,扭身侧腰,一个陈式太极拳的缠丝劲,猛地产生强大的爆发力,一招"倒挂金钟",阿雄从他头顶翻出,在空中画出一道美丽的弧线,飞出比武台,在柔然的沙滩上,摔了个四脚朝天大元宝。"好!好呀!"围观苗寨老乡纷纷喝彩,热烈鼓掌。宗实跳下台,快步上前,双手扶起阿雄,连连说:"谢谢阿雄哥,你承让了,今天你承让了。"

阿雄狼狈地站起身,在春芬自豪的眼神逼视下,阿雄拍了拍身上的泥沙,灰溜溜地说:"历来就是胜者为王败者寇,谁让我技不如人,妹子,今天我给你丢人了。""阿雄哥,历史上南人孟获,给诸葛亮七擒七纵,也懂得反省。你不会连古人孟获都不如吧?你已经先后三次折腾,你的戏可以收场了,好自为之吧,以后就别再给我妹子丢人现眼啦。我不希望你再来破坏妹子我一家三口平静和谐的生活,拜托阿雄哥了!"阿雄听了春芬一席话,原来自己心底那么一点点侥幸的希望之火,被彻底浇灭了,他心里莫名的失望,迅速转身,猛地一脚踢飞了地上的青砖,狼狈地挤出了人群。此时,他自己心里清楚了,在宗实与春芬的情事上,自己已彻底没戏,应该谢幕了……在宗实精神感召下,阿雄终于回归理智的人生。

宗实在苗寨第二个心理咨询对象是尤悠。又是周五下午的心理咨询时间,尤悠虎着个脸,阴沉得简直就要下雨,一头乱发,一张憔悴的脸,眉宇之间,总是旋绕着深深的焦虑的他,走进了宗实的办公室。宗实热情地说:"尤悠你请坐。"宗实为他泡了杯茶,亲切地问:"你有什么话,尽管对宗老师说,今天我就是你的倾听者。""宗老师,我总感到自己心理好苦好苦,整天焦虑得不行,晚上睡觉总是泪流满面,甚至感到生不如死。"

宗实感到,这个尤悠可能有焦虑症倾向,自己要好好地引导他:"尤悠,不管你心里有多大的事,你都可以对我说,宗老师就是你心理宣泄的芳草地。"

"宗老师,我是单亲家庭的孩子,是家中四个孩子的老大,我平时除了到学校上课,还要打猪草、拾柴火、洗衣服、烧晚饭……。爸爸心情暴躁,喜欢喝酒,妈妈由于受到爸爸的酒后暴打,一怒之下,抛下四个孩子,跟一个精明仔到广州打工去了,多年没有音信,估计她是不会回来了。"

"爸爸白天在山里采矿,晚上回到家里,精疲力竭,就一个劲喝闷酒,最后喝高了,就拿孩子出气,家暴没商量,打孩子是全苗寨出名的男一号,拿起木棒就打,我头破血流是家常便饭,苗寨人称他爸是苗寨的'镇关西',叫着叫着,人们就叫顺了口,他的真名叫的人反而越来越少了。我心里想妈妈,恨爸爸,怕挨打,一直战战兢兢的。上了一天课,晚上回到家,拼命抓紧时间做晚饭，帮助弟妹洗衣服，伺候老爸喝酒吃饭，稍有不妥，棍棒伺候。晚上上床，人的骨头架子散了一样，累得不行，更重要的是，心里感到很苦很苦，焦虑得不行。我一肚子苦水没地方倾诉，自己每天就是在这样恶劣的环境中挣扎。非常焦虑，异常痛苦。有时自己想想还不如死了倒是干净，真是生不如死啊。"他说着留下了两行痛苦的眼泪。

宗实本能地感到，尤悠患有轻度心理焦虑症，自己作为国家二级心理咨询师，无论如何也要帮助他从焦虑的心理误区走出来："尤悠，你千万不要有这样的想法，你就像一棵小树，刚刚开始成长，马上就会枝繁叶茂，以后还要长成参天大树，成为国家的有用人才。环境是要靠人去改造的，适当的时候，我会同你爸爸谈谈，我估计，你爸爸可能是你妈妈走了，他感到很孤独，借酒浇愁，来发泄心中的孤独情绪吧，我会帮助你渐渐战胜心理焦虑的。"

尤悠："宗老师，你说到我心里去了。""尤悠，你以后心里有什么不痛快的事，尽管对我说，自己肚里有什么苦水，就全部倒出来，千万不要藏着、掖着。这在心理学上，叫心理倾诉。我就是你心理倾诉最好的对象。心理学家讲调适心理焦虑，要靠合理饮食、经常唱歌、文化生活、情绪调节、拓宽视野、做有意义的事，这六个方面，我们师生一起想办法解决，办法总是比困难多。"

尤悠："宗老师，合理饮食、经常唱歌、文化生活、情绪调节、拓宽视野、做有意义的事，这六个方面，我都记住了，我终于可以告别心理焦虑了，好开心呀。""尤悠，人生最重要的价值是心灵的幸福，而不是任何身外之物；生活中其实没有绝境，绝境在于你自己的心没打开；运气永远不可能持续一辈子，能帮助你持续一辈子的东西只有你个人的能力；哪怕是最没有希望的事情，只要坚持去做，到最后就会拥有希望。那我们今天就聊到这里，以后有机会再聊。"尤悠："宗老师，听了您的话，我心里就燃起一团火，暖暖的，谢谢了！"宗实看着尤悠瘦弱的身影走出办公室，心里沉甸甸的,苗寨孩子的心理压力那么大,帮助他们走出心理焦虑的误区,刻不容缓。

在宗实的关心与心理引导下,尤悠的脸上,开始阴转多云,有时还有一丝笑意。这次数学测验,尤悠竟然与班长依依并列第一名。宗实让尤悠中午下课后,将午饭带到自己办公室与自己一起吃。憔悴的尤悠,坐在宗老师面前,没有以前那么拘束了。宗实见尤悠的饭盒里就是一个馒头与一些榨菜,便用筷子夹起自己饭盒里的蔬菜与肉丸子,放到了尤悠的饭盒里:"尤悠,你不要拘束,咱慢慢吃,边吃边聊。我想与你父亲,好好聊一次,沟通沟通,你看如何?""宗老师,别看他平时凶,其实他是个很尊敬老师的人,你能够抽空与他沟通,非常必要,我要好好谢谢你。"宗实经过家访,做通了'镇关西'的思想工作,他给儿子做了小写字台,宗实积极引导尤悠,让他慢慢走出了心理焦虑的心理误区,当上了课代表,评上了三好学生。

宗实为了挽救患白血病而无钱医治的白露,他奔走呼号,历尽艰辛,在网络发布爱心救护信息,在沪江与贵州两地到处筹集爱心基金,好不容易,将白露从死亡线上硬拉了回来。而他婉言谢绝了白露爸赠送的祖传玉雕观音,也婉拒了白露父母让宗实当白露干爸的请求。

又逢周五下午的心理咨询时间,宗实这次的心理咨询对象是白血病刚刚痊愈的白露。白露忧郁地看着宗实:"宗老师我最近遇到了心理问题,我明显感到自己的记忆力远不如以前了,我生了这次重病,是不是把脑子生坏了?我心里真的好忧郁,好忧郁呀,这样可咋办呀?"说着白露留下了两行清泪。"露露,不管你有什么想法,尽管全部对我说,宗老师会想办法,帮助你解决,你一点也不用忧郁的。""宗老师,我记忆力咋下降得那么快呢?我真的好忧郁啊,晚上都急得失眠了。"

宗实将刚刚泡的新茶,递到她手里,亲切地说:"露露,人的记忆力与白血病,没有直接联系。心理学家认为记忆力分短期记忆力、中期记忆力和长期记忆力。短期记忆力是大脑的即时反应的重复,中期和长期的记忆力则是大脑细胞内建立了固定联系。如怎么骑自行车是长期记忆,多年不骑仍能骑上车就跑。中期记忆是不牢固的细胞结构改变,这需要曲不离口、拳不离手反复加以巩固,会变成长期记忆力。"宗老师,如果我每天练习记忆,我的记忆能力还能够恢复吗?"

"露露,平时记忆的类型有:一是形象记忆,如你认识了电视主播,她的形象你就记住了;二是抽象记忆,如文章、公式反复背,也就熟能生巧记住了;第三是情绪记忆型,如你看了电视剧,就会记住英俊的男主角,靓丽的女主角;四是动作记忆。如你露露跳舞蹈,你经过多次练习,孔雀舞的动作就怎么也不会忘记了。""宗老师,我真的要是能够这样,那该多好呀!"

"露露,据我的观察,你前一段时间住院,没像原来上课时,那样对知识点的反复记忆,现在你又重新回到课堂,听课,回答问题,做作业。在大脑皮层里的记忆信号又会不断加强,多次重复。那么,你的记忆力,自然而然,又会逐渐恢复到原来的良好状态。露露,你要有足够的信心,你的记忆力是反复重复出来的,是科学训练练出来的,是逐渐坚持培养出来的。"

白露:"宗老师,您讲得太好了,我仿佛听了一次记忆力的心理讲座,这样我恢复记忆的信心就足了。"宗实看到白露的忧郁心情,开始烟消云散,继续说:"当然,增强记忆,与你的心情愉快,是密不可分的,因为人在高兴的时候,往往记忆力是最好的时候。所以,露露,你应该天天有个好心情,这样记忆力就会越来越好的,这是心理学家一致公认的心理科学研究成果。""宗老师,经过你今天的心理咨询,我一定要每天保持好心情,谢谢,为我指点迷津。"白露说罢,站起身,恭恭敬敬朝宗实鞠了三个躬,笑嘻嘻,像孔雀一样轻盈地飞走了。

曾拜宗实为师的吴小蝶,由于不能生育,丈夫马亮与歌厅的陪唱女湘妹子有染,两女在卧室狭路相逢,热辣的川妹子吴小蝶,拿起一大盆咸肉海带冬瓜汤,泼向冷艳的湘妹子,川妹子手中的切菜刀,吓得湘妹子落荒而逃。马亮抹了一把脸上的汤汤水水,甩掉挂在耳朵上的海带,发出最后通牒:离婚!吴小蝶和丈夫分手后,她卖了房子,长途跋涉,风尘仆仆,前来苗寨子弟中学,投奔宗实苗寨教书,担任了教务主任,成为宗实教书育人事业的得力臂膀。

首届毕业典礼上,宗实豪情万丈:"今天是咱苗寨子弟中学丰收的日子,经过研究决定:宗依依、尤悠,获得"优秀毕业生"的称号。尤悠、白露获"学习标兵"的称号。他们经过拼搏,终于越过了那道神圣的分数线,宗依依、尤悠,考取了首都名校,尤悠、白露考取了国际金融大都市名校,咱以热烈的掌声,向他们表示衷心的祝贺!"礼堂里响起长时间的掌声。宗依依与白露捧着两束芬芳的鲜花,奔上台,献给宗校长与教务吴主任。全体同学,在教务主任吴小蝶的带领下齐声朗诵:"铭记母校,不忘师恩。发奋成才,报效祖国!"

宗实应教育部之邀,出席在人民大会堂举行的优秀教师颁奖大会。颁奖词上写着:"他在大山苗寨驻足,他开了一扇窗,让孩子发现新的世界,他发愤忘食,乐以忘忧。朝阳最美,爱情最浓。信念比生命还重要的教学精英,请接受我们的敬礼。"宗实神采飞扬上台领奖,他的获奖感言:"我是大山的儿子,我的根已深深扎进了大山里,大山里的孩子,就是我的命,教书育人就是我终生的使命,任凭前程山高水险,我不忘初心,坚持前行,敢于担当,不辱使命,生命不息,育人不止。我衷心希望,有志的青年教师,到咱苗寨来,将教书育人事业,薪火传承!"铿锵有力的发言,赢得热烈掌声,电视台直播了颁奖大会实况。白露指着电视机的画面,对妈说:"阿妈,你看,宗老师在人民大会堂,都上台领奖了,国家对他的颁奖词,他的获奖感言,可是杠杠的!"白露妈看着电视里平时十分简朴的宗实,今天西装革履,显得温文尔雅,气度不凡。他的获奖感言掷地有声,一股难以名状之潮,在心头上下翻滚……

宗实参会后,来到东方大学,看望在心理学院读书的女儿依依,宗实临别时分,依依不舍,握着女儿依依的手,语重心长:"女儿四年磨一剑,未曾试锋芒。再磨数年剑,泰山不能挡。我希望女承父业,薪火传递啊。"宗依依心领神会:"爸,您就放心吧,您的话,女儿我统统都牢牢记住了,我保证不会让您失望的。"

三

宗依依东方大学毕业后,与男友汤姆回到了阔别多年的苗寨,月是故乡明,水是家乡亲。母亲春芬紧紧抱着女儿依依,流下了欢喜的泪水,母女俩彻夜长谈,倾诉别情。依依:"妈我见到你,真高兴,这些年,爸实在太辛苦了,他如有千斤担子,我定要分挑五百斤。"春芬:"闺女,你有这份心,妈就放心了,我最担心的是,金属也会疲劳,你爸这样尽心尽力地拼命干,不知哪一天,要是他突然累倒了,我咋办?"依依:"妈,你放心好了,我和汤姆都会尽力的!"母女俩的手紧紧攥在了一起……

苗寨子弟中学来了金童玉女两个生力军。

金发汤姆,一站上讲台,使苗寨子弟中学,全班同学眼前一亮"大家好,我是你们的双语老师,Welcome to our class and welcome to our English Evening.(欢迎你们来听我的课。)"他不仅中文讲得好,而且灵活的眼神,幽默的表情,风趣的动作,给学生全方位的新鲜感,学生们仿佛是在看一个电影演员在表演,很是抓人眼球。特别是汤姆的授课十分注重师生间的互动,通过师生心灵的碰撞,产生思想的火花。他的提问,很是别出心裁,令人出其不意。学生回答问题后,他还会当场给予精彩点评,往往是妙语连珠、语惊四座。学生们的求知心理得到了充分满足,学生们的审美心理,也得到了充分满足。这样大大提升了课堂气氛,优化了双语课教学效果。一个月下来,金发汤姆是堂堂课出彩,学生个个都点赞,他的人气极高。

汤姆率性真诚,喜新猎奇,其实是个没长大的大男孩。贵阳国庆茶话会上他又对"孔雀舞"白露一见钟情,下跪献花求爱。

宗实将自己在黔州出版社出版的新作《苗寨金发外教》,递到了汤姆手里:"汤姆,这是我专门为你量身打造的新作,里面写的全是,你与依依来苗寨教书育人的艰辛投入,真诚情感,心路历程。"汤姆好奇地打开书,只见书的扉页上的前记,清清楚楚、明明白白、真真切切地写着一行字:

"我以心灵之笔,含着泪撰写一个年轻金发俊朗的老外,伴同自己肝胆相照、相濡以沫多年的红粉知己,雁南飞,一头扎进苗寨,一心一意艰辛教书育人的真实故事。"

宗实:"汤姆,你与依依两情相悦,自由恋爱,自然天成。我知道你个性淳朴,喜新猎奇。当你对依依的闺蜜白露求爱,深深刺伤了依依的心。因为你血管里还流着她的熊猫血,因为她把一颗心全交给了你,因为你俩已有了山盟海誓。按照西方文化,那就像订婚一般,你已是她心目中的未婚夫,这在苗寨家喻户晓的。在这样的既成事实面前,你再向她的闺蜜下跪献花求爱,苗寨老乡会咋看?苗寨子弟中学师生会咋看?依依妈会咋看?你的行为未免太浪漫了一点?因为你西方式的浪漫、热烈、激情、爆发的程度,已超越了依依这个东方少女的含蓄、委婉、深沉、大度的极限,超越了依依心理承受力的底线。汤姆,你扪心自问:依依有啥地方对不住你吗?你这样做对得住她吗?你这样做对得起我对你的信任和器重吗?"

宗实的心理咨询,似流水在幽谷回响,使汤姆从纷纷扰扰的情感纠葛中,幡然醒悟,一洗心理的浮躁。他使劲抓着一头金发,懊恼不已,无地自容。此时白露妈,突然风风火火闯进来,一头跪在宗实面前:"宗校长,我对不起您,您当年千辛万苦,救了露露的命,她现在来横插一竿子,这是要依依的命,也是要您的命,白露干出这种没良心的事,她是以怨报德,恩将仇报啊。昨夜被我痛骂了整整一夜,现在她彻底后悔了,她要我代替她,向您赔罪,请您恕罪!"说罢,泪流满面,连连磕头。

宗实双手扶起满面是泪的白露妈:"你不必这样,我相信白露迟早肯定会想明白的。"白露妈羞愧难当:"谢谢宗校长宽恕。你的恩德,咱全家今生今世终生难忘。"说罢,鄙视地狠狠瞪了汤姆一眼,气愤地走了。

汤姆让白露妈这鄙视的一眼瞪得心里好痛。他终于在宗实优秀中华文明的引领下,告别了浪漫的西方文明,从自我超越到本体回归。他的目光在《苗寨金发外教》扉页"协同自己肝胆相照,相濡以沫多年的红粉知己"上,停留了几秒钟,流下了两行悔恨的泪水,他狠狠打了自己两记耳光:"谢谢宗校长对我的厚爱和宽容,我知道自己该咋做了,我必须向依依负荆请罪!"汤姆在宗实的心理感召下,迷途知返,兢兢业业认真教学,授课效果受到学生好评。

宗依依把喧嚣的时光,梳理成荷塘月色般的淡然与恬静,从容地在书香中钟情耕耘,在文字里优雅穿行,让灵魂芳香四溢,历久弥新。她一边勤勉教学,积极家访,一边以父亲为原型,孜孜不倦,笔耕不止,一波三折,终于写出了电影剧本《苗寨浴火凤凰》。

苗寨子弟中学举行了希望工程捐款大会,宗实、吴小蝶、冷洛、汤姆、诸葛浔阳教授代表他的心理帮困团队捐款。宗实并庄严声明:"这100万元捐款全部捐献给苗寨子弟中学的校舍建造,设备更新。"

八月的申城红染清秋,宗实应母校领导之邀,回到了阔别多年的母校,他怀着崇敬的心情,拜访了自己当年的恩师,恭恭敬敬呈上了自己的"大山三部曲"长篇小说集。银发满头的恩师翻看着宗实的《大山里的金凤凰》《大山里的苦孩子》、《大山里的香女人》,激动地握着宗实的手:

"你干得好啊,当年的英俊帅哥,无怨无悔干成了沧桑汉子,老师为你自豪,为你骄傲。"年近花甲的恩师一定要与自己的得意门生,合影留念。

宗实又到当年自己执教过的人文学院,拜访了老院长,汇报了自己的教书育人历程,赠送一套"大山三部曲"长篇小说集。老院长表示,要将这套书,陈列在院资料室里,这是我院优秀教师的文学成果,也是我院的学术成果。

宗实精神抖擞地走上讲台,激动地说:"各位尊敬的老师,各位同学,大家好。我现在已是西南大山里的孩子王了,是苗寨子弟中学的校长。我深深感恩母校的悉心栽培,导师的谆谆教导。中国作为发展中国家,教书育人,百年大计,就要从孩子抓起。我要坚持扎扎实实干下去,用自己的年轻的生命之源,浇灌大山里的幼苗,培育人才。咱心理咨询帮困团队,润物无声,春风化雨,抚平孩子们的心理创伤,咱心理咨询已从面对面咨询,发展为心理工作室咨询热线,不少教师为学生心理问题排忧解难,深受学生欢迎,黔州省教育电视台,播出了我们心理帮困教书育人的专题节目。

"我要从大山里吸取创作的营养,我的大山三部曲《大山里的金凤凰》《大山里的香女人》《大山里的苦孩子》,由黔州出版社推出面世,自己进入了黔州作家协会。现实使我深切感受,大山需要我,我更需要大山,我要把文学创作的根深深扎在西南大山里,吸收深山老林的养分,深入生活,写出更加有生命力的,更接地气的文学作品。

"同时,我真诚地希望有更多的有志青年教师,到我们苗寨教书育人,使这个希望工程事业薪火传递,后继有人。"

宗实报告后,有一个青年教师,走上台来,与他握手,宗实一看竟然是尤悠:"宗校长好,我是您的学生尤悠呀。当年,我曾经患了轻度焦虑症,是您帮助我走出来的。经过严冬的人,才知道太阳的温暖,我自从沪东师范大学心理学系毕业后,就留校做心理咨询工作。昨天,在网络上看到您到这里来做报告,我激动得一夜没睡好,特地赶过来,听您的报告,现在我决定跟着您回苗寨,用自己所学的心理学知识,帮助苗寨的孩子们,我还积累了不少心理咨询笔记,准备将它写成心理小说,争取做一个撰写心理小说的作家。"

宗实临行,真诚地委托诸葛浔阳教授,协同暑期赴苗寨心理咨询的各位领导与老师,在下个月教师节参加咱新苗寨希望中学落成典礼。宗实带领尤悠等四位赴苗寨教书的青年教师,信心满满地回苗寨了。

红日照耀着新落成的苗寨希望中学,宗实神采飞扬地主持新校舍落成大会:"热烈欢迎各位嘉宾,光临我们苗寨希望中学的落成典礼。各位尊敬的县、乡、村领导,各位嘉宾,今天是我们苗寨希望中学的落成典礼,首先我要衷心感谢在座各位长期以来对我们苗寨希望中学的鼎力支持。没有你们,就没有今天焕然一新的苗寨希望中学。我代表全体学生,感谢各位省、县、乡领导,诸葛浔阳教授心理帮困团队的大力支持,现在我校的校舍、设备、硬件都上了一个台阶,我们有信心,有决心,一定把苗寨希望中学,越办越好……"

苗寨空山鸟鸣,轻松翠柏,清泉缭绕。国庆前夕,宗实信心满满,率领自己的教书育人团队,赴教育部出席全国教书育人先进集体颁奖大会,宗实、吴小蝶、冷洛、薛碧、依依、汤姆、尤悠披红戴花,上台捧回了"全国心理帮困教书育人先进集体"那金闪闪沉甸甸的奖牌……

宗实与妻子春芬小心翼翼地搀着白发苍苍、颤颤巍巍的老母亲,还有吴小蝶、冷洛、薛碧、宗依依、汤姆、尤悠,一行九人,来到了救命恩人宗老师的墓前,大家虔诚地献上鲜花,栽培青松翠柏,集体庄重地三鞠躬。

泪眼蒙眬的宗实,泣不成声地说:"恩师,我又来看您了,我向您汇报:苗寨心理帮困、教书育人团队,后继有人,您是第一梯队,我和吴小蝶、刘瑶、冷洛、薛碧是第二梯队,我女儿依依、女婿汤姆、尤悠是第三梯队。我完成了教书育人的大山三部曲《大山里的金凤凰》《大山里的苦娃子》《大山里的香女人》和《苗寨金发外教》四部小说。冷洛的长篇小说《苗寨：我的第二故乡》，汤姆的长篇小说《扑向大山母亲的怀抱》也都已出版了，女儿依依编剧的电影《苗寨浴火凤凰》，已拍成电影在全国公映，反映相当不错。

"咱有了全新的校舍。咱对苗寨学生的心理帮困与心理咨询已从面对面咨询，发展为宗老师心理工作室咨询热线，小蝶、刘瑶、依依、尤悠都义务为学生心理问题排忧解难，深受学生欢迎。黔州教育电视台，播出了咱心理帮困教书育人专题节目。最近，我回了母校，介绍了苗寨希望中学的情况，吸引了有志的青年教师，投身苗寨从教。恩师您在天之灵，安息吧。春润桃李满山崖，花沐雨露别样红。习主席提出：'用我们的辛苦指数换取贫困群众的幸福指数。'咱现在用自己的辛苦指数换取贫困学生成才的幸福指数，这就是咱团队的中国梦！"

苗寨蓝幽幽的凌空，宗实率领着教书育人、心理帮困团队，激情飞扬，豪情万丈，大家齐心协力，划着追梦的船儿，那浩瀚无垠的神州大地，便是梦的浩瀚大海，每座巍峨青山是他们追梦的航标，他们呕心沥血，无怨无悔，在追中国梦的顽强的拼搏中，迎来了苗岭灿烂的黎明，育才的明媚的春天。